Cecilie Enger, Jahrgang 1963, studierte Geschichte, Norwegisch und Journalismus und arbeitet als Journalistin bei einer der führenden norwegischen Zeitungen. 1994 legte sie ihr Romandebüt vor, das mit dem Nota-Bene-Buchpreis ausgezeichnet wurde. 2000 war sie für den Brage-Preis nominiert, 2008 erhielt sie den Amalie-Skram-Preis. *Die Geschenke meiner Mutter* ist ihr siebtes Buch, wurde für den Kritikerpreis nominiert, mit dem Buchhändler-Preis ausgezeichnet und war ein Bestseller in Norwegen.

Die Geschenke meiner Mutter in der Presse

»Ein Buch, das einen unmerklich gefangen nimmt, bei dem man sich Seite um Seite im Leben der anderen verliert.«
Christine Westermann, WDR frauTV

»Ein tröstliches Buch, das von der Kraft des Erzählens wider das Verschwinden handelt.«
Brigitte Woman

»Randvoll mit Gefühlen.«
Hellweger Anzeiger

»Die Warmherzigkeit, mit der Enger erzählt, fordert dazu auf, eigene Erinnerungen hervorzuholen. ... In einem einfühlsamen Sprachduktus, der die Würde und die Distanz des Beschreibens wahrt.«
Wetterauer Zeitung

»Leise und melancholisch.«
Hörzu

Cecilie Enger

Die Geschenke meiner Mutter

Roman

Aus dem Norwegischen
von Gabriele Haefs

PENGUIN VERLAG

Die norwegische Originalausgabe erschien 2013
unter dem Titel *Mors Gaver* bei Gyldendal Norsk Forlag AS, Oslo.

Der Verlag dankt NORLA, Norwegian Literature Abroad,
für die finanzielle Unterstützung der Übersetzung.

NORLA
NORWEGIAN LITERATURE ABROAD

2. Auflage

Umschlag: Sabine Kwauka, nach einem Entwurf
von Lübbeke Naumann Thoben, Köln
Umschlagmotiv: © gettyimages/David Malan
Gestaltung und Satz: DVA/Brigitte Müller
Druck und Bindung: GGP Media GmbH, Pößneck
Printed in Germany
ISBN 978-3-328-10019-5
www.penguin-verlag.de

Dieses Buch ist auch als E-Book erhältlich.

Für Ola und Eirin

Es winkt zu Fühlung fast aus allen Dingen,
aus jeder Wendung weht es her: Gedenk!
Ein Tag, an dem wir fremd vorübergingen,
entschließt im künftigen sich zum Geschenk.

Rainer Maria Rilke

I

Ich war schon lange darauf vorbereitet, dass der Tag kommen würde, aber nur als ein Tag in ferner Zukunft. Der Tag kommt am Samstag, dem 13. November 2010, mit tief stehender, weißlicher Sonne hinter den Bäumen am Straßenrand, mit Frostdunst über dem Fjord, mit morgenoptimistischen Stimmen aus dem Autoradio und einem Kaffeebecher mit Kunststoffdeckel im Gestell unten neben der Gangschaltung. Ich bin vorbereitet, überwältigt und nachdenklich. So ungefähr. Als ob man innehält und ein asymmetrisches Astloch in einer Bretterwand anstarrt; man steht da auf seinen zwei Beinen, bewegt sich aber an einem anderen Ort, und alles wird gleichzeitig vergrößert und verkleinert.

Nachdem ich an der Eisenbahnlinie vorbeigefahren bin, biege ich dort ab, wo in meiner Kindheit Nilsens Lebensmittelladen lag, wo aber schon vor vielen Jahren Wohnungen für Zuwanderer gebaut wurden. Danach nehme ich die erste Straße rechts und halte am Straßenrand vor dem Zaun. Grashalme und faulige Eichenblätter sind vom Reif bedeckt, der unter meinen Füßen knirscht. Noch kein Schnee.

Den Kiesweg zum Haus bin ich unendlich oft gegangen, jetzt denke ich, dass es bald das letzte Mal sein wird. Für meine Mutter war es schon das letzte Mal, nur sie selbst weiß das nicht.

Zwischen dem Haus und der Garage mit ihren bemoosten Dachziegeln steht ein riesiger Container. Ich klopfe an die hohen Metallwände, es klingt hohl. Mutters wackliges rotes Damenfahrrad Marke DBS steht draußen, obwohl sie schon seit zwei Jahren nicht mehr damit fährt. Es lehnt an der schmutzig weißen Hausmauer. Eine kleine Milchkanne und zwei Teller vom Sonnenblumenservice liegen in dem braunen Einkaufskorb, den sie immer auf dem Gepäckträger stehen hatte. Das Service, mit einer großen gelben und hellbraunen Sonnenblume auf jedem Teller, wurde im Frühjahr 1970 gekauft. Bis zum letzten Frühling wurde zu jedem einzelnen Frühstück der Küchentisch damit gedeckt. Frühstück und Abendbrot, vierzig Jahre lang. Vielleicht wollte Mutter den Tellern einmal etwas anderes zeigen als den alten IKEA-Tisch?

Es ist sechs Monate her, dass sich Mutter, in tiefer Verwirrung, zu meiner Schwester ins Auto setzte, ohne zu fragen, wohin es denn gehen sollte. Anne Johanne hielt ihre Hand, als sie über den Kiesweg und durch das Tor fuhren, zu dem Pflegeheim, wo Mutter einen Platz bekommen hatte. Mutter war ein bisschen unruhig, schaute aber liebevoll Klein-Wau an, der in der eleganten Ledertasche über ihrem Arm lag. Mit nur einem Auge, platter Nase und einem Verband um den rechten Fuß. Der Stoff grob gewebt, hellbraun am Hundebauch, die Ohren braun und schwarz. Sie hatte ihn mit drei Jahren bekommen, 1938.

Ich lasse die Hand über das schwarz gestrichene schmiedeeiserne Geländer gleiten, als ich die Treppe hochsteige und den Schlüssel an meinem Schlüsselbund heraussuche. Den braunen Schlüssel bekam ich mit elf Jahren, als meine Mutter eine Stelle als Sekretärin an einer Grundschule antrat. Das war 1974, ein Jahr vor dem Jahr der Frau, als sie in Elternbeirat und Gemeinderat gewählt wurde. Damals kaufte sie auch das rote Fahrrad, für den Weg zu ihrem Arbeitsplatz als Sekretärin und zum Gemeinderat, und um Flugblätter zu allerlei Dingen, die ihr wichtig waren, ausfahren zu können. Nein zur Stilllegung von Dorfläden, Nein zu verkehrsgefährlichen Schulwegen, Nein zu Noten in der Schule, Nein zu neuen Wasserkraftwerken und Nein zum Abriss von Jugendzentren. Die Flugblätter waren fast immer gegen irgendetwas, nicht dafür. Einmal war ich mit ihr unterwegs, ich auf meinem blauen Diamant-Kombirad, und ein Mann fuhr mit dem Auto sehr langsam neben uns, kurbelte das Fenster herunter und rief: »Sie sind wirklich eine Neinsagerin, Sie, Frau Enger!«

Sie lachte und ließ mit der einen Hand den wackligen Lenker los, um zu winken.

Das Türschloss war immer schon dasselbe, genau wie das Schild mit den Namen meiner Eltern. Noch heute, siebenundzwanzig Jahre nach der Scheidung, sind ihre Namen auf der Kupferplatte miteinander verschlungen. An einem Augustmorgen des Jahres 1984 hat sie die Tür kornblumenblau gestrichen, beige und grün, eine Kopie der Tür des längst verstorbenen dänisch-deutschen Malers Emil Nolde. Ein kleiner grüner Farbfleck ist seither über dem R in ihrem Namen zu sehen: Ruth. Den wollte sie dort haben.

Das Haus wurde immer schon Høn genannt, weil es hier in Høn liegt. Ab und zu haben wir »Nummer 6« gesagt, aber nur Mutter hat in seltenen Ausnahmefällen »Eiketun«

benutzt, was der offizielle Name ist. Sie konnte an der Ecke des Grundstücks stehen, das wir den »Wald« nannten, die Arme dramatisch zur Seite strecken, wie Julie Andrews in *The Sound of Music,* und übertrieben dramatisch seufzen: »Eiketun! Eichengrund!«

Keins von uns drei Geschwistern hat das Geld oder den Wunsch, das Haus zu übernehmen. Es ist nach Jahren der Vernachlässigung heruntergekommen und müsste gründlich renoviert werden. Außerdem wohnen wir in eigenen Häusern und Wohnungen und haben Kinder, die nicht umziehen wollen oder können.

Aber dass Fremde das Haus übernehmen? Die blaue Tür öffnen, ohne das Geringste über Nolde zu wissen? Ohne von dem geheimen Club zu wissen, der sich im Verschlag meines Zimmers getroffen hat, dessen Eingang hinter der Tapetentür nicht zu sehen ist? Ohne zu begreifen, dass die dunklen Flecken auf dem Boden des Esszimmers von unserem Hund stammen, Pontus, der auf seine alten Tage einen Schlag erlitt und glaubte, die Schiebetür sei ein Baum zum Pissen?

Andererseits, kann es nicht auch eine schöne Vorstellung sein, dass hier eine neue junge Familie wohnen wird? Dass neue Kinder Baumhäuser bauen, ihre eigenen geheimen Clubs haben? Einmal, vor einem ganzen Leben, sind auch meine Eltern hier eingezogen und waren jung und kannten keine Erinnerungen in diesen Wänden.

Ganz automatisch drücke ich die Hüfte gegen die linke Doppeltür, um dann die Klinke hochzuschieben, während ich zugleich den Schlüssel umdrehe. Ich öffne die Tür, und sofort nehme ich den Geruch wahr. Ich habe ihn noch nie so deutlich bemerkt, den charakteristischen, unverkennbaren Geruch. Am stärksten im Windfang. Ich weiß, dass der Geruch in wenigen Sekunden schwächer werden wird, diffus, während ich die Stiefel ausziehe, er wird verschwinden, während ich in den Flur gehe und die Jacke an den Haken unter dem Hutregal hänge. Aber jetzt, während ich die Tür hinter mir schließe, versuche ich, ihn einzufangen. Es ist mehr als ein Geruch. Nicht schmutzig, süßlich, nasse Kleider, grüne Seife oder frisches Brot, sondern der deutliche Geruch nach Kindheit, über den man nie nachdenkt, wenn man aus der Schule kommt, nach einem Fest, einer Pokerrunde auf einem Dachboden, nach dem ersten Kuss hinter den Garagen, der Geruch nach Angst davor, allein gehen zu müssen, der Angst, dass alle weg sind und mich in einem leeren Haus zurückgelassen haben.

Es ist ein vertrauter Geruch, der jetzt vielleicht besonders stark wirkt, weil ich ihn bald nie wieder wahrnehmen werde.

Mutter kann sich nicht mehr an Høn erinnern, und um sie zu schonen, spreche ich nie über das Haus, wenn ich sie besuche. Jedes Mal wenn wir durch das Fürsorgezentrum gehen, wie es so zartfühlend genannt wird, und zum Eingang kommen, bleibt sie stehen und fragt: »Gehen wir hier rein? Hier war ich noch nie.« Dann hakt sie sich bei mir unter und fragt: »Wollen wir mal sehen, was uns da drinnen erwartet?«

Denkt sie nur noch an das, was sie sieht, riecht, hört? Gibt es das Haus nicht mehr? Würde sie jetzt die blaue Tür sehen, den Frost auf dem Boden und den Reif an den Fenstern, und nicht ahnen, dass sich große Teile ihres Lebens innerhalb dieser Wände abgespielt haben? Mit hitzigen Diskussionen, Liebe, Verzweiflung, ihrem feurigen Engagement?

Ab und zu bin auch ich für sie verschwunden. Als Tochter komme und gehe ich in ihrem Bewusstsein. Immer häufiger bin ich irgendein beliebiger Mensch.

Ich gehe hinein und setze mich in die Küche. Dort, auf dem Tisch, ist ihr Radio. Und draußen das Vogelbrett. Und alle Bilder und Zeichnungen, von Kindern und Enkelkindern, die neben dem runden Ausgussbecken hängen, und der Geburtstagskalender, den ich einmal gebastelt habe, aus Furnier.

In der nächsten Stunde kommen mein älterer Bruder und meine jüngere Schwester, neue und alte Schwägerinnen und Schwäger, erwachsene Nichten, meine Kinder und ihr Vater. Und mein Vater. Er ist jetzt einundachtzig Jahre und ihr Vormund, nach vielen Jahrzehnten, in denen sie allein zurechtkommen wollte. Sie hat schon längst vergessen, dass sie geschieden sind, und mein Vater sagt, ihm sei es absolut recht, sie wieder als ihr Mann zu besuchen. Einmal die Woche.

Einige Gegenstände und Möbel wurden schon verteilt. Der Rest liegt aufgeteilt da, gestapelt nach Wünschen, Bedürfnissen, Assoziationen. Großvaters prachtvoller Bürosessel, die Fotoalben, die zahllosen Gemälde, die Skulpturen. Silberbesteck, alte LPs (Pat Boone finden wir in der Hülle von Ketil Bjørnstads *Leve Patagonia*), das englische Service, das wir nur zu Weihnachten benutzt haben, dickwandige Schnapsgläser, abgenutzte Teppiche. Alles, was sie aufbewahrt, gesammelt, bekommen, gekauft hat. Alle Gegenstände, die Namen und Geschichten haben. Wir losen, schwelgen in Erinnerungen, weinen, räumen auf, streiten uns, lachen, packen ein für wohltätige Organisationen und werfen in den Container. Wir werfen viel weg.

Ich sage: »Diese Leselampe können wir doch nicht wegwerfen, die stand ja immer neben ihrem Sessel?« »Und die Bücherregale, die alles enthalten haben, was sie gelesen hat?« »Wir können diesen weißen Emailletopf nicht wegwerfen – ich habe ja noch den Geschmack von gebratenem Kabeljaurogen und geraspelten Möhren auf der Zunge.«

Und jedes Mal sagt meine Schwester: »Wie schön, dass du es haben willst. Nimm es ruhig. Wunderbar!«

Aber ich will das Teil ja gar nicht, ich will nur nicht, dass es verschwindet, ich will, dass es im Haus bleibt.

In einer Schublade in meinem ehemaligen Kinderzimmer finde ich einen kleinen blauen Stoffbeutel, den ich in einer längst vergangenen Handarbeitsstunde genäht habe, gefüllt mit vielleicht einem Dutzend Murmeln. Damals hielt ich diese Kugeln für seltene Kleinode, die ich einfach nicht verlieren durfte. Ich stecke den Beutel in meine Jackentasche.

Wir öffnen ihre Schubladen, leeren die Schränke. Einmal hatte alles eine Bedeutung, es hat Mutter an Ereignisse erinnert, von denen ich nichts weiß, alles hatte seinen Nutzen. Es kommt mir vor, wie private Briefe zu lesen. Ich öffne eine Küchenschublade, nehme eine alte herzförmige Pfefferkuchenform heraus, ein Foto von Mutter und zwei Freundinnen auf einer Reise nach England, eine mit zwei kleinen gelben Muscheln verzierte Streichholzschachtel, einen Korkenzieher, eine von einem Kind getöpferte Tonschale mit Schlüsseln. Eine winzige Figur, ein blaues Nashorn.

Ich behalte das Nashorn und werfe alles andere weg. Es ist, wie Seiten aus einem Tagebuch zu reißen.

Es ist nicht nur ein Leben, das weggeworfen oder aufgeteilt wird, sondern mehrere. In den Abstellkammern im ersten Stock finden wir Koffer voller Rotweingläser und ein Fischservice von Mutters Tante Kaja, sorgfältig in mehrere Ausgaben der Zeitung *Aftenposten* von 1981 gewickelt, wir finden Rollen aus Bildern und Lithographien und ein Bleiglasfenster aus dem Elternhaus von Mutters Mutter. Wir entdecken zwei Flaggen, die vergeblich auf Reparatur warten, Flicken zum Aufbügeln und die vielen Weihnachtsdecken, die gut geschützt in Plastiktüten liegen. Und Fäustlinge und Schals, die ihren Mottentüten seit zwanzig Jahren nicht mehr entrinnen konnten.

Nach vielen Stunden ist der Container voll. Mehr als voll, ganz oben liegen ein Schrank mit einer ramponierten Tür, Mutters Bett, das niemand haben will, einer der hellblauen Küchenstühle aus den Sechzigerjahren, die im Keller gestanden haben, zwei Rollen rotes und blaues Linoleum von der Hausrenovierung 1970, unbenutzte Korkplatten von damals, als ein neuer Küchenboden gelegt wurde, eine zerbrochene Schubkarre, alte Skier.

Ich will eine letzte Nacht in Høn verbringen. Ich habe seit Jahren nicht mehr hier geschlafen, da ich nur zwanzig Autominuten von hier entfernt wohne.

Ich gehe in dem leeren Haus von Zimmer zu Zimmer. Ich weiß nicht, ob es noch immer Høn ist, so ganz ohne Inhalt. Wird es jetzt leichter, das Haus Fremden zu übergeben? Gegen elf Uhr lege ich mich in mein schmales, in die Wand eingelassenes Kinderbett.

Alle Postkarten mit klugen Sprüchen von der Sorte »Die Tage, an denen alles auf dem Kopf steht, sind gute Tage« sind von der Wand genommen worden, Plakate mit verblassten

Helden, der runde, einstmals moderne Philips-Plattenspieler, Bücher vom Gymnasium sind eingepackt worden. Tagebücher und Fotoalben habe ich schon längst mitgenommen, damals, als ich ausgezogen bin. Jetzt ist die schräge Decke nackt und von Heftzwecken gezeichnet. Dort, wo das Plakat von *Carl Larssons Welt* licht und sommerlich hing, bis es von der rittlings auf einem Motorrad sitzenden Suzi Quatro abgelöst wurde, bis die wiederum einem Bild von Jesus weichen musste, oder war das Che Guevara, oder vielleicht Pete Duel aus *Alias Smith & Jones?*

Das Haus ist kalt, das Holz ächzt im Wind, und ab und zu knallt es in einem Rohr. Abgesehen davon ist es ganz still. Wie in der Weihnachtsnacht, der Heiligen Nacht. Aber der Himmel ist weiß, es gibt keine Sterne.

Während ich schlafe, fallen große Mengen Schnee. Für einige Stunden ist alles weiß. Aber es tut den Augen nicht weh, wie Schnee bei scharfer Wintersonne das tun kann. Jetzt ist es weiß, still, spurenlos, wie morgens, ehe die Sonne aufsteht. Der Herbst ist in Winter übergegangen. Ich friere, habe in meinen Kleidern unter einer Wolldecke geschlafen.

Ich gehe die Treppe hoch zu Mutters leerem Schlafzimmer. Die hellgrüne Tapete, die sie und eine Freundin vor vielen Jahren bemalt haben, wellt sich über der Wand, gezeichnet von Nägeln, gefleckt von abgerissenen Stücken Klebeband, verblasst dort, wo ein Bücherregal entfernt worden ist. Auf dem Boden: Spuren eines Einzelbetts. Sie hat es abschleifen lassen, als mein Vater ausgezogen ist. Meine Schritte hallen wider. Ich stelle mich ans Fenster, so wie sie jeden Morgen nach ihrer Gymnastik dastand.

Als sie krank wurde, wollte sie nie darüber sprechen, aber sie muss gedacht haben, dass das Dasein, was immer geschehen sein mochte, fremd war und dass alle um sie herum verschwunden waren, und vielleicht hatte sie keine Ahnung, wer »alle um sie herum« waren.

Vielleicht dachte sie, dass sie es bald erfahren würde. Aber sie erfuhr nichts, und niemand kam, obwohl sie doch bereitstand. Niemand kam, und dabei war es schon ... auf ihrer Armbanduhr war es schon vier. Und in der Küche. Sie wusste, dass jemand sie um vier holen würde, denn auf einen Zettel hatte sie geschrieben:

»Werde um vier geholt.«

Und ein Stück weiter unten auf diesem Zettel:

»Habe Cecilie gefragt. Einen Rock und eine Bluse mitnehmen. Rock und Bluse.«

Genau das hatte sie an. Einen schönen hellbraunen Rock, vielleicht war er neu, und eine grüne Bluse. Aber niemand kam. Und draußen im Garten schneite es, aber niemand fuhr die Auffahrt hoch, und niemand klingelte. Da fiel ihr vielleicht ein, dass sie um vier irgendwo sein sollte. Dieses Wissen erfüllte sie mit Entsetzen, sie war doch noch nie zu spät gekommen. Sie hatte Albträume, obwohl sie wach war, und sie begriff nur, dass sie anrufen musste.

»Warum gehst du nicht ans Telefon? Ich warte hier auf dich. Es ist nach vier.«

»Nachts, Mama. Es ist zehn nach vier Uhr nachts.«

»Ich habe nur aufgeschrieben, dass du mich um vier Uhr holst. Ich habe Rock und Bluse angezogen. Und natürlich habe ich ein Geschenk gekauft. Ich bin schon lange fertig.«

»Das ist erst am Sonntag, Mama. Jetzt ist es mitten in der

Nacht, in der Nacht auf Donnerstag. Du hast es zwölf, dreizehn Mal klingeln lassen, bestimmt hast du schon das ganze Haus geweckt.«

Hat sie das ganze Haus geweckt? Sie hat nichts gehört, sie war allein, sie wusste nicht einmal, wo ihre Schwester war.

Was für eine alles überschattende Angst.

Ich wende mich vom Fenster ab, und mein Blick fällt auf eine Schublade vor der Wand. Die gehörte in ihren Schreibtisch, den wir weggeworfen haben. Die Schublade ist voller Papiere. Ich ziehe einige heraus; ein Abiturzeugnis aus dem Jahr 1952 und ein ärztliches Attest über Rückenbeschwerden. Lieder für Jubiläen, Konfirmationen und Hochzeiten, und ein Poesiealbum mit den Jahreszahlen 1942–1948.

»Wenn du erst mal alt und grau bist, lach ins Leben, wenn du schlau bist.«

Und ein Stapel grauer Schreibblätter, mit einer großen Büroklammer zusammengeheftet.

Ich setze mich auf den Boden und blättere darin. Spalten, Namen, Gegenstände. Es sind die Listen der Weihnachtsgeschenke in nummerierter Reihenfolge. Die erste Liste ist von 1963, dem Jahr meiner Geburt. Die letzte ist von 2003. Namen, die ich gut kenne, von Vettern, Cousinen, Tanten und Onkeln. Andere, die nur vage Erinnerungen sind, an weiße Knoten im Nacken, dunkle Kleider, stattliche Schnurrbärte. Ich erinnere mich plötzlich an Menschen, die ich vergessen hatte, Frau Hansen, die Anfang der Siebzigerjahre bei uns geputzt hat, und der ich dabei helfen durfte, während sie gewagte Anekdoten erzählte. Und die unglaublich freakigen jungen Nachbarn, die nach Gewürzen und Schweiß rochen, die im Sommer nackt herumliefen und Bücher lasen, über die sie mit Mutter diskutieren wollten. Und Mutters Freundinnen mit ihren witzigen Spitznamen.

Auf jeder Seite stehen in der ersten Spalte vielleicht fünfunddreißig oder vierzig Namen, das sind die Leute, die von meinen Eltern Weihnachtsgeschenke bekamen. In der nächsten Spalte steht Elling, mein Bruder, danach ich, und schließlich bekam auch meine jüngere Schwester Anne Johanne eine Spalte, in der steht, was wir einigen von diesen Verwandten geschenkt haben. Und auf der Rückseite: Was meine Eltern bekamen, und von wem. Und was wir Kinder bekamen, bis wir achtzehn wurden.

Alle Weihnachtsgeschenke hat sie notiert. Durchdacht, geplant, eingekauft, gebastelt, geerbt. Gewünscht und bekommen. Insgesamt müssen das mehrere Tausend Geschenke sein. Ich vertiefe mich lange in die einzelnen Blätter.

1965 bekam Mutter von ihrer Tante Kaja einen gestickten Weihnachtsläufer, während ich, noch keine zwei Jahre alt, eine Puppengarnitur erhielt. 1974 schenkte meine Mutter ihrer Schwester den Roman *Unjahre* von Knut Faldbakken, und ihre Geschwister gaben ihr Erik Dammans *Die Zukunft in unseren Händen*.

Unvermittelt erinnere ich mich daran, wie die Geschenke, fertig eingekauft oder genäht, gestrickt, gezeichnet oder gezimmert, auf dem Wohnzimmertisch lagen und auf Weihnachtspapier und Karten mit dem Vordruck »von/an« warteten. Ich erinnere mich daran, was es für ein Gefühl war, sie anzufassen, raue oder glatte Oberflächen zu betasten, die

Umschlagtexte auf den Büchern oder den Hüllen der LPs zu lesen.

Ich denke: Was unterscheidet die Dinge, die wir liebevoll entgegennehmen, von den Geschenken, die uns als Belastung erscheinen? Ich erinnere mich an damals, als ich von jemandem, den ich nicht leiden konnte, eine schöne Glasvase bekam. An das Unbehagen bei dem Gedanken, dass ich ihm jetzt etwas Schönes schuldete. Es ist mir nie in den Sinn gekommen, das Geschenk einfach zu ignorieren.

Ob Mutter das Gefühl hatte, so viele Weihnachtsgeschenke machen zu müssen, oder wollte sie einfach die sein, die für alle sorgte?

Auf diesen vierzig losen Schreibblättern gibt es nur wenige identische Gegenstände. Alle, die ein Geschenk erhielten, konnten es vom Papier befreien und begreifen, dass dieses Geschenk speziell für sie gedacht war. Eine Weste war aus hellblauen und weißen Wollresten gestrickt worden, wie die Farben der Lieblingsmannschaft des Sohnes, Manchester City. Wurde die Weste zu einem Teil seiner persönlichen Geschichtserzählung, oder wurde sie weggeworfen und vergessen?

Einige Geschenke auf der Liste sind Erbstücke von Mutters älteren Verwandten.

Sie hat sich für ihre Vorbereitungen Zeit genommen, und kein Geschenk fand seinen Besitzer grundlos.

Du bekommst das hier, weil ich dich liebe und weil meine Eltern es in den Zwanzigerjahren in Italien auf ihrer Hochzeitsreise gekauft haben. Ich gebe dir das hier, weil du meine Tochter bist, und es wurde von meinem Großonkel Johannes bezahlt, mit blutiger Schufterei auf den kalifornischen Goldfeldern. Weil ich es in einem wunderbaren Trödelladen gefunden habe, weil ich es als Kind gelesen und niemals vergessen habe. Ich gebe dir das hier, weil ich es geerbt habe und nicht will, dass es aus der Familie verschwindet. Ich gebe dir das hier, weil ich es niemals selbst benutzt habe. Du bekommst das, weil du von zu Hause ausgezogen bist und gesagt hast, dass du dir so etwas wünschst. Ich gebe dir dieses Erbstück, weil meine Mutter tot ist und weil ich noch weiß, dass es dir gefallen hat.

Im Haus ist es jetzt eiskalt. Die Heizkörper sind nur wenig aufgedreht. Draußen schneit es noch immer. 1977 – ich sehe das auf der Liste – bekam ich neue Skier, Glasfaser, blau und orange. Das Leben auf Holzskiern war vorüber.

Ich habe keine Sehnsucht nach der Zeit mit Holzskiern, ich habe auch keine Sehnsucht nach schweren Schneestiefeln. Warum bin ich also trotzdem von Sehnsucht erfüllt? Weil es um etwas geht, das nicht mehr da ist? Um alles, was ich vergessen habe?

Die Sehnsucht hat vielleicht nicht nur mit Erinnerungen zu tun, die ab und zu auftauchen, beim Anblick eines Gegenstandes, eines Films, oder beim Klang eines Liedes, beim Einatmen eines Geruchs. Vielleicht, denke ich, ist diese Sehnsucht immer vorhanden? Hat Mutter deshalb alle Sprichwörter aus der Kindheit wiederholt? Geschichten über ihre Eltern ersonnen? Hat sie deshalb alle Geschenke notiert? Nichts weggeworfen? Oder ist die Erklärung ganz einfach, dass sie nicht zwei Jahre hintereinander das Gleiche schenken wollte?

Wie beschreibe ich eine Sehnsucht? Die Sehnsucht nach dem Haus in Høn, in dem die Stimmen schwirren, nach dem

Schlüsselbund in einem Zinnpokal auf dem Tisch in dem türkisfarbenen Esszimmer, nach Fahrrädern in der Auffahrt, nach Mutter, die seufzte, weil der Sonnenschein so schön über den Boden fiel.

Eine Zeit, in der ich selbst, gestern, durch die blaue Tür gegangen bin.

Ich ziehe die Tür hinter mir zu und schließe ab.

Mutters weißes Einzelbett liegt gut sichtbar oben im Container. Der Schnee hat sich wie kleine Türme auf den Bettpfosten abgelegt.

Ich weiß noch, wie ich in der Türöffnung stand, wenn ich Albträume hatte. Ganz still, bis sie aufwachte und flüsterte: »Komm doch ins Bett.« Damals waren es zwei Betten nebeneinander, und ich lag auf der harten Ritze. Hat sie Vaters Bett weggeworfen, damals, zu Beginn der Achtzigerjahre? Hat sie es hinausgetragen, zerhackt? Oder hat sie es auseinandergenommen, es in den Keller gestellt und auf einen Anlass gewartet, um es wieder nach oben zu holen?

So vieles, was man über seine Eltern nicht weiß.

Irgendwer hat ein Netz über den Container gespannt, damit nichts hinausfallen oder weggeweht werden kann.

Ich gehe rückwärts zum Tor. Der rote Kiesweg ist von Schnee bedeckt. Als ich mich ins Auto setze, sehe ich, dass es aussieht, als sei soeben jemand gekommen und ins Haus gegangen.

2

Vier Tage vor Heiligabend ist es draußen zwölf Grad unter null, und die Fahrt zum Wohn- und Fürsorgezentrum geht nur langsam, weil es so heftig geschneit hat. Auf der Hauptstraße ist noch kein Schnee geräumt worden, und mein Wagen schlingert in den tiefen Spurrillen.

Auf der Rückbank liegt ein Buch, das ich aus Høn mitgenommen habe, oder, genauer gesagt, es sind viele Hefte, die zu einem Buch zusammengebunden sind. *Puttes Buch* steht auf dem handbemalten Stoffumschlag, neben einem stolzierenden Hahn. Mutter wurde von Freunden aus ihrer Kindheit und von ihrer Familie Putte genannt. Diesen Spitznamen bekam sie, weil sie als unruhiges kleines Kind in einen blau karierten Stoffsack ge*puttet* wurde, wie beim Golf. *Puttes Buch* besteht aus kleinen Kindergeschichten und Versen. Ich kann sie alle auswendig, weil Mutter sie alle auswendig konnte, weil sie sich als Kind das Buch vorgelesen hat, und dann später uns, mehrere Hundert Mal. Jetzt hoffe ich, dass sie sich noch daran erinnern kann. Und dass ich es ihr vorlesen kann.

Die Straße nach Bråset ist kurvenreich, ich fahre vorbei an einem großen Wohngebiet aus den Neunzigerjahren mit ansehnlichen zweistöckigen Häusern in einem Gewimmel aus kleinen Straßen. Jedes dieser fast identischen Häuser hat etwas Souveränes, als wüssten sie, dass die Felder, die dort einst lagen, die Weiden und der Wald, nie mehr zurückkehren werden. Ganz im Gegenteil wird hier gegraben und abgeholzt, im Dienste einer immer aggressiveren Wohnungsbaupolitik.

Im Frühling konnte Mutter endlich in diesem Pflegeheim in der Nachbargemeinde aufgenommen werden, nach drei Jahren Bitten und schließlich Drohungen unsererseits. Da musste sie schon rund um die Uhr betreut werden, und sie klammerte sich ans Telefon wie an einen Rettungsring. Immer wieder und unter verzweifeltem Weinen rief sie ihre Schwester, Maja Lise, und uns Kinder an, weil der Alltag sich so unbegreiflich gebärdete.

Die Gemeinde Asker hat hier etwa vierzig Plätze gemietet. Das Haus ist aus rotem Ziegelstein, mit flachem Dach und langen Gängen. Jede Abteilung ragt wie eine Pier heraus, eine abgegrenzte Welt mit Ausgang zu einem eigenen Garten, für dessen Pflege die Gemeinde jedoch kein Geld hat. Vor der kleinen Plattform der Piers lauert deshalb zu jeder Jahreszeit eine chaotische Wildnis, und ich hoffe manchmal, dass sie Mutter durch ihre demente Nebellandschaft ein beruhigendes Gefühl von Wald geben kann, von Høn.

In Mutters Abteilung wohnen zehn alte Männer und Frauen, alle mit unterschiedlicher Ausprägung von Vergesslichkeit, Verwirrung und Verzweiflung. Aber nur Mutter läuft weinend umher und ruft laut, wütend oder ängstlich. Die anderen sitzen meistens in ihren Sesseln, unter einer Decke und auf einer dünnen Plastikschicht, damit kein Urin ins Polster zieht. Stattdessen tropft die Pisse auf den Boden.

Ich betrete den Hauptgang und streife, wie gefordert, blaue Überzüge über meine Stiefel. Im Café gleich hinter dem Eingang steht ein großer künstlicher Weihnachtsbaum, geschmückt mit Weihnachtskerzen und norwegischen Flaggen, und ganz oben thront der funkelnde Stern. Die runden Tische sind mit Weihnachtsblumen dekoriert.

Alles hinter diesen Türen erzählt von Anstalt. Die hellgelbe Farbe an den Wänden, die grünen Sessel, der süßliche antiseptische Geruch in den Gängen, wo Rollstühle, Rollatoren, knallbunte Trainingsbälle und andere Hilfsmittel aufgereiht sind.

Während ich mit *Puttes Buch* in der Hand durch den Gang laufe, denke ich daran, dass Mutter vor fünfundzwanzig Jahren durch einen ähnlichen Flur gegangen ist. Ihre Mutter, die ebenfalls Ruth hieß, wurde um die Mitte der Achtzigerjahre ins Pflegeheim des Roten Kreuzes im Silurvei in Oslo gebracht. Mein Großvater besuchte sie jeden Werktag, an den Wochenenden waren entweder Mutter, Maja Lise oder eins von uns Enkelkindern bei ihr. Ich erinnere mich an den Sessel auf dem Gang, in dem Oma mit einem sanften Lächeln saß, und an Opa, der die Anstaltsbilder an der Wand gegen Omas eigene Bilder austauschte. Und an den Mann, der immer nach seiner verstorbenen Frau rief. Jedes Mal wenn ich dort war, hörte ich ihn nach Gladys rufen. Manchmal wütend, gebieterisch: »Gladys!« Andere Male gedehnt, klagend und schmerzlich: »Gladyyyyys.« Einmal schaute ich zu ihm rein und sagte aufmunternd: »Sie kommt gleich.« Sein verkniffenes Gesicht, das sich voller Vorfreude öffnete, hat mich noch lange danach gequält.

Man jagt nach den kleinen lichten Sekunden und hofft, dass die düsteren in der Vergessenheit verschwinden.

Was hat Mutter über ihre Besuche im Silurvei gesagt? Ich weiß nur noch, dass sie sagte, es sei nett gewesen. Weder traurig noch verzweifelt, oder dass sie wünschte, es wäre vorüber. Sie sagte, dass sie ihrer Mutter vorlas und ihren Handrücken streichelte. Ich erinnere mich an Omas Hände. Nach über siebzig Jahren mit Terpentin, groben Lappen und Ölfarben waren sie noch immer weich. Und mit der vom Schlag gezeichneten Hand, die keinen Pinsel mehr halten konnte, nahm sie endlich Opas Nachnamen an, nach fünfundfünfzig Ehejahren. Ende der Zwanzigerjahre kam es selten vor, dass eine Frau bei der Heirat ihren Mädchennamen behielt. Es war gelinde gesagt wohl auch ungewöhnlich, heimlich zu heiraten und mit einer Pferdedroschke vom Rathauscafé dem nichts ahnenden Schwiegervater, dem stattlichen Axel Karelius Krefting, eine Flasche Champagner zu schicken und zu schreiben: »Danke für die Braut!«

Das hatte mein Großvater getan.

Hatte ich damals wohl ein Interesse an Mutters Gedanken über diese Besuche? Die Antwort ist höchstwahrscheinlich Nein.

Die Tür zu Mutters Abteilung, der A 2, öffnet man von außen, indem man auf einen Schalter drückt. Wenn man die Abteilung verlassen will, muss man sich an einen Code erinnern. Ich bin froh, dass es diese Codes gibt. So ungefähr das Letzte, was meine Schwester getan hat, ehe Mutter den Platz in Bråset bekam, war, ein Bild von ihr zu machen und an die Datenbank der Polizei zu schicken. Damit sie wüssten, wen sie suchen sollten, falls sie sich verirrte.

Ich drücke auf den länglichen Schalter, die Tür gleitet auf, und ich gehe hinein. Es sind Mutters Bilder, die im Gang an der Wand hängen, beleuchtet von den Neonröhren unter der Decke. Als sie herkam, haben wir gefragt, ob wir einige von ihren Bildern aus Høn aufhängen dürften. Die Antwort war ein dankbares Ja. Jetzt hängen figurative und abstrakte Gemälde und Lithographien an den gelben Wänden, zwischen grünen Pflanzen und Mitteilungen über Sitzgymnastik, Andacht und Liedertafel. Der Anblick zweier dieser Bilder versetzt mich in einen allgemeinen Zustand der Sehnsucht, einen unbestimmten Wunsch, dass das Leben anfangen möge. Ich schaue durch die Tür zum Fernsehzimmer, wo ich meine Mutter nicht finde, stattdessen schallt aus dem Fernseher eine Diskussion darüber, ob Lehrerinnen an staatlichen Schulen Kopftuch tragen dürfen. Im Zimmer sitzt Gro Hansen, manchmal ein Quell von wiederholten Höflichkeitsfloskeln von der Sorte: »Was Sie nicht sagen, guten Appetit, das wäre ja noch schöner, wie geht es Ihnen?« Um gleich danach den Tonfall zu ändern und mit leiser, grober Stimme Dinge zu sagen wie: »Du hast doch keine Ahnung, wie das geht, du bist ja so was von scheißdoof, darauf kannst du einen fahren lassen!«

Und Ove Pettersen, der dünn wie ein Schilfhalm ist, aber einen hüpfenden Schmerbauch vor sich herträgt, als ob er unter Hemd und Weste schwanger wäre. Jetzt steht Ove Pettersen vor dem Fernseher, aber normalerweise läuft er mit fragender Miene im Gang hin und her, als ob alle, die ihm begegnen, potenziell nahe Verwandte seien. Er geht und geht, in allen Zimmern ein und aus, bis jemand freundlich seinen Arm nimmt und ihn zum Esstisch oder in seinen eigenen Raum bringt.

Aus der Küche strömt ein konzentrierter Geruch nach Räucherwurst, Schweinerippe und Kümmelkohl, vom Essen, das sie vor einigen Stunden verzehrt haben. Beim Kühlschrank steht Aferdita, Mutters Hauptkontaktperson. Ich weiß nur ganz wenig über die Menschen, die Mutter jeden Tag versorgen, die ihrem dünnen nackten Körper unter die Dusche helfen, die ihr die verfilzten Haare auskämmen, die mit ihr spazieren gehen – aber wir reden freundlich und unverbindlich miteinander. Mit denen, die einen ausreichenden norwegischen Wortschatz haben, habe ich eine dankbare, fast muntere Gesprächsform entwickelt. Aferdita ist Mitte vierzig und kommt aus dem Kosovo. Sie ist eine energische Frau, voller Fürsorge. Ich habe ihr gesagt, dass sie mich auch bei der geringsten Veränderung anrufen kann, wenn es um Mutter geht. Das tut sie nicht, aber sie ruft an, um mitzuteilen, dass Mutter ihre Nylonstrumpfhose nicht mehr gefällt, dass sie Geld auf ihrem Frisierkonto braucht, dass sie eine neue Hose mit Gummizug im Bund braucht, keine mit schwierigen Knöpfen. Mutter, die immer so sorgfältig auf ihre Kleider geachtet hat, ohne eitel zu sein, weint jetzt, wenn sie keine Trainingshose tragen darf. »Wir lassen sie anziehen, was sie will«, sagt Aferdita. »Auch wenn sie das früher nie getragen hätte.« Das klingt vernünftig. Sie ruft auch an, wenn Mutter wütend wird, weil ihr niemand bei einem Lied beispringen kann. Wieder und wieder kann sie singen: »Wie schön blüht uns der Maien«, ohne dass irgendwer ihr zur nächsten Zeile weiterhelfen könnte. Dann ruft Aferdita an, oder eine der anderen Pflegerinnen, und fragt: »Kannst du Ruth erlösen?« Und ich habe eine verzweifelte Mutter am Telefon, die sich vermutlich wie eine Nadel vorkommt, die in einer Plattenrille hängen geblieben ist. »Der Sommer fährt dahin«, singe ich. Im Zug oder in der Warteschlange im Supermarkt, oder während ich einen Artikel schreibe. Dann kann sie vor Erleichterung aufschluchzen und die Melodie weitersummen.

Und unser Gespräch ist damit beendet.

»Heute geht es Ruth nicht so gut.« Aferdita schließt die Kühlschranktür. »Aber sie wartet auf dich.«

Wir wissen beide, dass das eine neurologische Unmöglichkeit ist, aber diese kleinen Lügen tun gut.

»Ich kann dich reinbringen«, sagt sie.

»Das ist nicht nötig, Aferdita. Ich gehe lieber allein zu ihr«, sage ich.

»Wie du willst. Aber sie ist heute nicht froh.«

Mutter ist oft niedergeschlagen, aber es passiert auch, dass sie sich freut, wenn ich komme. Und dass sie dann im Laufe des Besuchs traurig und reizbar wird, und dass sie weint, wenn ich gehe. Dann will sie mit mir kommen und fragt mit traurigem Hundeblick: »Willst du mich denn hier allein lassen?« Als ob sie sich wie mitten auf einer großen Straßenkreuzung ausgesetzt fühlte.

Eine Ärztin hat uns bei einem Angehörigengespräch gesagt, dass Mutter aller Wahrscheinlichkeit nach bei Begegnungen mit Menschen, die sie gut gekannt hat, traurig wird, weil sie dabei auf eine vage und verwirrende Weise daran erinnert wird, was sie verloren hat. Dabei tippte sie sich mit dem Zeigefinger an die Oberlippe. Danach notierte sie etwas auf einem Blatt Papier, und ich fragte, ob sie meine, wir sollten Mutter nicht mehr besuchen.

Die Ärztin schaute zu mir hoch und sagte: »Nein, natürlich nicht. Ich sage nur, dass sie nicht zwangsläufig traurig ist, ehe ihr kommt, und dass sie das danach auch nicht lange bleibt.«

Das sollte ein Trost sein. Alzheimer ist für niemanden leicht zu verstehen. Vielleicht hatte die Ärztin meine Frage notiert, ich weiß es nicht.

Oft ist es leichter, wenn Eirin bei mir ist. Meine Tochter ist zehn Jahre alt und hat ihre eigene Methode, Mutter zu beruhigen. »Alles wird gut, Oma«, sagt sie und streichelt Mutters Haare, egal wie tief die Verzweiflung der Großmutter auch sein mag. Ola, bald fünfzehn, kann sich gut daran erinnern, wie seine Oma früher war. Seine Gefühle ihr gegenüber verwirren ihn, er hat Angst, sie vollständig zu vergessen, wie sie war, und er kommt seltener mit nach Bråset. Torger, ihr Vater und mein Mann, begleitet mich nur äußerst selten.

Ich öffne ihre Zimmertür, die letzte auf dem Gang, Die Hitze der Zentralheizung steht vor mir wie eine Wand. Mutter sitzt in ihrem roten Sessel aus Høn. Neben ihr steht der schmale Couchtisch, den sie und Vater bei ihrer Hochzeit gekauft haben. Auf dem Tisch liegt das gemalte Porträt von Wau, und darauf sitzt Klein-Wau selbst und betrachtet sein eigenes Bildnis. Hinter Mutter gibt es ein großes Fenster, und dahinter liegt der Schnee hoch auf den blattlosen Sträuchern.

»Hallo, Mama!« Meine Stimme klingt ungewöhnlich hell und munter. Ich mag diesen aufgesetzt fröhlichen Tonfall nicht, aber ich benutze ihn trotzdem, wieder und wieder. Unter anderem, um die Traurigkeit zu verbergen, die sonst zum Vorschein kommen würde.

»Hier kommt Cecilie, deine älteste Tochter!« Das ist das Signal, das sie entweder zum Lachen bringen kann, oder nach dem sie sich mit einem strahlenden Lächeln erhebt. Oder etwas Unangenehmes sagt. Jetzt steht sie aus ihrem Sessel auf.

»Ach, meine Liebe, wie gut, dass du endlich kommst. Ich habe schon alles gepackt. Du kommst fast immer zu spät. Ich dachte schon, ich müsste den Zug nehmen.«

Es versetzt mir immer einen Stich, wenn sie gepackt hat, so wie jetzt. Ihr Koffer steht auf dem Boden, Großmutters Kinderbilder von Elling, Anne Johanne und mir lehnen hintereinander an der Wand, einige Fotos sind in kleine Fetzen zerrissen und liegen als Türmchen aufgehäuft auf dem Nachttisch. Auf einigen dieser Fetzen sehe ich Teile des Hundes, den wir früher einmal hatten, Pontus, ein Beagle.

»Du musst mich jetzt nach Hause fahren«, sagt sie.

Ich küsse sie auf die Wange und weiß, dass nach Hause nicht Høn bedeutet, sondern ihr Elternhaus in Volvat, wo ihre Mutter und ihr Vater sie erwarten.

»Können wir nicht noch ein bisschen hierbleiben? Ich bin doch gerade erst gekommen«, sage ich.

»Nicht eine Sekunde länger!« Sie stampft auf den Boden auf. »Hast du gehört!«

»Aber hier ist es doch so schön? Schau mal, ich habe *Puttes Buch* mitgebracht.« Ich reiche es ihr. Sie schaut es für den Bruchteil einer Sekunde an, dann schleudert sie es aufs Bett, das sich nach allen Seiten heben und senken lässt. Eine lockere Seite mit dem Anfang der Geschichte von Buster flattert zu Boden.

»Ja, dann gehen wir eben«, sage ich und halte ihr den Arm hin. Und füge hinzu: »Und dann nahm ich meine alte Mutter am Arm« – ein Zitat, das sie immer wieder verwendet hat, zahllose Male. Sie nimmt meinen Arm, widerwillig, unsicher. Ihre dünne Hand wird nach und nach zu einer Kralle an meinem Unterarm. Wir gehen über den Flur, machen bei der Glastür mit dem Ziffernschloss kehrt und wandern denselben Weg zurück, vorbei an Fernsehzimmer und Küche. Mutter wird langsam gelöster. Wir bleiben vor einer Lithographie stehen, die eine französische Landschaft zeigt, und ich frage, ob sie noch weiß, dass dieses Bild von einem von Großmutters Kollegen stammt.

»Natürlich weiß ich das noch. Hältst du mich denn für komplett vertrottelt?«

Ich führe sie noch ein Stück weiter durch den Gang und sage: »Hier ist es. Jetzt sind wir bei dir zu Hause. Siehst du deinen Namen an der Tür?«

Agnes, meine Nichte, hat ein fröhliches Schild gemalt, auf dem der Name mit Erdbeeren dekoriert ist.

»Ruth Krefting Enger. Das bin ich, oder nicht?«

»Ja, das bist du.«

»Ich war hier aber noch nie.«

»Du wirst es wiedererkennen, wenn wir reingehen.«

Ich öffne die Tür.

»Hier ist es ja schön warm«, sagt Mutter und fängt an, sich auszuziehen.

»Zieh nicht alles aus. Draußen sind es zwölf Grad unter null. Ich such etwas raus, das du gern anhast.«

Der Schrank ist leer. Im Koffer auf dem Boden finde ich ein Weihnachtskleid. Ich manövriere Mutter aus der Trainingshose und einem blauen Pullover und hinein in das praktische rote Kleid, das Anne Johanne für sie gekauft hat. Sie hätte sich vor ihrer Krankheit niemals ein dermaßen altmodisch geschnittenes Kleid zugelegt. Als wir jetzt zusammen ins

Badezimmer gehen und in den Spiegel schauen, sagt sie aber: »Das ist ja gar nicht schlecht.«

»Ich finde uns beide richtig fein«, sage ich.

Sie ist schön in dem roten Kleid. So groß wie ich, aber viel dünner. Ihre Haare wurden erst vor einigen Jahren grau, da war sie schon siebzig. Jetzt liegen sie frisch gewaschen oder gelegt, wie sie das nennt, wie ein glänzender Helm um ihr mageres Gesicht mit den scharf geschnittenen Zügen.

Im Regal im Badezimmer steckt in dem Zahnputzbecher ein zusammengerolltes Foto. Ich nehme es heraus und sehe, dass es sich um ein Schwarz-Weiß-Bild meines Vaters handelt. Er lehnt in James-Dean-Pose an einem altmodischen amerikanischen Auto, mit welligen, nach hinten gekämmten Haaren, weißem Hemd mit aufgekrempelten Ärmeln, ein Fuß lässig auf die Radkappe gestützt. Das Bild wurde aufgenommen, ehe er Mutter kennenlernte, als er in den Fünfzigerjahren in den USA Ingenieurwissenschaften studierte.

Es hilft, greifbare Beweise dafür zu haben, dass die Alten einmal ganz jung waren. Zugleich haben solche Bilder etwas Schmerzliches oder Unangenehmes und zugleich Überlegenes. Es wirkt so leicht, über das Foto zu lächeln, weil Vater offensichtlich selbst nicht ahnt, dass diese Studienzeit in den USA nur eine Epoche ist, und dass zwei Wochen später ein Telegramm aus Norwegen eintreffen wird, um ihn ans Sterbebett seines Vaters zu rufen.

»Er sieht ja ganz schön flott aus«, sage ich.

»Natürlich.«

Wir gehen wieder ins Zimmer zurück. Mutter setzt sich in den Sessel, und ich packe den Koffer aus. Danach lese ich die Geschichte über Buster vor. Viele Sätze, die ich anfange, vollendet sie. Am Ende sitzt sie mit geschlossenen Augen da und lächelt. Beim Schluss der Geschichte brauche ich ihr nicht zu helfen.

»Wau-wau-wau, sagte Buster und leckte Mutters Gesicht. Und dann war Buster wieder zu Hause in seinem großen Haus. Und er war überhaupt nicht mehr traurig.«

3

Die erste Liste ist von Weihnachten 1963. Vielleicht hat es ja auch in früheren Jahren Listen gegeben, aber diese hier, die ich in Händen halte, ist die älteste im Stapel. Eigentlich müsste ich alles andere tun, als verträumt hier am Küchentisch zu sitzen und das dünne Blatt Papier anzustarren. Ich muss einen Artikel für die Zeitung fertig schreiben.

Ich halte das Blatt ganz vorsichtig, wie ein unersetzliches Wertpapier, ein Pergament aus alten Zeiten, ein Dokument mit einer lebenswichtigen Erklärung.

Mutter schrieb mit Filzstift und Bleistift, der Bogen hat kleine quadratische Karos. Vielleicht wurde er aus einem Rechenheft herausgerissen. Sie hatte ja zwischendurch auch als Lehrerin gearbeitet. Weihnachten 1963 war ich zehn Monate alt.

Ich kenne alle Namen. »Mutter und Vater« steht ganz oben, ihre Eltern. Erhaben, originell, Künstler eben. Ruth und Anton, ein Begriff. Sie waren wie Gottheiten für ihre zwei Kinder, Mutter und meine Tante Maja Lise. Im Kielwasser ihres Lebens treibt ein Schatz an Geschichten und Mythen. Die beiden waren immer weit vor uns am Horizont, und wir dümpelten in den Wellen ihrer Erlebnisse, in den Geschichten darüber. Die Gegenstände, die wir von ihnen bekamen oder von ihnen erbten, waren selbst Geschichten, und die Geschichten, die sich mit diesen beiden Menschen verbinden, wollen mich einfach nicht loslassen. In einem meiner Romane ist die Hauptperson in ihrem Haus aufgewachsen, einem von Gemälden, Zeichnungen, Bildern gefüllten Haus. Kunst und schöne Gebrauchsgegenstände. Ihr Esszimmer war eine Kopie der Küche des spanischen Malers El Greco. Mit der offenen Feuerstelle, den Bänken, den Wandteppichen und dem Steinboden. Sie waren anziehend und gleichzeitig weit weg, fast beängstigend.

Im Bücherregal in Høn, das wir in den Container geworfen haben, standen einige der vielen Bücher, die ihnen gehört hatten und die Mutter geerbt hatte. Ich habe zwei Romane und zwei Schauspiele von Nordahl Grieg mitgenommen. Zerfledderte Bücher mit schwarzem Papierumschlag, aus den Zwanziger- und Dreißigerjahren. In einem der Stücke, *Unsere Ehre und unsere Macht,* hat der Autor meine Großeltern in die Handlung hineingedichtet. Als das Boot Vargefjell ablegt, sagt einer der Matrosen: »Jetzt musst du Ruth und Anton ganz herzlich von mir grüßen.« Vorn in allen Büchern hat er mit eleganter Schlingenschrift herzliche Grüße geschrieben. Mein Großvater und Nordahl Grieg waren gleich alt, sie studierten zusammen, und Grieg kam nach Volvat, um seine Manuskripte vorzulesen und über seine unvollendeten Gedichte und Theaterstücke zu diskutieren.

Der Maler Henrik Sørensen hat meine Großmutter Sonnen-Ruth genannt.

Meine Großeltern haben Menschen gekannt, über die ich höchstens in Schulbüchern gelesen habe.

Ich glaube, ich habe niemals bei ihnen übernachtet, und ich habe auch keine Erinnerung daran, jemals auf ihrem Schoß gesessen zu haben. Aber wir waren oft zu Besuch, haben bei ihnen gegessen, die Gespräche waren schwierig, aber ich fand es doch spannend, dabei zuzuhören, und das Einzige, was ich damals begriff, war, dass ich nicht begriff, worüber sie da redeten. Ich glaube, mein Vater fand diese Besuche anstrengend. Für meine Großeltern war ein Ingenieur eine Art Praktiker, der eine Sicherung eindrehen und ein leckendes Rohr abdichten konnte. Und Vater hatte noch dazu seine Ausbildung in den verachteten USA gemacht.

Wir waren jeden Sommer einige Tage mit ihnen zusammen, in Åsgårdstrand. Obwohl es niemals lange war, sind meine Erinnerungen daran hell, stark. Großmutter ließ uns mit den Resten ihrer Ölfarben Bilder malen. Ihre seltsamen japanischen Strohhüte und die blauen Hosen. Die Ausflüge zum Strand hinunter, wo sie im Schilf ihre Umkleidehocker stehen hatten. Weg mit Bademantel und her mit Badeanzug und Badeschuhen. Und vorsichtige Schritte zwischen den Steinen »England« und »Dänemark«, wo beide sich das Gesicht wuschen, ehe sie sich umdrehten und sich rückwärts ins Wasser gleiten ließen. Ich habe sie niemals schwimmen sehen, aber sie trieben auf dem Rücken dahin, zufrieden, mit aus dem Wasser ragenden Zehen.

Ihr Sommerhaus, Rutland, verdankte seinen Namen Jonas Lies Seefahrerroman selbigen Namens, und natürlich Großmutter und Mutter, wenn auch ohne h. Die Türen waren mit Wiesenblumen und Schiffen bemalt. In der Küche waren auf die Schranktüren Tassen, Teller und Kochtöpfe und ein Fisch in einer Schüssel gemalt, je nachdem, was im jeweiligen Schrank aufbewahrt wurde. Alle meine Sommererinnerungen sind ein Konzentrat aus diesem ockergelben Haus. Es enthält alles, was es an ewiger Kindheit gibt, eingehüllt in einen vibrierenden Hitzedunst. Das Plumpsklo mit den Spinnen, dem Gestank, der von dem großen und dem kleinen Sitz aufstieg, die vergilbten Bilder aus Kunstkalendern aus den Fünfzigerjahren an der Klowand. Die Wasserpumpe im Hinterhof, die Kuhglocke, die zum Essen rief, die Drinks, die die Erwachsenen auf der Veranda zu sich nahmen. Die Wassereimer in der Küche, das rote, das gelbe und das grüne Schlafzimmer. Die ersten Schwimmzüge mit Vaters Hand unter dem Kinn, und die Radfahrten zum Bäcker Franzen, wo die Bäckersfrau und ihre Schwester Brot und Brötchen für das Frühstück verkauften. Mit Kronenspiel, Musikbox und drei Resopaltischen zum Kaffeetrinken. Opa las uns nicht Jonas Lie vor. Abends griff er zu *David Copperfield,* Agatha Christie und Daphne du Mauriers *Rebecca* – mit seiner zitternden Stimme und dem Akzent von Ålesund. Er machte Rutland zum Herrensitz Manderley, und eine meiner älteren Cousinen starrte böse wie Mrs Danvers alle an, die zur Verandatür hereinkamen, und sagte düster drohend: »Welcome to Manderley.«

Meine Großeltern standen jedes Jahr ganz oben auf Mutters Geschenkeliste, bis sie 1987 und 1989 starben. Sie wurden beide siebenundachtzig Jahre alt. Meine Großmutter starb mit Großvaters leiser, vertraulicher Stimme im Ohr. Er erzählte ihr, dass er ihr sein Leben lang hinterhergeschaut habe, wenn sie sich vor dem Nationaltheater trennten und sie weiter durch die Stortingsgate zu ihrem Atelier in der Øvre Vollgate ging (damals hieß sie noch Golgate). Er sei niemals seine Angst losgeworden, sie könne nur eine Luftspiegelung sein und sich auflösen. Deshalb habe er ihr hinterherschauen müssen, bis sie um die Ecke verschwand.

Wir waren alle bei ihr während der letzten Tage ihres Lebens. Ich weiß noch, dass ich geweint habe. Vielleicht auch, weil ich wusste, dass es für uns alle unmöglich wäre, ihre Vorstellung von Liebe zu erfüllen.

Wir glaubten, der magere Mann werde aufhören zu essen, als Großmutter gestorben war. Wir glaubten, er werde auch aufhören zu lesen oder ins Theater zu gehen. Dass sein Leben ohne sie, mit der er es geteilt hatte, aufhören werde. Aber er führte Telefonate (er rief niemals einfach nur an) mit dem Feinkostladen Petersen in Majorstua und bestellte kleine Dosen mit etwas, das er Pedros Eintopf nannte, die er bis ins Unendliche verlängerte und in höchsten Tönen lobte, wenn er zum Essen einlud. Er führte auch mit dem staatlichen Alkoholladen Telefonate und hatte weiterhin seine Kästen mit Halbliterflaschen von, wie er es nannte, Sechskronenrotwein in der Speisekammer. Er nahm sich einen Mieter, einen sympathischen jungen Verwandten, der aus Ålesund kam, Theaterwissenschaft studierte und gern mit in die Vorstellungen ging, wenn Kinder und Enkelkinder verhindert waren. Wir nannten ihn den neuen Enkel.

In den Jahren nach ihrem Schlaganfall war Großvater ganz und gar für Großmutter da gewesen. In den beiden Jahren, die ihm blieben, bis er dann auf dramatische Weise auch starb, konzentrierte er sich fast ausschließlich auf die Darstellung des Lebens auf der Bühne. Modern, traditionell, provozierend, freie Gruppen oder festes Ensemble. Immer wenn er ohne Mutter eine Aufführung besucht hatte, führte er abends ein Telefonat mit ihr. Beschwingt oder gereizt. Verzweifelt, überzeugt davon, dass das Theater als Kunstform aussterben würde, wenn die Aufführung des Abends die Zukunft darstellte, oder, im Gegenteil, begeistert davon überzeugt, dass das Theater durch die aktuelle Schauspielergeneration richtungsweisend für die Zukunft aller Kunst sei.

Ich sehe Mutter damals in Høn vor mir, wo das Telefon an der Wand hing. Zuerst stand sie, nach einer Weile setzte sie sich auf die kleine Telefonbank, bald beugte sie sich vor, um ihren Rücken zu entlasten. Nach einer halben oder einer Dreiviertelstunde richtete sie sich wieder auf. Aufgrund seiner Schwerhörigkeit sprach Großvater laut. Sein Engagement ließ ihn lange reden. Mutter hörte ihrem Vater immer geduldig zu. Wenn andere telefonieren oder mit Mutter sprechen wollten, lächelte sie nur verständnisvoll. Nie wäre sie auf die Idee gekommen, dass sie das Gespräch ja auch beenden könnte.

Das Blatt mit der Liste von 1963 hat das Format A4 und einen Rand an der einen Längsseite. Spuren eines Ringbuchs. Auf der Rückseite, wo sie die Geschenke »für uns« notiert hat, steht, dass der Heilige Abend in Volvat gefeiert wurde.

Meine Großeltern bekamen von Mutter genähte blau karierte Kissen für die Küchenstühle und ein Foto – von mir. Auf dem Foto sitze ich auf dem blau gestreiften Sofa mit dem kratzigen Wollbezug und trage ein gestärktes Baumwollkleid. Mutters Hände hielten mich fest, bis Vater sagte: »Jetzt!« Dann trat sie schnell zurück, während er abdrückte. Auf dem Bild sitze ich gelassen da, mit breitem zahnlosem Lächeln. Zwei Sekunden später kippte ich dann vermutlich zur Seite, wie eine Pappfigur im Wind. Aber das Wichtigste war: Ich war auf Zelluloid gebannt und wurde zum Weihnachtsgeschenk des Jahres.

Mein dreieinhalb Jahre älterer Bruder Elling bekam Legosteine und eine Tafel, ich bekam ein Lätzchen mit einem Elefanten, Vater bekam von Mutter Briefpapier und zwei Cocktailgläser.

Für ihren Großonkel, Johannes Hægstad, hatte Mutter eine Viertelliterflasche Drei-Sterne-Cognac, und für Geir, den Sohn eines von Vaters Kollegen, *Donald Duck als Lokomotivführer*, ein Album zu 3,95 Kronen. Sein Bruder Bjørn-Henrik bekam Fausthandschuhe. Ihrer Jugendfreundin Dorrit schenkte Mutter ebenfalls Fausthandschuhe.

Mutter war achtundzwanzig, Vater vierunddreißig, als sie, nach nur vier Jahren in Halden, wo Elling geboren worden war, zurück nach Oslo kamen. In Halden hatte Vater als Ingenieur beim »Attom« gearbeitet, wie der Versuchsreaktor dort genannt wurde. Vater war in einem langen weißen Kittel hundert Meter tief in den Berg Månefjell gestiegen, während Mutter als Vertretungslehrerin in der Grundschule arbeitete. 1963 trat Vater eine Stelle beim Zentralen Institut für Industrielle Forschung an der Universität Oslo an, und sie fanden eine Wohnung in Grefsen.

Am Heiligen Abend bekamen meine Eltern einen Band mit englischen Novellen von Mutters Schwester Maja Lise und ihrem Mann Arne. Abends, nachdem sie die Geschenke in die Wohnung geschleppt und zwei müde Kinder ins Bett gesteckt hatten, setzte Mutter sich mit diesem Buch auf das gestreifte Sofa. Sie öffnete es, sah das Inhaltsverzeichnis durch und blätterte sich vor zur Geschichte »Der Fuchs« von D. H. Lawrence.

Als wir Høn ausräumten, nahm ich diese Novellensammlung mit. Sie ist in hellbraunes Kunstleder eingebunden und viel gelesen. Die Karte mit dem Aufdruck von/an liegt noch immer als Lesezeichen beim »Fuchs«. Neben dem Titel der Novelle ist mit Bleistift ein kleines Ausrufezeichen gemalt. Die Geschichte handelt von zwei unverheirateten Frauen, die während des Ersten Weltkriegs auf einem Bauernhof in England mühsam ihren Lebensunterhalt verdienen. Beide sind Ende zwanzig und halten ein Leben als Hausfrau und Mutter für unerreichbar. Dann kommt ein Soldat, der bei ihnen wohnen soll.

Ich sehe Mutter auf dem Sofa vor mir. Sie rauchte damals. Vielleicht steckte sie sich eine Zigarette an, ehe sie anfing. Vielleicht fragte sie Vater:

»Soll ich dir vorlesen?«

Und Vater nickte aufmunternd und setzte sich in den blauen Sessel auf der anderen Seite des ovalen Couchtisches.

Im »Fuchs« gibt es eine Menge Intrigen zwischen der maskulinen Nellie March und der schwächlichen Jill Banford. Die Geschichte endet damit, dass der Soldat Henry und Nellie ein Paar werden, auf einem Felsen sitzen und auf das Meer hinausschauen und sich das glückliche Leben ausmalen, das sie sich im gelobten Land Kanada aufbauen wollen. Sie versprechen einander ewige Treue, auch wenn beide wissen, dass sie niemals ganz zufrieden sein können. Für Henry ist das erst möglich, wenn Nellie aufhört, immer nur sie selbst sein zu wollen. Und Nellie ihrerseits sieht ein, dass sie nicht mehr selbstständig denken darf, denn erst dann kann ihre Weiblichkeit in seiner Männlichkeit leben.

Mutter knallte gereizt das Buch zu.

»Na, was meinst du?«, fragte Vater und sah Mutter an.

»Ich glaube, viele Frauen haben das Gefühl, sich selbst aufgeben zu müssen, um als gute Frau und Mutter akzeptiert zu werden«, sagte sie.

»Unsinn«, sagte Vater. »Ich finde, die Geschichte zeichnet ein allzu stereotypes Männerbild. Und das Frauenbild ist auch nicht besser. Vielleicht war es vor fünfzig Jahren so, aber wir leben im Jahre 1963. Ich kenne keinen Mann, der eine schwache Frau will, um sich stark zu fühlen, oder sicher. Ich kenne auch keine Frauen, die glauben, sie müssten alles aufgeben, um mit ihrem Mann glücklich zu sein. Was wäre das auch für eine elend langweilige Ehe.«

»Ich glaube eben doch, dass viele so empfinden. Ganz so modern sind wir auch wieder nicht.«

»Was willst du damit sagen? Dass du deine Integrität aufgeben musstest, damit ich mich maskuliner fühlen kann?«

Mutter zuckte mit den Schultern und stand vom Sofa auf. Es war nach Mitternacht.

Im Bett schmiegten sie sich aneinander, Mutter in Vaters Armen. Sie schwiegen. Nach einigen Minuten musste Vater seinen Arm befreien, weil ihm die Finger eingeschlafen waren.

Im Nebenzimmer weinte ich. Aus Dr. Spocks Buch über Kindererziehung hatte Mutter gelernt, dass man Kinder nicht verwöhnen und beim leisesten Wimmern nachgeben durfte. Es sei wichtig, ihnen beizubringen, sich von selbst zu beruhigen.

Vater drehte sich auf die Seite und schlief ein. Mutter blieb wach liegen und lauschte.

In einigen Stunden würden sie das Weihnachtsfrühstück machen, zusammen.

4

1964 bekamen die Eltern meiner Mutter die DECKE, in Großbuchstaben. Es war eine hellblaue Baumwolldecke, auf die Mutter eine Kreuzstichkante gestickt hatte. Sie bekamen außerdem eine Räucherwurst. Die Wurst war in Bagn in Valdres gekauft worden, wo mein Vater bis zu seinem zwölften Lebensjahr gewohnt hatte. Ich war fast zwei Jahre alt und bekam ein Puppenbett, das Vater getischlert hatte. Mutter hatte dazu Decke und Kissen und eine kleine Matratze genäht – als Geschenk von Elling. Er bekam von mir einen Werkzeugkasten. Ellings Freund Frode, dessen Namen Mutter immer liebevoll mit einem kindlichen d anstelle des r aussprach, bekam Eintrittskarten für *Die Tiere aus Hakkebakkeskogen*, das am zweiten Weihnachtstag im Nationaltheater Premiere hatte. Frode war fünf Jahre alt und wohnte in Halden, und Mutter wollte, dass Ellings Freund nach Oslo kam und etwas Spannendes erlebte. Ich kenne Frode nur von einem Schwarz-Weiß-Bild, in Latzhose und mit einem Plastikboot in der Hand.

Maja Lise und Arne bekamen Töpfe mit Hyazinthen, und Vaters jüngere Schwester Kirsten und ihr Mann ein besticktes Zierhandtuch.

Im darauf folgenden Jahr, 1965, bekamen meine Großeltern emaillierte Cathrineholm-Töpfe, die damals sehr modern waren, dazu ein Foto von Elling und mir. Elling hatte für die Großeltern in Volvat ein Weihnachtsdeckchen genäht. Von mir bekamen sie ein noch kleineres Weihnachtsdeckchen, vermutlich mit Kartoffeldruck. Ich stelle mir vor, wie meine Hand auf das quadratische Leinenstück gedrückt wurde.

Ich drehte den linierten A4-Bogen mit der Überschrift 1965 um und lese bei »für uns« weiter.

Es war das Jahr, in dem Großmutter Elling gemalt hatte. Er hatte in Rutland Modell gesessen, und zu Weihnachten war er das Geschenk für Mutter und Vater, mit ernsten blauen Augen unter einem hellbraunen Pony und mit einer schräg gerückten roten Schirmmütze. Sie bekamen außerdem zwei geerbte Silberlöffel. Elling bekam ein Hemd. Ich war zwei Jahre alt und bekam ein Sparschwein und einen kleinen Regenschirm.

Ganz unten auf der Seite sehe ich, dass mein Geschenk an Mutter in jenem Jahr aus einer Küchenschürze bestand. Vater bekam eine Rasierklinge. Weihnachten 1965 waren wir gerade umgezogen. Meine Eltern hatten das Zweiparteienhaus kaufen wollen, das sie in Grefsen gemietet hatten, aber sie konnten nicht genug Geld aufbringen und mussten weiter an den Stadtrand ziehen, wo die Preise niedriger waren. Mit dem Zirkel zeichneten sie einen Kreis um Oslo und fanden das Haus in Høn. Gleich neben einem Feld und nicht weit von der Eisenbahn. Damals war das auf dem Land, und für die Verwandtschaft in Oslo wurden wir bald zu den »Hühnern«.

Von ihrer Schwiegermutter bekam Mutter ein knielanges kariertes Kleid mit halblangen Ärmeln aus Synthetik. Und eine Schürze. Oma hatte beides selbst genäht.

Aus einem Fotoalbum kenne ich das Kleid. Das Bild stammt vom Fest am zweiten Weihnachtstag, an dem wir immer das alte Brettspiel »Vogelspiel« gespielt haben. Wir gehen um den Weihnachtsbaum, meine Mutter hält ihre Schwester an der Hand, und unter das Bild hat sie geschrieben: »Im neuen Kleid, von Oma genäht.« Das Kleid hat einen runden, nicht sonderlich tiefen Halsausschnitt.

Mein Vater bekam eine rot karierte Decke fürs Auto. Denn wir hatten ein Auto, einen Saab 93B, mit einem zweizylindrigen Zweitaktmotor. Es wurde in dem Jahr gekauft, in dem meine Eltern geheiratet hatten, 1959. Es war blau und hatte ein ovales kleines Heckfenster. In Norwegen gab es bis 1960 Autorationierung, aber Volvo und Saab hatten dem norwegischen Staat zugesagt, Autoteile von den Firmen Raufoss und Kongsberg Våpenfabrikk zu kaufen, wenn im Gegenzug die Rationierung für diese beiden Marken gelockert würde. Und Vater hatte einen alten grünen Chevrolet mitgebracht, als er nach sieben Jahren in Chicago wieder nach Norwegen zurückging. 1959 verkaufte er den Chevrolet an das Hotel Dombås, das ein Auto brauchte, um Gäste vom Bahnhof abzuholen. Dadurch hatte er Geld genug, um für 18 000 Kronen den Saab zu kaufen. Die gleiche Summe, die sein Jahresgehalt betrug, er hatte soeben eine Stelle bei Norsk Hydro angetreten.

Sowie er den Saab gekauft hatte, fing Vater an, mit seiner Mutter Autoausflüge zu unternehmen. Oma fuhr zu gern mit ihrem Sohn los. Sie mussten nicht viel reden, sie freute sich über alles, was es zu sehen gab. Oft kam auch Kirsten mit. Oma hatte einen eigenen Koffer für diese Ausflüge, einen braunen Campingkoffer. Im Koffer gab es alles, was man für ein Picknick am Straßenrand oder auf einem Rastplatz brauchte. Alles aus Kunststoff, mit Lederriemen befestigt. Gelbe Plastikteller, gelbe Butterdose. Eierbecher, Salz- und

Pfefferstreuer, Tassen, Messer, Gabeln. Vater nahm den Primuskocher mit. Und nach 1965 war auch immer die karierte Autodecke von Großmutter dabei.

Mit zweiundneunzig Jahren, 1991, wurde Vaters Mutter von mir interviewt. Ich hatte einen Kassettenrekorder mitgebracht. Wir begannen den Besuch mit Pulverkaffee und einer Art Mau-Mau am Küchentisch in ihrer Wohnung. Sie sah jetzt nicht mehr so gut, und nicht alles war immer blitzblank. Aber es roch sauber. Hinter den Vorhängen hatte sie Schälchen mit grüner Seife aufgestellt.

Ich habe die Kassetten mit dem Interview aufbewahrt, es sind zwei.

Seit ihrem Tod habe ich ihre Stimme nicht mehr gehört. Ach, das Zuhören macht wehmütig. Es macht sie auf andere Weise lebendig als die Fotografien.

Sie erzählt von ihrer allerersten Erinnerung. »Wie ich ein Automobil gesehen habe …«, sagt sie und unterbricht sich. Ihre Stimme ist ein wenig rau, sie klingt nachdenklich. Als ob sie alles ganz klar und deutlich vor sich sieht. »Es war 1904. Ich bin fünf Jahre alt und halte meinen Vater an der Hand. Eine von meinen großen Schwestern, Alette, oder, ich glaube, es war Theodora, hat mir ein Kleid aus einem alten Vorhang genäht (lacht). Wir sind mit Pferd und Wagen von Vestby nach Hvitsteen gefahren, um eins der allerersten Automobile in Norwegen zu sehen. Es soll mit dem Schiff an der Fred Olsens brygge angeliefert werden, es gehörte ja Olsen. In Hvitsteen wimmelt es an diesem Tag von Menschen, alle haben sich in ihren feinsten Staat geworfen. Und dann kommt das Schiff. Es legt an, und das Auto wird vom Deck auf die Brücke gehievt.

Wir werden zurückgedrängt, allesamt, um Platz für das Auto zu machen. Es ist rot. Zuerst ist es ganz still, aber dann fangen alle an zu klatschen und zu jubeln. Das ist meine erste Erinnerung.«

Oma war fünfzig Jahre lang Witwe, und neben der Tierarztpension, die sie von meinem Großvater hatte, verdiente sie Geld, indem sie in der Turnhalle zur Gymnastik Klavier spielte, bis sie über neunzig war. Sie sagte immer, sie habe tausend Lieder im Kopf. Und dann nähte sie Kleider. Aus Stoffen, die ihr geschenkt wurden oder die sie im Ausverkauf fand, oder sie nähte unmodern gewordene Kleider oder Vorhänge um. Als sie 1998 starb, mit fast hundert Jahren, fanden wir Bettwäsche, die aus zwei oder drei verschlissenen Laken zusammengesetzt war, gestopfte und geflickte Unterwäsche, und in den Schubladen lagen zahllose winzige Tuben mit Handcremeproben.

In meiner Vorstellung war sie nicht einmal besonders genügsam. Sie nutzte einfach, was sie hatte, und reparierte alles, was nicht mehr heil war. Sie war eine wahre Recyclerin, ohne Idealistin zu sein.

Meine Großmutter war 1899 geboren worden, als Nachkömmling nach drei älteren Geschwistern. Sie war vierzehn, als ihre Mutter starb. Damals wurde Großmutter zu ihrer ältesten Schwester Alette nach Lillehammer geschickt, und danach nach Snåsa, wo sie Arbeit im Postamt fand. Später konnte sie dann bei einer Familie wohnen, wo sie kochen und nähen lernte. Immer wenn wir mit ihr Weihnachten feierten, schüttelte sie verblüfft den Kopf über das viele schöne Geschenkpapier, das einfach zusammengeknüllt wurde.

Wenn sie es zu fassen bekam, legte sie es liebevoll auf ihren Schoß und glättete es immer wieder, um es dann zusammenzurollen und behutsam zusammen mit den Bändern in eine Tasche zu legen.

Meine Großmutter hatte ein großes Unglück erlebt, über das wir nicht redeten. Für mich hatte sich das alles in einer fernen Vergangenheit zugetragen und war eher eine Tatsache als ein Grund zur Verzweiflung.

Aber dann stellte sich heraus, dass es für sie überhaupt nicht weit weg war.

Ich habe nur einmal über ihre Tochter gesprochen, die mit fünf Jahren gestorben war, und zwar damals, als ich mit dem Kassettenrekorder bei ihr saß, 1991. Ich wusste, dass die Tochter Elin geheißen hatte, und dass sie mit kochendem Wasser übergossen worden war. Sie wohnten damals im ersten Stock eines Hauses in Bagn in Valdres. Im Erdgeschoss lebten zwei alte Schwestern, die Elin heiß und innig liebte. An ihrem fünften Geburtstag lief sie aus der winterlichen Kälte zu ihnen in die Wohnung, um ihren neuen Mantel vorzuführen. Zwei tanzende Zöpfe mit roten Schleifen auf dem Mantelrücken und ein Freudenschrei, als sie die Tür der beiden Frauen öffnete, die in einem großen Kessel Wäsche wuschen. Elin hatte Schnee unter den Stiefeln und kam in vollem Tempo hereingerannt. Sie rutschte aus, knallte gegen den Kessel, der unsicher auf einem niedrigen Kasten stand, und wurde vom kochenden Wasser übergossen. Nach einigen Tagen mit hohem Fieber starb sie an ihren schrecklichen Verbrennungen.

Auf der Kassette frage ich: »Wie bist du damit fertiggeworden, Oma?«

Es bleibt eine Weile still, ehe Oma sich räuspert und ziemlich nüchtern sagt: »Ich bin damit niemals fertiggeworden. Es lebt jeden Tag neben mir. Mein Leben lang. Ich hatte ja deinen Vater, Finn, und dann kam Kirsten. Ich hatte es so gut und hatte solches Glück. Aber die Trauer um Elin ist nie verschwunden, das musst du doch verstehen.«

Konnte ich es damals verstehen? Ich glaube, ja. Denn nach diesem Gespräch nahmen meine Kindheitserinnerungen an meine Großmutter eine andere Färbung an. Ich wusste, dass die Trauer um Elin immer neben ihr gestanden hatte. Während sie nähte und Klavier spielte und Erbsen und Krabben in Aspik einlegte und mit Eierscheiben schmückte.

Einmal versuchten wir, ihr Elternhaus zu finden. Es war Winter und schneite, dicht und in Böen. Wir fuhren in Richtung Vestby. Die E 6 war geräumt, aber die Straße nach Vestby nicht. Jemand war vor uns hier gefahren, und wir folgten den schwach sichtbaren Reifenspuren. Aber die Wege waren nicht mehr wie damals, und als wir zu einer größeren Kreuzung kamen, hatte sie keine Ahnung, in welche Richtung es weiterging. Mehrmals sagte sie unsicher: »Vielleicht ist es da?«, und zeigte auf ein fremdes Haus.

Am Ende hielt ich an einer Bushaltestelle an, und wir schauten uns um.

»Es kann sehr gut da gewesen sein«, sagte sie. »Alles ist so anders.«

»Das graue Haus, da am Waldrand?«

»Ja ... oder das da.« Sie nickte zu einem anderen Haus hinüber.

»Sollen wir uns einfach vorstellen, dass es dieses da ist?«

»Ja«, sagte Großmutter.

Wir konnten beide sehen, dass hinter zwei Fenstern in dem Haus, das durchaus ihr Elternhaus sein mochte, Licht brannte.

Nach einer Weile: »Es wäre witzig, wenn mein Vater gewusst hätte, dass mein Sohn einmal im *Wer ist wer?* stehen würde«, sagte sie und lächelte.

Weihnachten 1965 bedeutet auch den ersten Auftritt von Matchboxautos und Resopal auf der Geschenkeliste. Kleine gelbe und rote Metallautos für Jungen und Essbrettchen aus Resopal für junge und frisch etablierte Freunde und Verwandte – unter anderem für Maja Lise und Arne. Ab sofort sollte das Brotmesser sich nicht mehr in die splittrigen Holzbrettchen bohren; Resopal war, wie die Werbung verhieß: das Neue. Eine praktische graue Schneideplatte mit einem vagen Spinnwebmuster, die das Brotmesser ertragen konnte, ohne schartig zu werden. Hergestellt seit 1958 für Norsk Hydro in Gulskogen bei Drammen. Irgendwann legten sich auch alle einen Küchentisch aus diesem Material zu. Die Tische konnten viele verschiedene Farben haben, aber die Resopalbrettchen waren immer grau.

In dem Jahr schrieb Mutter vier lange Weihnachtsbriefe und zweiundzwanzig Weihnachtskarten und wünschte fünf Freundespaaren telefonisch fröhliche Weihnachten. Vater schrieb elf Weihnachtskarten und zwei Weihnachtsbriefe. Mutter notierte alle Namen und hakte sie mit dem Datum ab, wenn Briefe und Karten losgeschickt worden waren.

Zu dem Weihnachtsfest bekam ich einen hölzernen Herd, den Vater gezimmert und den Mutter weiß angemalt hatte, mit drei aufgemalten Kochplatten und mit Weinkorken als

Schaltern. Fast genau wie der Beha-Herd, den sie sich einige Jahre zuvor gekauft hatten. Elling bekam einen Stehschlitten.

Auf der Liste von 1965 stehen Namen von Menschen, die inzwischen seit vielen Jahren tot sind. Die gegen Ende des 19. Jahrhunderts geboren wurden und in der Zwischenkriegszeit erwachsen waren. Die für mich nur Etiketten waren wie »war Goldgräber in Amerika«, »war Arzt in Rjukan«, »wohnte auf dem Hof seines Bruders«, »war immer streng« oder »hat nie geheiratet«. Solche Sätze, die die Erwachsenen so nebenbei sagten, die sich aber als der ganze Mensch in mir abgelagert hatten.

Aber da stand auch Kaja, die ältere Schwester meiner Großmutter mütterlicherseits, die wir häufiger trafen, weil sie ihre nächste Verwandte war. Und es gab Omas Bruder Otto, der eigentlich Jurist war, aber der seinen Lebensunterhalt mit Kartenspielen verdient hatte, auf Turnieren in fremden Ländern.

Ich weiß so wenig über diese Menschen auf Mutters Listen. Über ihre Siege, Schmerzen, Alltagsgewohnheiten, Sehnsüchte. Worüber sie gegrinst haben, was ihnen den Schlaf geraubt hat. Aber ich weiß, dass sie jedes Jahr im Dezember Dinge einpackten, die sie selbst bekommen, gekauft oder geerbt hatten, um sie uns zu schenken.

So wie wir ihnen etwas schenkten.

Die sternförmigen Kerzenmanschetten zum Beispiel. Wurden die zu einem Teil von Großmutters Leben? Schlichte Dekorationsdinge, die Mutter ihr zugedacht hatte, die sie vielleicht hervorholte, wenn Gäste kamen, die Soßenflecken und Asche einer Merit-Zigarette davontrugen, die gewaschen und gebügelt wurden, und dann auf einem neuen gedeckten Tisch glänzten. Für ein Essen mit einem Nachbarn oder einer Cousine – oder mit uns, den »Hühnern«.

Die Geschenke und das Leben wurden zusammengeworfen, und am Heiligen Abend vor zwanzig, dreißig, vierzig und fünfzig Jahren geöffnet. Und jetzt halte ich die Listen in den Händen und habe das Gefühl, meine eigene Sehnsucht berühren zu können.

5

Die Geschenke beschäftigen mich mehr und mehr. Ich kann mich in die Listen vertiefen wie in einen Film, mich hineinversetzen oder sie nur vage überfliegen. Ich setze mich nach einem Arbeitstag aufs Sofa und möchte die Blätter für einige Minuten in Händen halten. Als böten sie mir eine Pforte zu Mutters Bewusstsein.

Ich ziehe eine zufällige Liste heraus, 1984, und sehe sofort, wo die verschiedenen Mitwirkenden sich damals befanden. Dann drehe ich das Blatt um und sehe mir »für uns« an und weiß noch, wo wir uns befanden, erfahre, wofür Mutter sich interessierte, was sie las, was sie sich wünschte, aber nicht bekam. Was Vater bekam, aber sich vielleicht nicht gewünscht hatte. Wovon jemand annahm, dass meine Schwester, mein Bruder oder ich uns freuen würden.

Ich erkenne die einzelnen Muster wieder, wer selbst gemachte Geschenke bekam, wer kleine und massenproduzierte Gegenstände. Wer meiner Mutter etwas Schönes schenkte, und wer ihr gar nichts schenkte, obwohl sie Jahr um Jahr etwas kaufte oder herstellte, einpackte und verschickte.

Ich bin auf Jagd nach Dingen von der Liste bei Elling und Anne Johanne, suche nach Geschenken, die sie von Mutter bekommen oder ihr gegeben haben. Denn seit wir Høn ausgeräumt haben, sind die Geschenke zu den Schenkenden zurückgekehrt. In Vaters Wohnung betrachte ich ein Paar schwarz und blau emaillierte Manschettenknöpfe, die Mutter ihm in den Sechzigerjahren geschenkt hat, und an seiner Schlafzimmerwand hängt jetzt ein kleines Landschaftsbild, das er ihr einmal in den Siebzigerjahren gegeben hat.

Ich kann an den Geschenken schnuppern oder sie mit den Lippen berühren. Dinge, die nicht offen herumstehen, nehme ich aus Schubladen und Schränken und stelle sie wie zufällig dort auf, wo es mir passend erscheint. Einen Manchester-City-Becher von 1976, der damals ein zusätzliches Geschenk für Elling war, finde ich in seinem Bücherregal, ich hebe den Becher hoch, merke, wie schwer er ist, und stelle ihn wieder ab, er leuchtet zwischen den CDs hellblau und wie neu.

Ich denke nicht, dass der Becher lebendig oder auf irgendeine Weise beseelt ist, aber einzelne Dinge scheinen trotzdem ihren eigenen Puls behalten zu haben.

Ich bestellte das Essay *Die Gabe* von Marcel Mauss. Das Buch muss aus dem Lager hervorgekramt werden, und mir wird mitgeteilt, dass es über eine Woche dauern kann, bis es mit der Post kommt. Dass ich warten muss, nimmt mir die Ruhe. Als hätte ich die Hoffnung, dass ein verstorbener Franzose mir die Antwort auf die Frage geben kann, warum diese Listen mich so beschäftigen.

Als wir Høn ausgeräumt haben, hatte mein Vater im Backofen das alte Familienkochbuch gefunden, zusammen mit mehreren mit Notizen vollgekritzelten Zetteln. Meine Schwester fehlt mir, hatte Mutter auf einen Zettel geschrieben. Auf der anderen Seite hatte sie versucht, die Zeit festzuhalten.

Die Uhr im Wohnzimmer: 11.05. Die Uhr in der Küche: 11.05. Die Armbanduhr: 11.05.

Und durchgestrichen. Darunter: Die Uhr im Wohnzimmer: 11.10. Die Uhr in der Küche: 11.10. Die Armbanduhr: 11.10. Jetzt ist es ... gefolgt von einem Pfeil auf 11.10, darum ein Kreis.

Das Leben hat einen gierigen Appetit auf Uhrzeiten.

Dann liegt das Buch in meinem Briefkasten.

Auf der Rückseite steht, dass *Die Gabe* als wichtigster Text der Sozialanthropologie und Völkerkunde überhaupt gelte. Und dass der Franzose Mauss 1925 ein Essay verfasste, mit dem alle spätere völkerkundliche Forschung verglichen wird.

Das Überreichen einer Gabe, lese ich, sei so alt wie die Menschheit selbst.

Bitte sehr, dieses Steinbeil habe ich gemacht.

Und dass man beim Überreichen immer eine Gegengabe erwartet: Kann ich jetzt deine Tochter haben?

Im altnordischen *Hávamál* steht es schwarz auf weiß: Wer gibt, will etwas zurückhaben, nicht zu geben ist besser, als zu viel zu opfern.

Aber dort steht auch: Geizigen graust vor Gaben. Und: Hast du einen Freund und bist du ihm wohlgesinnt, dann schicke ihm Geschenke und besuche ihn häufig.

Die Geschenke scheinen nur freiwillig zu sein, schreibt Mauss, aber in Wirklichkeit sind sie zielgerichtet und nutzorientiert. Soziale Leistungen werden fast immer als Geschenk verkleidet, ein Geschenk, das großzügig dargeboten wird, auch wenn die Geste, die die Transaktion begleitet, reine Fiktion ist. Formalismus und soziale Lüge, so nennt er das.

Wie streng. Wenn ich die sorgsam durchdachten Geschenke auf Mutters Liste ansehe, fühle ich mich um ihretwillen verletzt. Sie hat so viel Engagement, Erwartung und Persönlichkeit in die Geschenke gesteckt. Sie war oft gespannter als ich, wenn ich als Erwachsene ein Geschenk von ihr auspackte. Je älter sie wurde, desto eifriger wurde sie beim Schenken. Ehe wir begriffen, dass es Alzheimer war, was sich da in ihr Verhalten einfraß, hatte sie eine Phase, in der sie unbedingt erzählen wollte, was sie gekauft hatte, sowie das Geschenk besorgt worden war, und wir mussten ins Telefon rufen: »Nein, nein, warte doch bis Weihnachten, Mama!« Und dann machte sie stattdessen viele und deutliche Anspielungen.

Mauss schreibt, dass es in allen Gesellschaften, zu allen Zeiten, Rituale gegeben habe, die mit dem Austausch von Geschenken einhergingen; oder mit Leistung und Gegenleistung. Er bringt Beispiele aus alten und jüngeren Kulturen, von Indianerstämmen, Großfamilien, Sippen und modernen städtischen Gesellschaften, und er stellt fest, dass alle unterschiedliche und komplizierte Regeln für das Überreichen und das Entgegennehmen haben. Und dass es nicht nur Güter oder Reichtümer sind, beweglicher und fester Besitz oder wirtschaftlich nützliche Dinge, die ausgetauscht werden, sondern auch Höflichkeit, Geselligkeit, Rituale, Dienstleistungen, Frauen, Kinder und Gedenktage.

Die Rituale des Austauschs nähmen durch Geschenke und Gaben das Wesen der Freiwilligkeit an, sagt Mauss, aber im Grunde seien sie strikt obligatorisch, und es bestehe das Risiko von privaten oder offenen Fehden, wenn sie nicht eingehalten würden. Mauss nennt das ein System der totalen Dienstleistungen oder *Potlatch,* ein Wort aus der Sprache der Chinook-Indianer. *Potlatch* ist alles, was zu einem Netz aus Riten, juristischen und ökonomischen Dienstleistungen und der Rangfolge in einer Gemeinschaft miteinander verwoben wird, egal ob die Rede von zwei Menschen, zwei Indianervölkern oder zwei Ländern ist.

Während ich Mauss lese, muss ich an eine Bekannte denken, die vor zwei Jahren nicht zu ihrer Familie nach Hause fahren konnte, weil sie zwischen den Jahren arbeiten musste. Sie wurde von einer Freundin und deren Familie eingeladen, zu Alt und Jung mit Schweinerippe und Aquavit. Aber meine Freundin fand es dann zu viel – und irgendwie krampfhaft –, für jedes Familienmitglied ihrer Freundin ein Geschenk zu kaufen. Sie nahm deshalb die Einladung dankend an, sagte aber, sie gehe davon aus, das mit den Geschenken sei ja wohl nicht nötig. Die Antwort war ein überraschendes Nein. Wenn sie keine Geschenke mitbrächte, würde das demonstrativ wirken und alles schwierig machen, und dann sei sie eben auch nicht eingeladen. Sie blieb dann zu Hause, und die Freundschaft ließ sich nie wieder richtig kitten.

Ich bin tagelang in das Buch von Mauss vertieft. Ich nehme es überallhin mit, und als ich im Februar zu einer literarischen Veranstaltung nach Trondheim muss, kann ich mich während der Zugfahrt für mehrere Stunden in *Die Gabe* vertiefen.

Marcel Mauss behauptet, wir rivalisierten durch unsere Geschenke, unsere Hochzeiten und noch durch die bescheidensten Einladungen. Und fühlten uns zur Gegenleistung verpflichtet.

Neben *Potlatch* benutzt Mauss zwei weitere Fremdwörter. Diese Wörter sind der Sprache der Maori entlehnt. Das eine ist *Taonga,* die Kraft, die im Geschenk oder in dem Gegenstand liegt, der überreicht wird. *Taonga* hat die Macht, einen Menschen zu vernichten, der ein Geschenk angenommen hat, wenn die Regeln der Gegenleistung nicht eingehalten werden. Das andere Wort ist *Hau. Hau* ist ganz einfach die geistige Kraft der Dinge. Ich stelle mir vor, wenn Mauss Norweger wäre, würde er *Hau* vielleicht als eine Art bucklicht Männlein beschreiben, das immer schon dasteht, wenn man irgendwo ankommt. Marcel Mauss erklärt es so: Wenn Geschenke gegeben oder getauscht werden, ist das empfangene Ding eben nicht nur ein Ding. Auch wenn der Schenkende es schon hergegeben hat, gehört es noch immer ihm. Durch das Geschenk hat er einen Anspruch an den Empfänger, so wie der Besitzer eines gestohlenen Gegenstandes einen Anspruch an den Dieb hat. *Hau* folgte allen, die diesen Gegenstand in ihrem Besitz haben.

Ich denke an Weihnachten vor fünf oder sechs Jahren, als ich von einer Kollegin, die im Laufe der Jahre zu einer guten Freundin geworden war, ein Geschenk bekam. Wir hatten vorher noch nie Geschenke ausgetauscht. Aber eine Woche vor Weihnachten fand ich ein schön eingepacktes Geschenk auf meinem Stuhl, an meinem Arbeitsplatz bei der Zeitung. Es war in zwei verschiedene Bögen Seidenpapier gewickelt, einer hellbraun, der andere dunkelbraun. Das Band schien aus Hanf zu sein, und die für/von-Karte war selbst gemacht, ein aus grüner Pappe ausgeschnittener Tannenbaum. Mir hätte klar sein müssen, dass dieses Geschenk etwas ganz

Besonderes war, war es aber nicht. Ich lief schnell in die Stadt und kaufte ein kleines Glas Weihnachtstee, packte es in Wichtelpapier und stellte es auf den Schreibtisch meiner Kollegin. Etwas später am Nachmittag kam eine Mail, in der stand: Ich freue mich auf Heiligabend, und danach ein Smiley.

Ich weiß von diesem Heiligen Abend eigentlich nur noch, dass ich mich über das Glas mit dem Tee geschämt habe. Eine Zeit lang konnte ich nur daran denken, dass ich etwas finden müsste, um die Schieflage auszugleichen, die innerhalb von Sekunden zwischen uns entstanden war. Ich hätte gern um Entschuldigung gebeten, behauptet, ich hätte die Geschenke verwechselt und ihr nur das »Zusatzgeschenk« gegeben, der Tee sei für jemand anderen bestimmt gewesen, oder er sei aus den Blättern einer so seltenen Pflanze gemacht, dass niemand bisher von ihr gehört habe.

Von meiner Kollegin hatte ich eine wunderschöne, reich verzierte selbst gestrickte Jacke bekommen. Eine Jacke, die dem Pullover ähnelte, den sie ein Jahr zuvor für sich selbst gestrickt und der mir so gut gefallen hatte. Die Knöpfe an der Jacke hatte sie ebenfalls selbst gemacht, aus Ton. Die Jacke war perfekt, und das war fast nicht zu ertragen. Ich überlegte mir, dass ich es mir nicht leisten könnte, zur Arbeit etwas anderes anzuziehen als diese Jacke, sommers wie winters. Und dass ich etwas ganz Besonderes für die Kollegin finden müsste – als Gegenleistung. Noch lange Zeit kam mir immer wieder das Ungleichgewicht dieser Geschenke in den Sinn. So überraschte ich sie mit einer neuen Kaffeetasse, wenn sie das am wenigsten erwartete, bot mich als Babysitterin an und stimmte ihr ansonsten bei Besprechungen zu, wenn es zu Meinungsverschiedenheiten kam.

Das *Hau* der Jacke wirkte, bis ich die Kollegin zu einem Essen einlud und alles bezahlte.

Es gibt eben nichts umsonst.

Ehe ich Mutters Listen fand, hatte ich Geschenke immer nur als etwas Fürsorgliches betrachtet.

Im Zug, irgendwo in Gudbrandsdalen, angesichts von dunklen Baumstämmen und verschneiten Seen, fügte ich Gedanken über Pflicht, Selbstbehauptung, Schuld und vielleicht auch Erleichterung hinzu. Erleichterung jedes Mal, wenn die Weihnachtsgeschenke des betreffenden Jahres aufgeschrieben, eingekauft und zur Aushändigung abgehakt waren. Vielleicht hatte Mutter über den Listen geseufzt, oder sich geärgert, weil vor allem sie die Verantwortung für die Geschenke trug. Ich hatte mir das vorher nie überlegt. Es hatte niemals eine Bedeutung gehabt.

Es war immer selbstverständlich, dass Mutter für die Geschenke verantwortlich war. Und die Seufzer brachten zum Ausdruck, dass sie zufrieden war. Aber jetzt, da ich über *Potlatch, Taonga* und *Hau* lese, nehmen auch meine warmen Geschenkerinnerungen eine andere Temperatur an.

Ich finde, weder das Essay noch ich werden Mutter gerecht, und sie selbst kann sich ja nicht äußern. Ich bekomme ein schlechtes Gewissen, weil ich denke, dass sie die Geschenke vielleicht gemessen und gewogen hat, und dass sie sich möglicherweise gemerkt hat, wer sich bedankt hat und wer nicht.

Ich muss die Behauptungen ja nicht ernst nehmen oder Marcel Maussens fünfundachtzig Jahre alten Überlegungen zustimmen, aber dennoch habe ich das Gefühl, dass Mutters strahlende Freigebigkeit besudelt wird. Trotzdem lese ich weiter. Gegen Ende von *Die Gabe* widerspricht Mauss den Gesellschaftswissenschaftlern, die versuchen, alle Kommunikation auf Berechnungen, Gewinn und Verlust zu reduzieren. Sofort bin ich erleichtert. Er betont die Vielzahl der Motive, die dem Austausch zugrunde liegen, und dass es bei allem zu guter Letzt um Gemeinschaft geht. Und dass der eigentliche Grund ist, die soziale Ordnung, die auch eine moralische Ordnung ist, aufrechtzuerhalten. Der Austausch von Geschenken ist zutiefst obligatorisch. Nicht zu geben oder die Annahme zu verweigern bedeutet, die Grundwerte einer Gesellschaft zu verleugnen.

Als ich aus dem Zug steige, ist in mir eine Art Gleichgewicht hergestellt worden, und ich beschließe, die Tatsache, dass die Geschenke mich so faszinieren, ernst zu nehmen. Ich will über die Listen schreiben. Ich will nicht nur als Kuriosität von ihnen erzählen, als etwas, das ich beim Ausräumen von Høn gefunden habe. Inzwischen habe ich nämlich anderen von den Listen erzählt, und davon, wie die Geschenke sich im Laufe der Jahrzehnte verändert haben. Ich habe gehört, wie locker meine Stimme klang, wenn ich erzählte, welche Geschenke wir in den Siebzigerjahren bekommen haben, und wie anders im Vergleich dazu die Dinge sind, die ich meinen Kindern schenke. Damals gab es ja noch keine elektronischen Geräte.

Ich habe verständnisvolles Nicken und aufmunterndes Lächeln gesehen, bei gleichaltrigen Zuhörern, die sich an das Jahr erinnerten, in dem sie selbst Musik von Janis Ian, Cat Stevens oder Tramteatret verschenkt oder geschenkt bekommen haben. Es kam mir leicht vor, über die Geschenke zu erzählen, weil meine Erzählung bei den Zuhörern auf Widerhall stieß.

Aber auf den Listen steht viel mehr: Da ist auch die traurige Tante Kaja, und Onkel Johannes, der immer ein zweiläufiges Gewehr zur Hand hatte, weil er furchtbare Angst vor Goldräubern hatte. Und die Lebensreise meines Vaters, die Kindheit meiner Schwester und meines Bruders und das in so unterschiedlichen Richtungen verlaufene Leben meiner Vettern und Cousinen. Darin steckt Mutter, einst fast überall engagiert, mit fast allem beschäftigt, die jetzt im Sessel sitzt und ins Leere starrt. Und darin finden sich alle Gegenstände, die gelebt haben – und leben –, zusammen mit Empfängern und Gebern, die uns umgeben und die unsere kleine, persönliche Welt verschoben haben.

Heute können wir es uns leisten, über dieses Wort zu schnauben, wir spucken es aus und sagen: Das sind doch bloß Dinge! Ein Haus voller Gegenstände ist kein Haus, das sich selbst verkauft.

6

In einzelnen Jahren gibt es auf den Listen eine besondere Spalte für Wünsche.

Wir waren nach Høn gezogen, und meine Eltern wünschten sich Küchenstühle passend zum neuen Resopaltisch. Mutter wünschte sich außerdem eine Lampe, die über der weißen Frisierkommode hängen sollte, einem Geschenk ihrer Mutter. Die Frisierkommode hatte einen großen Spiegel in der Mitte und zwei Seitenspiegel, die man ausklappen konnte, sodass man bis ins Unendliche immer wieder seinen eigenen Rücken sah, und zwei Schubladen. Die eine Schublade enthielt eine Plastiktüte, die mit blassgrünen und gelben Plastikrollen mit einer Art Draht in der Mitte gefüllt war, den Wicklern für Mutters Sechzigerjahrelocken. In der anderen Schublade lag ein verwaschenes geblümtes Seidentuch, das sie zu einem Dreieck faltete, mit leichter Hand auf die frisch gewickelten Locken sinken ließ und dann im Nacken verknotete. Oben in der linken Ecke des Spiegels hatte sie eine Strophe aus einem Gedicht von Khalil Gibran befestigt:

Eure Kinder sind nicht eure Kinder. Sie sind die Söhne und Töchter der Sehnsucht des Lebens nach sich selbst.

Aus einer Zeitung ausgeschnitten, hingen diese Zeilen am Spiegel, bis wir Høn ausräumten, die Frisierkommode die enge Kellertreppe hochtrugen und zum Flohmarkt fuhren.

Als Kind habe ich mich durch diese rätselhaften Worte hindurchbuchstabiert, und für viele Jahre waren sie beängstigend und unverständlich. War ich denn gar nicht Mutters Tochter? Ich traute mich nie, ihr diese Frage zu stellen. Bis ich eines Tages von allein begriff, was Gibran meinte. Als Erwachsene denke ich mit einer gewissen Traurigkeit an diesen Vers. Einerseits, weil er die Wahrheit sagt, andererseits, weil Mutter ihn an ihrem Spiegel kleben hatte, bis sie den 1979 samt Lockenwicklern und Seidentuch in den Keller brachte. Damals trug sie einen langen Pferdeschwanz und ein Palästinensertuch. Doch bis dahin hatte sie den Spruch jeden Tag beim Kämmen gesehen.

Ihr dürft ihrem Körper eine Wohnstatt geben, doch nicht ihren Seelen, denn diese wohnen im Haus von morgen, das ihr nicht aufsuchen könnt, nicht einmal in euren Träumen.

Dann sehe ich ein Geschenk, das ich verdrängt hatte. Es kam von Jon Erik, meinem Patenonkel, dem Mann von Mutters guter Jugendfreundin Elin. Ich habe Jon Erik nie kennengelernt, aber jedes Jahr zu Weihnachten, bis zu meiner Konfirmation, lag ein Geschenk von ihm unter dem Weihnachtsbaum. Zu Weihnachten 65 bekam ich einen kleinen zottigen Teddy mit einem Reißverschluss auf dem Bauch, und im Bauch des Teddys lag ein rotes Plastikarmband. Mit zwölf Jahren warf ich den Teddy nach einer emotional aufreibenden Begebenheit weg.

Ich hatte aus einer Zeitschrift ein Zitat ausgeschnitten: »Ich liebe Kalle, das wissen doch alle«, und in den Teddybauch gelegt. Kalle ging in meine Klasse. Er war ein guter Skiläufer, munter und selbstsicher, und ich fand ihn auf eine unerreichbare Weise attraktiv, auch wenn er kleiner war als ich. Er konnte weinen, ohne sich zu schämen, und ich hatte gesehen, wie er Trine geküsst hatte. Außer dem »Ich liebe Kalle«-Zettel hatte ich noch eine halb erotische Schilderung aus *Wahre Geschichten (*im Stil von »Sie spürte, wie sich etwas Hartes gegen ihren Oberschenkel presste«) und eine aus der *Herz-Revue* ausgerissene Seite in den Teddybauch gestopft. Über die stereotyp gezeichneten Gestalten, die sich küssten, hatte ich »Kalle und Cecilie« geschrieben. Und dann passierte, was sonst nur in furchtbar deprimierenden Jugendbüchern passiert: Ein Mädchen aus meiner Klasse spielte bei einem Besuch mit dem Teddy herum, der im Bücherregal saß. Sie öffnete den Reißverschluss der Peinlichkeit und las, während ich wie gelähmt zusah. Mit dem Text aus *Wahre Geschichten* in der Hand schaute sie mich nach einer Weile, die mir wie eine ganze Kindheit erschien, an und fragte: Warum reden die von einem Sack? Ich konnte vor lauter Peinlichkeit nicht antworten. Konnte nicht sagen, dass da vom Hodensack die Rede war. Danach ging ich in die enge fensterlose Kammer im ersten Stock, die als Badezimmer diente, zog die Tür zu und glaubte, die Kontrolle über das Dasein verloren zu haben. Ich schnupperte an meinem Handtuch, versuchte, meinen Geruch zu finden, ob ich noch dieselbe wäre wie zuvor.

Meine Klassenkameradin verlangte nie etwas dafür, dass sie die Sache für sich behielt, sie verwendete es niemals gegen mich, sie machte nicht einmal Witze darüber. Aber innerhalb weniger Tage verwandelte ich mich in die Dirne, sie war die Madonna, und die Reste meiner ersten Verliebtheit verschwanden zusammen mit dem Teddy in der Mülltonne.

Mutter bekam von Vater die Lampe, die sie sich gewünscht hatte. Gab es Dinge, die sie sich wünschte, die sie nicht aufschreiben konnte, weil sie wusste, dass diese Dinge unerreichbar waren?

7

Großmutters vier Jahre ältere Schwester, Kaja, steht während der ganzen Siebzigerjahre und in den ersten Jahren nach 1980 auf der Geschenkeliste. Oma sagte oft: »Sie hat ja nur uns.«

Natürlich kam Kaja zu Omas Familienfesten, jeden Sommer verbrachte sie eine Woche auf Rutland, und sie war auch immer bei Omas Ausstellungseröffnungen dabei. Dann stand Kaja oft ein wenig im Hintergrund, gern dicht neben Mutter oder Maja Lise. Wenn das Ausstellungslokal sehr voll war, stand sie so nah, dass sie Mutters oder Maja Lises Körperbewegungen spürte, wenn die beiden gestikulierten oder redeten. Kaja trug weite und ein wenig blasse Kleider, und sie musterte uns Kinder mit liebevollen und interessierten Blicken. Wenn sie sich ungesehen glaubte, konnte sie bedrückt und traurig ins Leere starren, oder sie schien hektisch etwas in ihrer Tasche zu suchen.

Ich sehe auf der Liste, dass Mutter damals eine Flasche Eau de Cologne auf der Dänemarkfähre kaufte, 4711 steht hier.

1965, da war sie neunundsechzig Jahre alt, schrieb Kaja ein Gedicht, das sie »Vogelzwitschern« nannte. Ich habe das Gedicht hier. In Klammern steht in einer ein wenig zittrigen Schrift: Gewidmet Cecilie.

Wir sind ein kleines Vogelpaar
Das noch keine Flügel hat
  Aber denkt euch –, wir glauben, im Frühling
Wenn neue Blätter kommen, kriegen wir ein Ei!
Ja, wir kriegen zwei und wir kriegen drei
Ja, drei und vier und – fünf!
Dann haben wir genug zu tun
Das Essen nach Hause zu bringen.

Wir sammeln Insekten und Würmer,
wo wir die wohl finden?
Na, in Gärten und im Park
Und im Rosenbusch hinter dem Klo.

Ein harter Tag ist für uns zu Ende
Die Vogelkinder schlafen
Wir singen piep und zirrizipp
Ein jeder hat genug bekommen!
Wir singen piep und zirrizipp
Ja – denk nur, wie fleißig wir waren.

Doch selbst die älteren Vogelpaare,
mit neuen Jungen jedes Jahr
auch denen graust es vor der Ruhe
wenn die Kinder fliegen aus dem Nest

Es war oft still in ihrer Wohnung, in der Jacob Aalls gate.

1979, zwei Jahre vor ihrem Tod, sagte sie: »Ich bin so froh, wenn ich bei euch sein kann.«

Sie saß in einem der knackenden Bambussessel auf der Veranda von Rutland. Ihre Sommersprossen waren mit den

Jahren blasser geworden, aber ihre Wangenknochen waren noch immer breit und rund. Meistens hielt sie sich im Schatten auf. In Sommerkleid und weißen Stoffschuhen. Ihr Blick ruhte auf den drei hohen Kiefern im Norden, und sie fügte hinzu: »Wir wissen alle nicht, dass wir die glücklichsten Augenblicke in unserem Leben erleben, wenn wir sie erleben. Einige Menschen sagen, wenn sie überaus begeistert sind, dass sie soeben den glücklichsten Augenblick ihres Lebens erlebt haben, aber im tiefsten Herzen glauben alle, dass dieser Augenblick noch nicht gekommen ist. Sie glauben, dass sie in der Zukunft etwas noch Schöneres und Beglückenderes erleben werden. Denn es wäre doch grauenhaft, wenn du als junger Mensch wüsstest, dass nichts je noch schöner sein wird. Dass alles schlimmer wird. Nicht wahr?«

Ich nickte.

»Aber ich, die weiß, dass das Leben eine endgültige Gestalt angenommen hat, fast wie ein Gedicht, ich kann diese Augenblicke ja mit größerer Sicherheit aussuchen.«

Wieder nickte ich.

»Also kann ich sagen, dass es mich glücklich macht, hier zu sein, in der Nachmittagssonne, mit einem Glas Wein in der Hand, zusammen mit dir.«

Ich war sechzehn Jahre alt und lächelte. Wir hatten noch nie einen so vertraulichen Augenblick erlebt. Vielleicht wollte ich zur Schäre zum Baden, oder mit dem Rad nach Åsgårdstrand fahren, um mir ein Eis zu kaufen, und zu sehen, ob vor der JaNi-Bar etwas passierte, vor Jan Nielsens Imbissbude. Aber ich setzte mich auf die breite Steintreppe und legte Steine und Muscheln in die fertig gezeichneten Himmel-und-Hölle-Karos.

»Wenn ich aber an den glücklichsten Augenblick meines

Lebens denken soll«, sagte Kaja, »dann weiß ich nicht, ob es den gibt.«

»Aber du musst doch noch andere glückliche Augenblicke als diesen erlebt haben?«

»Ach, sicher. Aber wenn ich auf mein Leben zurückblicken und einen glücklichen Augenblick nennen sollte, dann wüsste ich zugleich, dass er in der Vergangenheit geblieben wäre. Dass es ihn nie wieder in derselben Stärke geben würde. Und das tut doch weh.«

Kaja schwieg eine Weile, und ich schob die Muscheln in den Vierecken auf der Treppe herum.

»Wenn man etwas aus einem solchen frühen glücklichen Moment besitzt, dann nimmt man dieses Glück doch in gewisser Weise mit durch das Leben. Glaubst du nicht?«

»Ein Ding?«

»Ja, einen Gegenstand, der von damals noch übrig ist, aus diesem Augenblick. Den man ansehen kann, berühren, in der Tasche haben, vielleicht. Eine konkrete Erinnerung. Dann kann es doch sein, dass das Glück beim Anblick dieses Gegenstandes irgendwann noch stärker und konkreter wird als der Rausch, der dich vor fünfzig Jahren einmal erfüllt hat, oder? Dass ein Ding den Augenblick gewissermaßen festhalten kann?«

»Ich weiß nicht. Vielleicht. Wie ein eigenes Taschenmuseum?«

Kaja lächelte. »Ja.«

»Hast du so ein Ding?«

»Nein. Und eigentlich bin ich froh darüber. Der Augenblick, der meiner hätte sein können, konnte nie einen konkreten Gegenstand an sich binden. Es waren nur einige vage Worte.«

Sie blies in die Luft und lächelte vielsagend.

Elf Jahre zuvor, Weihnachten 1968, packten Mutter und ich zusammen ein Geschenk aus, das wir von Tante Kaja bekommen hatten. Ein grünes Buch. Ich legte es sicher schnell weg, ich war fünf Jahre alt und fand die Buntstifte, die Patenonkel Jon Erik geschickt hatte, interessanter. Weihnachten 2003 bekam ich dieses grüne Buch erneut – von Mutter. »Jetzt reiche ich es weiter an meine Tochter, die Dichterin« hatte sie vorn ins Buch geschrieben, unter Kajas Handschrift: »Für Ruth und Cecilie von Tante Kaja – Weihnachten 1968.«

Das Buch liegt jetzt vor mir. Mit Stoffumschlag und einem abgenutzten, fast unsichtbaren Goldrand. Entlang der Längsseite des Buches hat sie geschrieben: VERSE VON TANTE KAJA. Auf jeder der über fünfzig Seiten des Buches stehen Verse, Gedichte und Lieder, die sie zwischen 1933 und 1968 verfasst hat. Die meisten sind datiert, aber das vorletzte Gedicht hat kein Datum. Es heißt »Schwanengesang«.

Viele Rosen werden auf meinen einsamen Weg gestreut
Doch da ich dich liebe, sind sie nichts, was mich freut.
Und ich will mich nicht freuen, sondern einsam wandern
Während die Welt weiter humpelt – mit dir und der andern.

Ich streiche mit der Hand über den Umschlag. Zwar ist das Buch zu groß, um es in die Tasche zu stecken, aber es ist doch ein Ding, das mir das Gespräch mit Kaja in Erinnerung bringt. Der grüne Stoff ist verblasst und weich unter meinen Fingerspitzen. Ich denke an die sanften Wangenknochen, die sich in ihrem Gesicht hoben und senkten, je nachdem, ob sie ernst war oder lächelte.

8

»Die Menschen und ihre Dinge sind unzertrennlich. Wir können uns die Menschen nicht ohne Dinge vorstellen«, sagt ein Mann auf Englisch im Radio.

Ich war im Kino und fahre aus der Stadt nach Hause. Es ist nach elf Uhr abends. An den Straßenrändern türmt sich der Schnee, aber die Straße ist frei, der Himmel sternklar, und der Fjord am Slemmestadvei ist nicht nur eine dunkle, vereiste Fläche, sondern glitzert silbrig im Mondlicht. Ich fahre vorbei an Hvalstrand Bad und der Abfahrt nach Høn. Kein einziges Mal, seit wir Nummer 6 verkauft haben, bin ich hier abgebogen.

»Wir müssten eigentlich Homo tenens heißen, der besitzende Mensch, und nicht Homo sapiens, was der denkende Mensch bedeutet«, sagt die Stimme, Daniel Lord Smail, Geschichtsprofessor in Harvard.

Ich drehe das Radio lauter.

Es geht um die britische Franklin-Expedition von 1845, als Ausdruck für das gegenseitige Abhängigkeitsverhältnis zwischen Menschen und Dingen. Über die beiden Schiffe, die mit hundertneunundzwanzig Mann an Bord die Themse hinuntersegelten, um die Nordwestpassage zu suchen, den Seeweg zwischen Kanada und Grönland. Es war die bestausgerüstete Expedition ihrer Zeit, ihr Leiter war Sir John Franklin.

Aber die Expedition verschwand in der Eiswüste. In den folgenden Jahren wurden mehrere Suchaktionen durchgeführt. Heute wissen wir, dass die beiden Schiffe im Frühjahr 1847 im Eis zermahlen wurden. Dass Sir John einige Monate später umkam, zusammen mit vielen aus seiner Mannschaft. Die wahrscheinlichste Todesursache ist Bleivergiftung. Das Blei aus den Konservendosen vergiftete das Essen. Im Sommer 1848, nach drei Jahren in der Arktis, versuchte eine Gruppe von Überlebenden, sich aus der Eiswüste zu retten. Sie bauten einen Schlitten, indem sie Kufen an ein Rettungsboot schraubten, und den zogen sie dann mühsam mit sich über das Eis nach Süden.

Der Historiker Smail erzählt, dass viele der Dinge, die sie bei sich hatten, völlig nutzlos waren: Pantoffeln, Romane, Bibeln. Silberbesteck und Ziergegenstände. Das Unglaublichste aber war, was sie wegwarfen, als der Schlitten zu schwer zum Ziehen wurde. Sie entledigten sich der Lebensmittel und des Medizinkoffers und behielten zum Beispiel die Romane. Das wissen wir, weil die späteren Suchexpeditionen diese Gegenstände im Eis fanden, als Spuren auf dem Weg, den die Überlebenden nach Süden gegangen waren.

Ein Ding, das den Augenblick festhalten kann, hatte Tante Kaja gesagt.

Im Radio sagt Smail, das sei ein gutes Beispiel dafür, dass die Dinge uns besitzen können, sogar Dinge, für die wir uns zunächst nicht sonderlich interessieren. Eins der Bücher, die sie auf diesem weiten Weg bei sich hatten, war der Beststeller *Der Pfarrer von Wakefield* aus dem 18. Jahrhundert, ein Buch des irischen Autors Oliver Goldsmith. Das Buch ist die klassische Geschichte über einen Mann, dessen Güte ihn vor dem

Übel rettet. Für viele in der Mannschaft stand dieses Buch für alles, was im Leben gut und wichtig war und was die britische Gesellschaft repräsentierte. Es wegzuwerfen wäre dasselbe gewesen, wie die gesamte britische Denkweise aufzugeben. Der Roman verband die Überlebenden mit der Gesellschaft, in die sie so verzweifelt zurückzukehren versuchten. Deshalb war er wichtiger als eine Konservendose.

Später erzählten Inuit, dass sie im Winter 1849/50 auf King William Island vierzig Seeleute getroffen hatten – dünn und abgemagert. Im Frühjahr fanden sie fünfunddreißig von ihnen tot auf dem Festland. Den Briten, die 1853 nach den Expeditionsteilnehmern suchten, erzählten die Inuit, viele Anzeichen sprächen dafür, dass es zu Kannibalismus gekommen sei.

»Um zu begreifen, warum Pantoffeln und Silberbesteck so wichtig sein konnten, muss man so weit wie möglich in der Geschichte zurückgehen«, sagt Smail im Radio. »Bis in die Steinzeit, als der Mensch anfing, sein Herz an Gegenstände zu hängen. In eine Zeit, als der Mensch so abhängig von Dingen war, dass er die Gegenstände als seine rechte Hand betrachtete. Wie in *Der Pfarrer von Wakefield*. Als wir lernten zu jagen, als wir anfingen, Waffen zu benutzen, um unsere Beute zur Strecke zu bringen, als wir lernten, das Fleisch mit Geräten zu zerschneiden und es über dem Feuer zu braten, das wir mit Feuersteinen entfachten. Damit nahmen wir einen großen Teil der Nahrungsbearbeitung aus unserem Verdauungssystem und verlagerten ihn auf das Werkzeug. Unsere Gene passten sich an. Wir bekamen kleinere Zähne, kleinere Mägen und wurden zu uns, zum Homo sapiens, dem modernen Menschen. Wir wurden wir selbst, entwickelt in 2,6 Jahrmilliarden, zusammen mit den Gegenständen.«

Ich bin jetzt zu Hause. Stelle den Wagen ab, drehe den Zündschlüssel um und bleibe sitzen, um diesem Professor für Geschichte des Mittelalters zuzuhören, der meint, dass Gegenstände uns ebenso froh machen wie Schoßtiere. Wenn wir etwas bekommen, das uns gefällt, sondert das Belohnungszentrum im Gehirn Dopamin ab, einen zentral stimulierenden Stoff, der süchtig macht.

Ich steige aus dem Auto aus. Mondlicht in harter Konkurrenz zu der Straßenlaterne, unter der ich geparkt habe. Einmal, vor sehr langer Zeit, war das hundertneunundzwanzigste Mitglied der Franklin-Expedition in einer fremden Eiswüste gestorben. Einer von denen, die das Silberbesteck der Familie im Schlafsack hatten.

Ich schließe die Tür auf, das Haus schläft. Unser Hund kommt aus Olas Zimmer getappt, er wedelt mit dem Schwanz und beschnuppert mich als Willkommensgruß, dann geht er zurück. Ich höre das Knirschen der Isoporkugeln, als er sich auf den Sitzsack fallen lässt. Ich schaue zu Eirin hinein, sie atmet leise, eine Hand hängt über die Bettkante. Torger hat ein Blatt Papier auf den Boden im Flur gelegt, mit der Mitteilung, dass der Elternabend in der Schule ausfällt und dass er morgen erst spät von seiner Schicht im Krankenhaus zurückkommen wird.

Ich gehe die Treppe hinunter in die Küche, wo mein Rechner steht. Der Laptop ist alt, wenn auch in einem modernen Verständnis dieses Begriffs. Ich habe ihn im Sommer 2007 bekommen, er war aber schon ein Jahr zuvor gekauft worden. Mein Bruder hatte Mutter dieses Gerät besorgt, als sie in Pension gegangen war, aber es stand unbenutzt herum, weil sie es zu kompliziert und unbegreiflich fand. Immer wenn wir darüber redeten, wie viel Freude es ihr machen könnte, durch Mail und Google, ärgerte sie sich und nannte es idiotisch!

Ich begriff damals ihre Gereiztheit nicht, schließlich hatte sie doch eine Ausbildung als Sekretärin und hatte Ende der Fünfziger das Zehn-Finger-System gelernt, und in den letzten Jahren hatte sie bei ihrer Arbeit als Journalistin sogar einen Computer benutzt. Damals hatte sie mich zwar einige Male verzweifelt angerufen, als sie noch für *Aftenposten* über Theater schrieb, und die Zeitung auf ein Schreibprogramm überwechselt war, das sie nicht verstand.

Aber ein eigener, ganz normaler Laptop, einfach, nur mit Word – es war doch unmöglich, den nicht zu durchschauen! Ich machte spitze und herablassende Sprüche, und sicher hatte sie Angst davor, und sie machten sie traurig. Aber sie antwortete scharf und erzürnt, ehe sie aus dem Zimmer stapfte und die Tür hinter sich zuwarf.

Warum habe ich noch ein halbes Jahr gebraucht, um zu begreifen, dass etwas mit ihr passierte? Dass es zu einer neuen Logik gekommen war?

Im Sommer 2007 setzte ich mich eines Tages in Høn mit Mutter zusammen. Sie sollte endlich den Umgang mit ihrem neuen Rechner lernen. Ich wollte pädagogisch und geduldig sein.

»Das ist der Knopf zum Einschalten«, sagte ich und drückte darauf. Danach schrieb ich auf eine Pappscheibe: 1) das Gerät einschalten. Und ich zeichnete einen Kreis mit dem Symbol.

Wir waren seit einer knappen halben Stunde dabei, als sie anfing zu weinen, sie stürzte ins Schlafzimmer, warf sich aufs Bett und rief, ich sollte »das da« aus dem Haus schaffen. »Und zwar sofort!« Erst nachdem ich dann den Rechner zur blauen

Tür hinausgetragen hatte, beruhigte sie sich. Sie erwähnte ihn nie wieder, und ich machte mit meinen Geschwistern aus, dass ich ihr den Laptop abkaufen könnte.

Ich öffne den Rechner. Noch immer steht dort mit schwarzem Filzstift: Einschalten. Und ein Pfeil zeigt auf den Einschaltknopf.

Ich schreibe die Dinge auf, die Mutter mir in den letzten Jahren geschenkt hat, ehe sie nach Bråset kam. In einem Jahr hat sie ein kleines Bild von der Wand genommen, in einem anderen bekam ich ein Buch von Dag Solstad, das ich aber selbst kaufen musste. Ich kaufte auch ihre Geschenke an Ola und Eirin. Packte sie ein und schrieb auf den von/für-Zettel: Von Oma in Høn.

9

Ich besuche meine Mutter freitags. Mit mir Eirin, die viele der Menschen von Abteilung A 2 interessant findet. Vor allem Ove Pettersen, der alle für Verwandte hält. Eirin kann laut und wie eine kleine Erwachsene sagen: »Nein, ich bin nicht deine Cousine Ingeborg.« – »Dann solltest du sie aber mal besuchen«, sagt Pettersen dann vielleicht. »Das ist nicht so einfach«, antwortet Eirin. »Sie ist vielleicht achtzig und lebt in Australien, was weiß denn ich?« – »Sie watschelt wie eine Gans«, sagt er und lacht ein lautes seltsames Lachen, das seinen Schmerbauch auf und ab wippen lässt, sodass Eirin sich kichernd abwendet.

Heute ist der letzte Freitag im März, ich bin auf dem Weg zu Mutter, bin aber allein. Der Nebel legt sich dicht und feucht um Bråset, der Parkplatz ist bedeckt von matschigem Schnee. Ich trete mir im Eingang die Stiefel ab, streife blaue Plastikbezüge darüber und gehe durch den Gang zu Mutters Abteilung.

In der Regel sitzt sie allein in ihrem Zimmer, wenn ich komme. Im Laufe des Frühlings ist es bei ihr nach und nach leerer geworfen. Das schöne Erdbeernamensschild von Agnes hat sie in Fetzen gerissen. Und weil das Reinigungspersonal nicht staubsaugt, sollen wir den Teppich mitnehmen, einen roten Perserteppich, der immer unter einem Tisch in Høn gelegen hat. Bücher und Schmuckstücke wirft sie weg, oder sie versteckt sie. Aferdita meint, Mutter werde nervöser, wenn sie diese Gegenstände um sich hat, als wenn sie nicht da sind. Sie rufen Unruhe hervor, keine Geborgenheit.

»Wenn die Dinge nicht da sind, denkt sie nicht daran«, sagt Aferdita. »Aber wenn sie sie sieht, dann, scheint mir, sie erinnern sie an einen Verlust, den sie nicht begreift, auf den sie aber trotzdem reagiert. Körperlich. Es kommt vor, dass sie böse wird oder in Tränen ausbricht, wenn sie einen von den Gegenständen sieht, die ihr aus ihrem Haus mitgebracht habt.«

Heute habe ich *Leve Patagonia* bei mir, Ketil Bjørnstads musikalisches Hörspiel, auf iPad. Ich habe es auf der Geschenkeliste von 1978 entdeckt. Damals bekam sie das Doppelalbum von Arne und Maja Lise.

Jahrelang hörten wir diese Lieder über die Boheme von Kristiania. Wir sangen über Oda Lasson und Hans Jæger, und wenn wir am Strand unterwegs waren oder auf die Landspitze unterhalb von Rutland hinausgingen, pfiff Mutter gern die Melodie von *Sommernacht am Fjord,* in ihrem alten türkisen Bademantel. »Hallo, Mama! Hier kommt Cecilie, deine älteste Tochter«, sage ich.

»Die ist immer nur gemein zu mir«, sagt Mutter und erhebt sich aus ihrem Sessel.

Ich umarme sie. Sie riecht nicht gut.

»Geh dahin, hier sitzen wir nämlich«, sagt sie. »Pfui! Ihr seid widerlich. Ich sag es ganz offen: Ich. Will. Das. Nicht.«

Mutter betont jedes Wort mit wütender Stimme.

»Schau mal«, sage ich. »Osterglocken.« Ich halte ihr einen Strauß gelbe Osterglocken hin. »Die sind für dich. Ich hole nur schnell eine Vase.« Ich bewege den Strauß, damit sie die gelben Blüten knistern hören kann, wenn sie einander berühren.

»Wenn die sich einbilden, sie wüssten das so viel besser, dann irren sie sich aber ganz gewaltig«, sagt sie.

Sie hat einen ähnlichen, verwirrten Monolog gehalten, als ich das letzte Mal bei ihr war. Immer hat irgendwer es auf sie abgesehen.

Mutter löst sich nach und nach auf, und jetzt hat sie das Verständnis dafür verloren, was ein Geschenk ist. Sie, die immer die scheußlichsten Bilder auf den Kaminsims stellte und die geschmacklosesten Kissen auf das Sofa legte, wenn die Spender dieser Dinge zu Besuch kamen. Wenn ich ihr ein Schmuckstück schenkte, trug sie es immer, wenn wir zusammen waren. Und als Ola mit sechs Jahren einen großen blauen Plastikring für sie kaufte, legte sie den jeden Tag an, wenn sie ihn sah.

»Ich hole aus der Küche eine Vase«, sage ich mit meiner munteren Hörspielstimme.

Als ich zurückkomme, stelle ich die Vase auf ihren Tisch, neben eine Schale mit Schokoladenkeksen. Ich sage es laut: »Ich stelle die Blumen hierher, damit du sie sehen kannst.« Aus irgendeinem Grund habe ich damit angefangen, seit Mutter in Bråset ist: Ich sage ihr laut, was ich mache. Ich setze mich in diesen Sessel. Ich ziehe die Jacke aus. Ich trinke einen Schluck Kaffee. Ich stelle die Blumen hierher.

Sie will schon widersprechen, ich sehe es ihr an. Aber dann entdeckt sie Klein-Wau, der versöhnlich an der Wand sitzt, die

Ohren nach unten geschlagen und die Pfoten auf dem Schoß. Hinter der Vase. Ihre Aufmerksamkeit zerbröckelt.

»Er kommt runter und macht für uns Eier mit Speck, auch wenn es mitten in der Nacht ist. In Pantoffeln! Ich will das nicht!«

Sie steht auf und setzt sich wieder.

Ihre Sätze sind noch immer intakt, hängen aber oft nicht mit den Sätzen davor oder danach zusammen. Sie scheint sich auf einen flüchtigen Gedanken zu konzentrieren, als sehe sie in sich über eine endlose, verwirrende Landschaft hinweg. Ihre graublauen Augen starren glanzlos Klein-Wau an. Ihre Augen haben etwas Trübes, wie Staub auf Glas.

Jetzt weiß ich, von wem sie redet, denn in einem der vielen Lieder, die sie für ihren Vater geschrieben hatte, kam auch eine Geschichte darüber vor, wie er eines Nachts in der Küche erschien, als eine Clique aus ihrer Abiturklasse da saß, im Frühjahr 1952, und ihnen Eier mit Speck servierte.

»Sie ist immer auf Malertour, wenn ich Geburtstag habe. Sie geht voran und sammelt und sammelt.«

»Sammelt sie Glas?«, frage ich.

»Wie meinst du das?«

»Redest du nicht von Oma, die am Strand Glas sammelt? Für jedes braune und grüne Stück Bierflasche, das matt und weich geschliffen ist, bekommen wir eine Öre. Aber für die seltenen blauen gibt es fünfundzwanzig, wenn sie groß sind.«

»Wir bekommen fünfundzwanzig Öre?«

»Ja, denn daraus kann sie doch Glasmosaiken machen. Blaues Meer und blauer Himmel. Einmal hat sie ein Hörspiel geschrieben, das *Blaues Glas* hieß, und sie hat doch das schöne Mosaik nach dem Gemälde von Emil Nolde gemacht. Das, auf dem Jesus ins Grab gelegt wird. Es hängt in der Kirche von Skøyen. Ich glaube, sie liebt nichts so sehr wie blaues Glas«, sage ich.

Ich mache hier in diesem Haus schon seit einer Weile keinen Unterschied mehr zwischen Lebenden und Toten. Wir reden über alle Menschen, als ob sie lebten, als ob sie in unserer Nähe wären.

Mutter nickt, immer wieder. »Blaues Glas«, sagt sie und greift nach einer Serviette, die auf dem Tisch liegt. Sie legt sie auf ihren Schoß und streicht sie ausgiebig glatt, ehe sie sich einen Schokoladenkeks nimmt, den sie mitten auf die Serviette legt. Nach einer Weile führt sie den Schokoladenkeks an den Mund, während sie die linke Hand darunterhält, um nicht zu krümeln. Ich werde plötzlich von Tränen überwältigt. Wegen dieser tausendmal eingeübten und in Fleisch und Blut übergegangenen Manieren. Während sie in ihrem roten Sessel sitzt, mit Pullover und Jeans, die sie schon lange hat und die wir gut kennen. Das eine lange Bein über das andere geschlagen. Die Haare frisiert. Ihr konzentriertes Gesicht, das mich dazu verleiten könnte zu glauben, alles sei nur Einbildung. Dass sie, wenn sie das nächste Mal etwas sagt, die Mutter sein wird, die ich kenne. Dass es ein Irrtum war, eine Art Albtraum, und dass sie den Kopf schütteln und sagen wird: Jetzt ist es aber Zeit, dass ich nach Hause nach Høn komme. Ostern ist in diesem Jahr so spät, dass sicher schon der Huflattich blüht. Was meinst du, Cecilie, kannst du mich nach Hause fahren?

Stattdessen sprechen wir im Präsens über ihre Mutter, die von Meer und Sand glatt geschliffene Glasscherben sammelt. Es wäre so seltsam für meine Großmutter, wenn sie wüsste, dass das Mädchen, das als kleines Kind am Strand Glasscherben gesammelt hat und dann mit den eigenen Kindern auf dieselbe Schatzjagd ging, wenn sie gewusst hätte, dass dieses Mädchen einmal, in einer unendlich fernen Zukunft, bis weit in ein anderes Jahrtausend hinein, noch immer über sie redet, sich nach ihr sehnt, nach Hause will. Nach Hause nach Volvat.

»Weißt du, was ich mitgebracht habe?«, frage ich.

»Nicht noch mehr von diesen widerlichen Vorschlägen«, sagt Mutter. Sie steht wieder auf.

Ich schalte das iPad ein und hole das Coverbild von *Leve Patagonia* auf das Display.

»Wenn du dich setzt, dann zeig ich dir etwas.«

Sie setzt sich. »Dann mach schon!«

»Erinnerst du dich an die Platte von Ketil Bjørnstad, *Leve Patagonia?* Ich habe sie mitgebracht. Willst du sie hören?«

»Das will ich absolut nicht.«

Ich suche trotzdem das Lied über Oda Lasson heraus und drücke auf das Display.

Sowie die Klänge den Raum füllen, lächelt Mutter, zaghaft.

Die Stimme von Lill Lindfors strömt hinaus in den kahlen Raum in Bråset, Mutter packt die Armlehnen ihres Sessels und springt auf.

»Oda Lasson heiße ich, wir waren viele Kinder, bei unserem Vater, dem Oberstaatsanwalt. Unsere Mutter starb sehr früh, und ich wurde verheiratet.« Mutter wiegt den Oberkörper hin und her, lächelt selig und singt zusammen mit Lindfors: »Ich war die schönste Frau hier in der Stadt.«

Wir hören das Lied mehrere Male.

Als ich gehen will, fragt sie nicht »Muss ich denn hierbleiben?«, so wie sonst. Sie bringt mich zur Tür am Ende des

Ganges, und die ganze Zeit schlenkert sie mit den Armen, dirigiert mit großer Geste und singt dramatisch »Ich war die schönste Frau hier in der Stadt«.

»Ach, sei still«, sagt ein magerer Mann, der in der Tür zum Aufenthaltsraum steht, als wir vorübergehen.

»Sei selbst still«, sagt Mutter und zwinkert mir übertrieben zu, während sie meinen Arm drückt.

Im Auto, auf dem Weg nach Hause, singe ich nach einem Besuch bei Mutter zum ersten Mal seit langer Zeit.

10

Ihre Eltern fehlten Mutter oft, schon lange, ehe sie krank wurde. Sie sagte das niemals offen, aber sie wiederholte die Geschichten über sie, sie zitierte sie, und sie berichtete bis zum Überdruss, dass dieses Schmuckstück, dieser Ring oder diese Ohrringe, die sie gerade trug, von ihren Eltern stammten.

Zu Weihnachten 1966 bekam sie von ihnen Granatohrklips und außerdem *Neue Novellen* von Johan Borgen. Elling und ich bekamen jeweils ein Ölgemälde, das eine Sommerlandschaft zeigte, dazu beide ein Gedichtbuch für Kinder. Meins war *Des Mädchens Katzenreise* von Ivar Arosenius. Das Titelbild, mit den vielen Tieren und dem kleinen rot gekleideten Mädchen, das – mit einer Peitsche! – auf dem Rücken der gelben Katze saß, und Mutters hundertmal wiederholtes Vorlesen am Bettrand sorgten dafür, dass die von Wildenvey ins Norwegische übersetzten Verse sich für immer in meinem Gehirn festsetzten. Ich konnte jederzeit die *Katzenreise* aufschlagen und in die Welt der kleinen Heldin hinübergleiten. Eine Welt, in der sich alles mit jedem Schritt verschob, den sie und die Katze machten. Dauernd begegneten ihnen neue Menschen, Tiere, Herausforderungen und Erlebnisse, und ich ging die ganze Zeit neben ihnen her. Egal wo ich das Buch öffnete, überall wurde ich von der Handlung verschlungen.

Einige Jahre später fand ich es eine Zeit lang unheimlich, schlafen gehen zu müssen, denn ich hatte ja keine Ahnung, welche Träume ich dann haben würde. Es war wie eine Lotterie, bei der ich entweder ein finsteres Kerkerloch gewann oder eine lichte Sommerwiese. Und dann wurde ich panisch abhängig davon, dass Mutter mir die *Katzenreise* vorlas, nachdem wir zuerst »Lieber Gott, nun schlaf ich ein« gesungen hatten.

Ehe sie vom Bett aufstand, sagte sie: »Und dann kamen sie beide zu Mutter heim, und es kehrte große Freude ein, doch es kam auch große Müdigkeit, die Reise war ja gar so weit.«

Dann erzählte sie, welches Buch ihre Eltern vorgelesen hatten, wenn sie selbst schlafen sollte. Und dass ihr Vater ihr immer das Lied »Ich singe für meinen kleinen Schatz« vorgesungen hatte.

Heute ist das Buch zerfleddert, und einige Seiten fehlen. Ich habe es in Mutters Bücherregal in Høn gefunden, mit einem Vermerk in der altertümlichen Handschrift meiner Großmutter: Für Cecilie von Oma und Opa, Weihnachten 1966.

Opa hatte Kinder gern, wollte aber bisweilen auch allein sein, oder am liebsten mit Oma zusammen. Die Sommertage, die wir auf Rutland, in Åsgårdstrand, mit ihnen verbracht haben, sind für mich in ein helles Licht getaucht. Wir Enkelkinder durften nach zehn Uhr morgens in ihr gelb angestrichenes Schlafzimmer kommen, das »gelbe Zimmer«. Bis dahin sollte kein Kind zu hören sein. Aber um fünf nach zehn war es erlaubt, die knackende Treppe zu den beiden Zimmern im ersten Stock hochzusteigen und an die linke Tür zu klopfen.

Jeden Morgen, wenn die schwarze Jalousie hochgezogen worden war, strömte klares Sonnenlicht über den Holzboden. Das Licht brannte müde Schlafrunzeln weg und ließ die grauen Ohropaxklumpen in Omas Ohren schmelzen. Die Sonne öffnete die Dose mit Omas bunten Bonbons auf dem Nachttisch und Opas Mund, der uns Enkelkindern, die wir ehrfürchtig am Ende des gelben Doppelbettes saßen, Geschichten erzählte. Mit seiner langsamen und heiseren Stimme und dem Akzent von Ålesund sprach er über die seltsame Kindheit im Herrschaftshaus Korsen. Das Haus lag auf einer Anhöhe mitten in Ålesund und war so groß, dass man niemals alle Zimmer oder alle Hausgehilfinnen und Kindermädchen kennenlernen konnte. Opa war das jüngste von zehn Kindern der wohlhabenden Kaufmannsfamilie Rønneberg. Sie hatten Seidentapeten an den Wänden und Geld auf der Bank.

Opa wirkte immer klein und asthmatisch, wenn er mit einer flachen Mütze auf dem Kopf durch die Gänge wanderte. Er vermittelte den Eindruck, dass eine seiner Schwestern für die Erziehung zuständig gewesen war.

Carl von Korsen war der erste Rønneberg in Ålesund. Zu Beginn des 19. Jahrhunderts gründete er die große Gesellschaft, aus der dann Carl E. Rønneberg & Söhne wurde und die mit Krämerwaren, Schiffbau und Klippfisch ihr Geld verdiente. Der Enkel der Enkelkinder – Opa – erzählte von Schiffen aus Portugal, vom geschäftigen Leben im Hafen, von Fischtonnen, die auf breiten Schultern ruhten, von Pferd und Wagen und Gemälden mit zwanzig Zentimeter dicken Goldrahmen, die aus Korsen gerettet wurden, als die Stadt 1904 abbrannte. Er sagte nichts darüber, aber ich stellte mir Opa als einen ein wenig einsamen und ängstlichen Jungen in Ålesund vor, umgeben von Horden aus wilden großen Brüdern, von alten Verwandten, langen Röcken und einer unsichtbaren Mutter, die sich immer in einem anderen Zimmer aufhielt als das jüngste Kind. In meiner Erinnerung wurde seine Stimme immer dann weich und verträumt, wenn er von dem Pferd Mähne erzählte, das eigentlich furchtbar stur war, das aber den Weg zum Sommerhaus Fredsberg alleine fand und das ihn, der vor Asthma keuchte, nach einem Klaps auf den Hintern zu einigen Wochen an der frischen Luft brachte

Die Möbel in Korsen waren groß und poliert, die Türen hatten geschnitzte Verzierungen, die Bleiglasfenster ließen Licht in allen Farben herein, die Kronleuchter waren in Deutschland geschmiedet, die Kerzenleuchter standen auf dem breiten Kaminsims, und das Porzellan wurde in großen Schränken aufbewahrt. Aber in Opas Erzählungen hatten die Dinge in seinem Elternhaus keine eigenen Geschichten, sie waren eher Hintergrund für ein Familienleben, zu dem er sich nicht zugehörig fühlte. Mit achtzehn Jahren, 1920, ging er nach Kristiania, um das wenig kaufmännische Fach Geschichte zu studieren. Er kam später nur noch zweimal zurück nach Ålesund, aber die Geschichten aus der Stadt seiner Kindheit waren immer bei ihm.

Weihnachten 1996 gab meine Mutter meinem Sohn Ola, der im März desselben Jahres geboren worden war, einen gerahmten Comic. Den Comic hatte sie in einem alten Heft ihres Vaters gefunden, er hatte ihn mit elf Jahren gezeichnet. Unter jedem Bild steht ein Vers, über einen Mann, der eben Ola heißt und der sich wegsehnt, in die Hauptstadt.

Und dann, eines Tages:

1 *Ola in die Hauptstadt zieht, sein Parapluie kommt natürlich mit.*

2 *Und nun sitzt er im Zugabteil, da kennt er keine Langeweil.*

3 *Jetzt, wo der Zug im Bahnhof steht, der Ola übern Bahnsteig geht.*

4 *Ein Automobil dröhnt vorüber hier, doch Ola denkt, da brüllt ein Stier.*

5 *Schnell läuft er ins Kaffeehaus und gibt sein Geld für Kuchen aus.*

6 *Im Lichtspielhaus sieht und hört er von Dingen, die ihn zum Lachen und Weinen bringen.*

Der Comic erzählt eine lange Geschichte, und die Illustrationen sind detailreich. Im Lichtspielhaus sieht Ola einen Film mit Max Linder in der Hauptrolle.

Die Hauptperson in dieser Geschichte verlässt Ålesund, um Zugang zu dem zu erlangen, was ihm fehlt. Der französische Schauspieler Max Linder war der erste Filmstar der Geschichte, Chaplins Lehrmeister, und 1913, als mein Großvater den Comic zeichnete, stand Linder auf dem Höhepunkt seines Ruhmes.

Als mein Großvater dann sieben Jahre später selbst nach Kristiania kam, mit dem Zug durch das Gebirge, wollte er die dunklen Säle und Theater sehen. Er verließ seine zu dem Zeitpunkt noch wohlhabende Familie und fand in der neuen wirklichen Welt, dem Theater, sein Zuhause. Er ließ sich von allem verschlingen, was auf der Bühne vor sich ging. Später schrieb er dann über die Aufführungen, schrieb darüber und studierte sie, sein Leben lang. Die beiden großen Theater in

Kristiania waren das Nationaltheater und das frisch eröffnete Norske Teatret. Aber mein Großvater besuchte auch die kleinen privaten Bühnen. Und in den nächsten zehn Jahren reiste er mit Zug und Boot nach ganz Europa, um Theater zu besuchen. Vor allem die kleineren Inszenierungen, in Berlin und Wien, London und Kopenhagen. Die, in die er glaubte versinken zu können. Die ihn »zum Lachen und Weinen brachten«.

In einem Zeitungsporträt in *Dagbladet,* 1933, schrieb Axel Kielland unter dem Pseudonym Tattler über Großvater, als der mit zwanzig Jahren verschiedene Zeitungsredaktionen aufsuchte, um seine Theaterrezensionen zu verkaufen: »Er lief umher und war lang gestreckt von Gestalt, ernst und mit suchendem Blick, ein wenig theologisch und von ruhiger Begabung hinter seiner Brille. Die Menschen gingen vorüber, ohne ihn anzusehen, ganz ehrlich gesagt ahnte Oslo kaum, dass es einen gewissen Anton Rønneberg gab.«

1924, mit zweiundzwanzig Jahren, fand er eine Stelle als Theaterkritiker bei der frisch gegründeten Zeitung *Norges Kommunistblad.*

In dem gelben Bett in Rutland hörte ich von mit Zigarettendunst verhangenen Abenden, von Gefahren, literarischen Duellen, Herausforderungen und Diskussionen zwischen den drei Mitarbeitern der Kulturredaktion. Mein Großvater schrieb über Theater, Rudolf Nilsen schrieb über Literatur, und Nilsens frisch angetraute Gattin, die Schauspielerin und Regisseurin Ella Hval, über Film.

Sie feierten in einer Kneipe, als Rudolf Nilsen im Juni 1926 in zwei Zeitungen je ein Gedicht veröffentlichte: »Die Stimme der Revolution« in *Norges Kommunistblad,* bei der sie inzwischen alle nicht mehr arbeiteten, und »Nr. 13« in *Arbeiderbladet.*

Die bürgerliche Familie in Ålesund konnte unmöglich mitverfolgen und nur mit Mühe verstehen, was ihr jüngster Spross da trieb. Aber er war der Sohn seines Vaters, egal ob er nun in die Irre gegangen war, und Joakim Holmboe Rønneberg war ein neugieriger Mann, der gern wissen wollte, was sein Sohn da drüben in der Hauptstadt eigentlich schrieb. Aber wie sollte jemand mit der Adresse Korsen in Ålesund sich *Norges Kommunistblad* zustellen lassen? Da wirkte es naheliegend, sich unter falschem Namen ein Postfach zu nehmen. Einmal pro Woche spazierte der wohlhabende alte Mann des Morgens durch die menschenleeren Straßen von Ålesund und öffnete sein anonymes Postfach. Dort fand er Rezensionen, die mit dem vollständigen Namen seines Sohnes unterzeichnet waren.

Als sein Sohn aufhörte, für die Zeitung zu schreiben, wurde das Abonnement gekündigt.

Als ich zum ersten Mal »Die Stimme der Revolution« hörte, war der Morgen in dem gelben Doppelbett von Rutland schon fast vorüber. Opa hatte seine mageren Füße auf dem Boden stehen, er fuhr sich mit beiden Handflächen über die Haare in seiner Stirn und sagte, er wolle jetzt sein Morgenbad nehmen. Die Besuche im »gelben Zimmer« dauerten niemals lange. Nur selten war ich es, die ungeduldig wurde, im Gegenteil, ich hoffte, wenn ich ganz still saß, würde die Uhr vielleicht vergessen werden.

Ich schließe die Augen und sehe ihn klar und lebendig vor mir. Er spricht langsam, mit stark gerolltem R. Ich bin elf Jahre alt, und das Gedicht scheint voller Gefahren zu stecken, als ob Opa selbst die Erfahrung des Gedichts in der Stimme hätte:

Gib mir die Reinen und Ranken, die Starken und die Festen,
die mit Geduld und Willen, in allem nur die Besten,
die keine Niederlage kennen, bis in den Tod sich Kämpfer nennen.

Er unterbricht sich, schaut aus dem Fenster mit den gelben Sprossen. Auf Kiefern und Fjord.

»Das klingt jetzt fast ein bisschen … faschistisch«, sagt er, den Rücken zu mir. Er drückt sich beide Hände ins Kreuz, wie das seine Gewohnheit ist, um den Rücken gerade zu machen. »Die Reinen und Ranken … damals klang es nicht so.«

Ich hatte keine Ahnung, wovon er da redete. Vielleicht hörte ich nicht einmal, was er sagte, ich sah nur, dass er dort im Morgenlicht stand und diese Strophen aufsagte, für mich allein. Dass es etwas ganz Besonderes war. Ich glaube, deshalb weiß ich das alles noch. Und weil er sagte, es gebe auch noch ein anderes Gedicht, auf einer anderen Titelseite. Dass das andere von einer alten, heruntergekommenen und versoffenen Mietskaserne ohne Licht handelte. Dann stieg er die knirschende Treppe hinunter. Hinunter zu seinem Morgenbad. Dort stand er, im Fjord. Zuerst wusch er sich die dünnen Arme und das Gesicht, danach spülte er sich den Mund mit Salzwasser aus und legte gurgelnd den Kopf in den Nacken. Dann spuckte er aus, drehte sich um und ließ sich rücklings ins Wasser sinken.

Ich stand aus dem Bett auf und ging die Treppe hinunter.

Die Kiefern stehen noch immer dort. Mutter hat mir einmal erzählt, Rutland sei so gebaut worden, damit meine Großmutter immer diese Gruppe von Kiefern sehen könnte. Und Mutter sagte immer, für sie gebe es nichts Schöneres als einen Kiefernwald.

Ich lese das Gedicht über das alte Mietshaus und Großmutters Unglückszahl:

Sie fragen, wo Nr. 13 ist – das Haus aus frühen Jahren?
Das steht hier in der Straße, schon seit wir Kinder waren,
und seit es sich durch die Umgebung frisst.

Das größte Haus in der Straße, aber es gibt noch viele davon,
in anderen Straßen hier in der Stadt, da finden Sie sie schon –
aber keines sonst ist so dunkel und schwarz, wie Nr. 13 ist.

Es gibt noch viele andere in Städten hier im Land,
es gibt so viele Straßen – in die Arme sind verbannt.
Im Osten vieler Städte, gibt es davon ganz viele.

Und die letzte Strophe:

Und die bitteren Herzen der Jungen rufen laut:
Das Haus will nicht mehr sehen, wer in die Zukunft schaut –
ein Land ohne Nummer 13 ist unser goldnes Ziel.

Im selben Sommer, in dem Großvater sich bei »Die Stimme der Revolution« unterbrach und einige Strophen von »Nr. 13« aufsagte, ehe er zu seinem Morgenbad ging, 1973, wurde die große Villa in Ålesund abgerissen, Brett um Brett. Die, die Korsen und Rønneberghaugen hatten retten wollen, hatten einen langen und bitteren Kampf in der Stadt verloren. Die langhaarigen Jugendlichen, die viele Wochen lang aus Protest gegen die Abrisspläne das Haus besetzt hatten, mussten die Zimmer am Ende verlassen und ihre Transparente mitnehmen.

Rønneberghaugen, die grüne Anhöhe mitten in der Stadt, war bereits 1971 gesprengt und dem Erdboden gleichgemacht worden. Zwei Jahre lang balancierte das alte, gartenlose Haus am Rand eines riesigen schwarzen Kraters. Nach und nach wurde der Krater zum Parkplatz, den niemand benutzen mochte, weil die Stadt pro Tag vier Kronen dafür verlangte, dass ein Wagen dort stand. Und außerdem wurden die Autos vom Möwendreck versaut. Das Geld und die vielen Arbeitsplätze, für die Carl von Korsen einst gesorgt hatte, waren auch schon seit Langem verschwunden. Nur der Ausdruck, den man jemandem zuwarf, der untätig bei der Arbeit saß oder sich auf seinen Spaten stützte, war noch von Carl E. Rønneberg & Söhne übrig: »Davon wird der Rønneberg nicht satt.«

Großvater wirkte nicht traurig über den Abriss seines Elternhauses. Er sagte auch nichts dazu, dass dort, wo der Garten seiner Kindheit gelegen hatte, nun ein Einkaufszentrum und ein grauenhafter Rathausklotz entstanden. Aber er wollte nicht zurück nach Ålesund. Er sagte, er sei politisch verstimmt. Abermals hatte ich keine Ahnung, was das bedeuten sollte, aber mir war schon klar, dass es gewisse Parteien gab, denen ich niemals meine Stimme geben dürfte, wenn es dann so weit wäre.

Im grünen Schlafzimmer in Rutland, in dem meine Eltern schliefen, hing – in dem Sommer, in dem Korsen abgerissen wurde – ein großes Plakat, an der schrägen Decke über dem Bett: Hans Scherfigs Bild aus dem dänischen Kampf gegen den Beitritt zur EG. Das Bild zeigte einen grünen Dschungel, in dem ein winziger und total verängstigter Hase sitzt, umgeben von einer Schlange mit weit aufgerissenem Schlund, einem glotzenden Löwen, einem listigen Krokodil und einem Panther. Das Bild hieß: *Dänemark in der Gemeinschaft*.

Und damals tobte der Kampf um die EG auch schon längst zu Hause in Høn.

II

Am Heiligen Abend 1966 schenkten meine Eltern sich gegenseitig eine kleine rotgebrannte Skulptur, »Kari«, von der Bildhauerin Emma Mathiesen. Kari liegt auf den Knien, tief in Gedanken versunken, und formt einen Tonklumpen. Seit 1966 und bis zu dem Novembertag des Jahres 2010 stand Kari auf dem Kaminsims. Daneben eine kleine rotgebrannte Nachahmung, die ich geformt hatte. Heute stehen sie zusammen bei mir zu Hause. Die eine ist schön, die andere hatte Mutter aufbewahrt.

Seit ich festgestellt habe, dass Kari das Weihnachtsgeschenk meiner Eltern füreinander war, sehe ich die Figur mit neuen Augen. Bei mir zu Hause betrachte ich das kleine Mädchen, das einen Tonklumpen formt. Einen Klumpen wie den, aus dem sie selbst geschaffen ist. Als ob sie ihren eigenen Ursprung in Händen hielte. Hatte mein Ursprung sie bei einer Ausstellung gesehen und gedacht: Diese Figur, die ist fantastisch, die wollen wir immer ansehen können, zusammen? Waren sie einer Meinung gewesen? Hatten sie diskutiert? Hatten sie das Ausstellungslokal verlassen, waren sie zurückgekommen, hatten sie die Kronen gezählt, sich überlegt, dass sie ja ohnehin ein Weihnachtsgeschenk füreinander brauchten und dass es doch sie sein könnte, Kari? Hatte sich Mutter, die in einem Haus voller Kunst aufgewachsen war, einen kleinen Gegenstand für ihr eigenes Heim gewünscht? Oder war Vater neugierig gewesen, so vielen Gefühlen gegenüber, dass er dieses kleine Geschöpf immer weiter ansehen wollte?

Ich rufe ihn an.

Er weiß sehr gut, woran ich arbeite, er hat schon mehrmals meine Fragen nach irgendwelchen Geschenken beantwortet. Von den Listen hatte auch er nichts gewusst.

»Diese Skulptur, Kari«, sage ich. »Euer gegenseitiges Weihnachtsgeschenk 1966.«

Ich höre, wie er am Telefon lächelt.

»Ach ja«, sagte er. »Weihnachtsgeschenk?«

»Ja. Aber weißt du noch, warum ihr sie gekauft hattet? Hatte Mama sie sich gewünscht?«

Es ist einige Sekunden lang still, dann sagt er: »Es ist seltsam. Ich habe so lange nicht mehr an diese Figur gedacht, aber weil ich sie jetzt vor mir sehe, erinnere ich mich auch an die kleine Galerie in Oslo, wo wir eine Ausstellung besucht hatten. Als ob das Teil wie ein Wiedergänger durch die Räume strahlt, in denen es gewesen ist.«

Ich schreibe das auf, während er weiterredet.

»Weiß du noch, wer von euch vorgeschlagen hat, sie zu kaufen?«

»Lass mir ein paar Sekunden zum Nachdenken«, sagt er. Abermals wird es still.

Es war Mitte der Sechzigerjahre, als Vater seine unschuldige Marotte entwickelt hat: Er zieht die Knöchel von Zeige- und Mittelfinger wie zum Fegen an seinem Ohr entlang. Wenn er nachdenkt, wenn er sich einen klaren Kopf verschaffen will, wenn er liest, oder ehe er etwas Bedeutungsvolles sagt. Eine Ermahnung an uns Kinder oder ein Staunen über etwas, woran er gedacht hat. Jetzt sehe ich ihn in der Wohnung in Oslo vor mir, mit dem Mobiltelefon am einen Ohr und einer weichen alten Hand am anderen.

»Damals hatte eine Freundin deiner Großmutter, Emma Mathiesen, eine Ausstellung, und wir gingen in eine kleine Galerie, nur ein Raum, glaube ich ... sie stellte einige schöne Skulpturen aus ... Den Kopf einer russischen Schauspielerin mit Seitenscheitel und wolligen Haaren. Ich glaube nicht, dass Emma Mathiesen sonderlich bekannt war, es waren jedenfalls nur wenige Besucher da. Ich weiß noch, dass ausnahmsweise mir diese kleine Kari so gut gefallen hat. Sonst war es ja meistens Mutter, die ...« Er unterbricht sich.

»Aber damals war ich das.«

Nachdem wir das Gespräch beendet haben, hebe ich die Figur noch einmal hoch. Sie ist etwas größer als meine Hand, und sie wiegt vielleicht ein Kilo, nicht mehr. Weil ich Kari in der Hand halte, sehe ich jetzt auch das Wohnzimmer von Høn deutlich vor mir. Dort, wo sie auf dem Kaminsims stand. Daneben der Eisenofen mit der gegossenen Geschichte von König Salomo, den zwei Frauen aufsuchen. Beide behaupten hartnäckig, die Mutter eines neugeborenen Knaben zu sein. Und ganz unten, bei den geschwungenen Ofenbeinen, dort, wo man die Asche ausleert: der erhabene König Salomo, umrankt von Lorbeerblättern, der auf die weinende Mutter zeigt und sagt: »Gebt ihr das Kind und tötet es nicht. Sie ist die Mutter!«

Vor meinem inneren Auge sehe ich außerdem die Kohlezeichnung meines jungen Großvaters mit gesenktem Blick hinter der runden Brille, die Zeichnung, die immer neben dem Kamin hing. Ich sehe das blau-grau gestreifte Sofa, und plötzlich fällt mir ein, wie Oma auf dem Sofa saß und mit zwei weichen Fingerspitzen mein Rückgrat entlangfuhr. Das ist nur ein einziges Mal passiert.

Die Skulptur strahlt wie ein Wiedergänger durch das Wohnzimmer in Høn.

Dann schaue ich mich in unserem Haus um und berühre einige Gegenstände vorsichtig.

Einen Aschenbecher, eine Gitarre, eine nichtssagende Glasvase. Die zu kleinen inneren Szenen werden. Großmutter väterlicherseits, die ein rotes Plastikgerät mit Tabak füllt, den oberen Teil nach hinten schiebt und eine echte, billige und selbst gedrehte Zigarette vorzeigt.

Und Torger, gleich nachdem wir uns kennengelernt haben, der »Stairway to Heaven« auf der Gitarre spielt und dabei in der Studenten-WG auf einer Matratze sitzt.

Ein Streit mit einem Freund, bei IKEA, und das Einzige, was wir uns kaufen, ist eine Glasvase.

Jetzt steht nur noch der Ofen mit König Salomo in Høn, umgeben von fremden Bildern.

Reduziert man die Stärke der Trauer, wenn man Dinge entfernt?

Ich stelle Kari auf die Anrichte. Sie sieht fehl am Platze aus, wie sie so nachdenklich dakniet und zwischen schmutzigen Tellern und Brotkrümeln ihre Tonkugel formt. Da erinnere ich mich, wie meine Mutter etwas Seltsames mit einem Geschenk von Vater machte. Mit einer blauen Emaillebrosche mit weißer Blume und einem vergoldeten Rand, die irgendwann im 19. Jahrhundert seiner Großmutter gehört hatte. Mutter hatte die Brosche jahrelang in einer Schublade in ihrer weißen Frisierkommode liegen, aber ich kann mich nicht erinnern, dass sie die jemals getragen hätte. Und als sie sich scheiden ließen, wollte sie die Brosche nicht mehr. Da sie ihre Schwiegermutter nicht selbst aufsuchen mochte, bat sie mich, sie bei meinem nächsten Besuch mitzunehmen.

Das tat ich. Wir aßen belegte Brote, spielten Mau-Mau und tranken am Küchentisch Pulverkaffee.

»Mama wollte dir die hier übrigens zurückgeben«, sagte ich und reichte Oma die Brosche.

»Typisch deine Mutter, sie muss auch immer übertreiben.«

»Das tut sie doch nicht«, sagte ich.

Oma schüttelte resigniert den Kopf und musterte die blaue Emaillebrosche.

»Ich glaube, meine Mutter hat sie zur Hochzeit bekommen, von ihrer Mutter. Meiner Großmutter, also deiner Urgroßmutter. Die war die erste Frau, die sich jemals scheiden ließ.«

»Das kann doch nicht stimmen.«

»Jedenfalls soviel ich weiß. Sie war mit einem Mann verheiratet, der soff wie ein Loch. Damals musste sie vor Gericht gehen, um geschieden zu werden, durch Gerichtsurteil eben. Und sie durfte die Kinder behalten. Aber heute ist es zu leicht geworden ... In meiner Erinnerung ist sie größer.«

Sie starrte die Brosche an und sagte, ich sollte noch etwas essen.

»Wie ist sie denn zurechtgekommen, allein mit zwei Kindern, damals, im 19. Jahrhundert?«

»Warum konnte sie die Brosche denn nicht behalten?«, fragte Oma. »Die ist doch schön.«

»Sie dachte wohl, dass sie dir gehört.«

»Aber ich habe sie doch Finn gegeben, und er hat sie ihr geschenkt. Vor vielen, vielen Jahren. Sie hat doch ihr gehört. Es ist komisch, plötzlich Geschenke zurückzugeben«, sagte Oma. »Sie hätte sie ja weggeben können, wenn sie sie nicht mehr haben wollte.«

Vielleicht gab Mutter *Hau* zurück, den Geist der Dinge? Denn so schuldete sie Vater nichts mehr.

12

Etwas am alten Onkel Johannes Hægstad lässt mich in den Listen hin und her blättern. Ich sehe, was er uns geschenkt hat, und was wir bekommen haben. Fühlte Mutter sich verpflichtet, ihm Geschenke zu schicken? Weil er in so jungen Jahren Eltern und Geschwister verlassen hatte, alles, was vertraut war, um Geld zu verdienen und den durch Zwangsauktion verlorenen elterlichen Hof in Buskerud zurückzukaufen? Dachte Mutter, sein Leben sei hart gewesen und vielleicht auch einsam, ein Leben voll Plackerei für alles, was er niemals erreicht hat?

Glaubte Mutter, ihm etwas zu schulden, weil sie als Enkelkind seiner Schwester aufgewachsen war, während er, Johannes, ins Unbekannte hinaus gereist war – eben für diese Schwester, die Einzige von ihnen, die Kinder bekommen hatte?

Ich interessiere mich für diesen toten entfernten Verwandten, da Mutter jedes Jahr an ihn dachte. Sie plante, was er bekommen sollte, jedes Jahr half sie uns Kindern, Weihnachtsgeschenke zu basteln und zu schicken, obwohl wir ihn gar nicht kannten.

Johannes war das jüngste von sechs Kindern, geboren 1884. Er wuchs auf dem väterlichen Hof auf, Hægstad in Fiskum. Sie hatten Hühner und Wald. Johannes liebte das Haus, die Scheune, die Erde, die keimte, die Bäume, die wuchsen, abgeholzt und verkauft wurden. Aber egal wie sehr sein Vater auch arbeitete, wie lange er abends über den Papieren brütete, egal wie oft er das Pferd anspannte und zur Bank nach Drammen fuhr, die Gleichung ging niemals auf. Der Hof kam zur Zwangsversteigerung, und die Familie musste Hægstad verlassen. Die älteren Geschwister bauten sich ihr eigenes Leben auf. Johannes war das einzige Kind, das mit auf den elterlichen Hof der Mutter zog. Gunhildrud. Nicht sehr weit entfernt von Hægstad. Vermutlich demütigend. Aber sie wurden freundlich aufgenommen.

Der Bruder Erik ging gleich nach der Jahrhundertwende nach Amerika. Er hatte versprochen, mit Geld zurückzukehren, um Hægstad zurückzukaufen. Johannes dachte viel daran, während er seine Lehre in einer mechanischen Werkstatt machte, er wollte nicht alle Arbeit in Amerika diesem acht Jahre älteren Bruder überlassen. Zu zweit könnten sie außerdem mehr und schneller Geld verdienen. 1905 reiste er dem Bruder nach. Es wirkte alles so einfach. Amerika brauchte Menschen, und die beiden Brüder waren das Leben auf einem Hof gewöhnt. Sie wollten zusammen eine Geflügelfarm aufmachen.

Aber die amerikanischen Hühner brachten nur wenig Ertrag. Nach einer Weile versuchte sich Johannes als Goldgräber in Kalifornien, aber er fand kein Gold, mit dem er sich hätte schmücken können. Er hatte Heimweh nach Hægstad, das jetzt in fremden Händen war. Eine Zeit lang saß er als Wächter in dem Wagen, der das Gold der anderen zur Bank brachte, mit einem Gewehr über den Knien. Später hatte er dann eine Stelle bei der Baufirma Morrison & Knudson in Montana, die unter anderem den Hoover-Damm konstruierte. Nun begann sein eigentliches Arbeitsleben, aber er verlor nie sein Ziel aus den Augen. Deshalb arbeitete er so hart, reiste so viel, deshalb wurde er der Vorarbeiter seiner Arbeitsmannschaft, deshalb übernachtete er fast immer in Hotels.

Er wollte sich in Amerika nicht binden, keine Wurzeln schlagen, er wollte arbeiten und Geld verdienen, dann wollte er nach Hause. Erik sah das genauso. Sie sparten ihr Geld auf demselben Konto.

»Mai 1916. Liebe Mutter. Wir haben ein Bankkonto eröffnet, wo wir so viel wie möglich einzahlen. Wir sehen uns wieder. Dein Sohn Johannes.«

Er sah seine Mutter niemals wieder, sie starb 1918.

Das Vermögen wuchs mit jedem Jahr. Tausend Kronen, zwanzigtausend, fünfundzwanzigtausend. Johannes ging dorthin, wo die Arbeit war, er lächelte die Mädchen an und redete mit ihnen in seinem verlegenen Norwegisch-Amerikanisch. Das Konto bei der Sparkasse wuchs rascher als die Wertsteigerung für Immobilien. Der Traum einer Rückkehr nach Norwegen war schon fast zum Greifen nah, obwohl die zwei Brüder älter wurden und beide Eltern tot waren. Konnte es sein, dass sie sich an niemanden binden wollten, keine eigene Familie gründen? Das wirkliche Leben sollte doch in Hægstad beginnen, für sie beide.

Dann kamen die Zwanzigerjahre und die Inflation. Sie hatten jetzt sechzigtausend Kronen gespart. Bald würden sie nach Hause fahren. Die anderen Geschwister sollten sehen, dass Johannes und Erik »had made it over there«.

Ende der Zwanzigerjahre, als die beiden Brüder achtzigtausend Kronen gespart hatten, ging die Bank in Konkurs. Innerhalb eines Tages verloren sie jede einzelne ersparte Krone.

Alle Arbeit war vergeblich gewesen.

Aber der Traum einer Heimkehr irgendwann war nun ein Teil von Johannes geworden. War es denn möglich, ohne Geld zurückzukommen?

Noch lange nicht.

An einem Augustnachmittag 1950, als Mutter sechzehn Jahre alt war, stand ein Fremder in ihrem Wohnzimmer in Volvat und sagte, er sei »heimgekehrt«. Er war sechsundsechzig Jahre alt und sprach ein so altmodisches Norwegisch-Amerikanisch, dass Mutter sich zusammenreißen musste, um nicht zu lachen. Heimgekehrt, nach fast fünfzig Jahren in Amerika. Der Bruder Erik lebte nicht mehr, er war 1944 gestorben.

Auf der Straße vor dem Haus stand Johannes' amerikanisches Auto.

Mutter hatte natürlich von Onkel Johannes gehört, aber der lebte in einer anderen Galaxis, kam aus einer anderen Zeit, sprach eine andere Sprache.

Nach seiner Rückkehr konnte Johannes dann auf dem Hof Gunhildrud in Øvre Eiker wohnen, bei seinem Vetter und dessen Familie.

Er sagte nicht viel und ärgerte sich manchmal, wenn er nach seiner Vergangenheit gefragt wurde. Vor allem wenn jemand sich nach Freundinnen in Amerika erkundigte. Aber er wurde zu einem Teil der Familie des Vetters. Morgens kam er kraftlos in seiner dunklen Hose die Treppe hoch und bekam in der Küche eine Tasse schwarzen Kaffee. Danach ging er hinaus auf den Hof und betrachtete den Stapel aus Holzscheiten, die er am Vortag gehackt hatte. Später kraulte er dem Elchhund den Nacken, während der graue, wie ein Schneckenhaus gerollte Schwanz des Hundes hin und her schlug.

Wenn seine Rente aus Amerika kam, fuhr er mit dem Zug zu seiner zwei Jahre älteren Schwester Petra in Oslo. Fünf Tage jeden Monat wohnte er bei ihr in der Jacob Aalls gate 50, im dritten Stock.

Vielleicht schwiegen sie zusammen, diese beiden alten Geschwister, die einander seit fast fünfzig Jahren nicht gesehen hatten. Aber da er jeden Monat bei ihr war, war es auch möglich, dass sie in der Küche saßen und sich gemeinsam erinnerten. An die Eltern, die längst tot waren. Vielleicht sprachen sie über die sechsköpfige Geschwisterschar, von der nur die Älteste – meine Urgroßmutter – geheiratet und Kinder bekommen hatte: Kaja, Otto, Ruth – meine Großmutter – und Hugo, der so früh gestorben war. Und von den Überlebenden hatte nur Großmutter Kinder bekommen, Maja Lise und Klein-Ruth. Klein-Ruth, die jetzt in Asker wohnte, mit Finn, der in den USA ein Ingenieursstudium absolviert hatte. Der erzählt hatte, wie er Fenster geputzt und Mundharmonika gespielt und gekellnert hatte, während er in Indiana studierte. Klein-Ruth, die jedes Jahr Weihnachtskarten und Geschenke schickte. Amerikanischen Pfeifentabak, Edgeworth, und Schnapsflaschen. Einen Korb mit Schokolade. Und die Kinder, die Geschenke bastelten, aber nur für Johannes, Lesezeichen, Zeichnungen, silbern gefärbte Kornähren und eine Zigarrentasche aus grünem Filz, eine Tonschale und Kerzenmanschetten.

Wenn sie so saßen, in der Küche mit Blick auf den Hinterhof, sprachen sie dann über den Hof ihrer Kindheit? Über Hægstad? Oder ließen sie Johannes' fünfzig amerikanische Jahre auf sich beruhen, weil sie nicht die richtigen Worte fanden?

Im Spätsommer 1967 war Mutter hochschwanger, war mit mir aber nach Hønsjordet gegangen, wo wir lange Haferhalme pflückten, die wir dann zum Trocknen auf den Eckschrank legten. Und im Dezember, während meine drei Monate alte Schwester Anne Johanne schlief, bedeckte Mutter den Küchentisch mit Zeitungspapier und sagte, ich solle die Halme vorsichtig hinlegen, nebeneinander. Sie hatte eine Dose Silberspray gekauft, mit der wir die Ähren besprühten. Dann legten wir sie in einen mit Watte gepolsterten Schuhkarton und brachten den zu Petra nach Oslo, wo Johannes Weihnachten verbringen würde.

Er bekam von Elling ein Lesezeichen und von meinen Eltern »1/2 Schnaps«.

Auf der Liste für Weihnachten 1967 sehe ich, dass Johannes Mutter Anfang Dezember Geld geschickt hatte, damit sie etwas kaufte, »was die Kinder brauchen«. Ich sehe, dass Mutter mehrere Vorschläge machte, wie ein Pippi-Buch, Plastilin und Vogelringe, um dann am Ende für Elling Fäustlinge und für Anne Johanne und mich je eine Mütze zu besorgen.

Die kleine Flasche Schnaps von meinen Eltern als Weihnachtsgeschenk, vor allem in Ziffern geschrieben, sieht ein bisschen geizig aus. Aber 1967 hatten sie nicht sehr viel Geld und ein beängstigendes Hausbaudarlehen von 200 000 Kronen, geliehen von Familie, Bank und entfernteren Verwandten. Und es standen viele auf der Geschenkeliste.

Ich kann mich an keinen Besuch bei Onkel Johannes erinnern. Ich habe nur eine vage Erinnerung an einen weißhaarigen alten Mann aus einer anderen Zeit.

In einem der Alben, die ich aus Høn mitgenommen habe

und die ihrerseits aus der Familie meiner Großmutter mütterlicherseits stammen, finde ich ihn. Ich habe noch nie in diesem Album geblättert. Es ist aus Leder, zusammengehalten im Rücken von einer gezwirbelten braunen Schnur. Die Seiten sind aus kräftiger dunkler Pappe. Das Bild wurde im Herbst 1951 aufgenommen. Johannes Hægstad ist siebenundsechzig Jahre alt. Er steht am Rand des Bildes, kneift unter einem schwarzen Hut die Augen zusammen und richtet seine Aufmerksamkeit auf die Kamera. Er trägt eine dunkle Hose und Weste über einem hellen Hemd, und er hat einen Stock in der Hand, stützt sich aber nicht darauf. Die anderen auf dem Bild sind mir unbekannt. »Johannes auf Gunhildrud« steht in eleganten Tintenbuchstaben unter dem Foto.

Hatte er immer gewusst, dass er eines Tages heimkehren würde? Und was ließ er zurück, als er Amerika verließ? Er brachte eine goldene Uhr und eine Uhrkette mit Goldnuggets mit – aus den Jahren in Kalifornien –, dazu das amerikanische Auto.

Jeden Dezember ging er von Gunhildrud mit einem Paket zur Post, um den Urenkeln seiner längst verstorbenen großen Schwester Geschenke nach Asker zu schicken. Seine große Schwester, Marie Anette, sah er nie wieder, nachdem er 1905 ausgewandert war, sie war 1944 gestorben.

Was dachte er, wenn er mit seinen dreiundachtzig Jahre alten Händen das Band löste, das Weihnachtspapier entfernte und drei Silberähren in einem Karton fand, von diesen unbekannten Kindern? Hatte er das Gefühl, geschätzt zu werden? Stellte er die Halme in eine Vase oder hängte sie an die Wand? Oder vielleicht zerbrachen sie auf der Heimfahrt nach Gunhildrud, am zweiten Weihnachtstag?

13

Weihnachten 1967 war Anne Johanne neugeboren, aber natürlich stand auch sie auf der Geschenkeliste. Ich war fast fünf Jahre alt und verwirrt von der Eifersucht, die in mir wütete. Ich kniff die Augen zusammen, weigerte mich, aufs Klo zu gehen, oder lief dauernd aufs Klo, fuhr mir so oft durch die Haare, dass sie in besorgniserregenden Büscheln ausgingen, und hatte Angst, ich würde vor Kummer sterben, nachdem unser schwarzer Kater Sambo sich in Anne Johannes Kinderwagen gelegt hatte und deshalb verschenkt worden war.

Trotz der Sehnsucht nach Sambo fiel es mir schwer, dieses runde Kind, das so weiße, struwwelige Haare hatte, nicht zu mögen. Außerdem bekam sie zu Weihnachten nur Lätzchen, Socken, Fäustlinge, eine Mütze und einen Schnuller. Und eine Plastikhose. Nichts, worum ich sie hätte beneiden können. Ich sprach ihren Namen abwechselnd liebevoll und hasserfüllt aus.

Zu diesem Weihnachtsfest kaufte Mutter für Anne Johanne ein Geschenk an mich, das kein *Ding* war, sondern ein Wesen mit Stimme und Meinung. Ich kann mich nicht erinnern, wie ich es ausgepackt habe und dann Muppe zum ersten Mal auf meinem Schoß liegen sah. Ich wusste nicht einmal, dass er ein Geschenk war, und dass ich ihn mit vier Jahren bekommen hatte. Für mich war Muppe immer da, zu allen Zeiten.

Ein kleiner, hellbrauner, liegender Hund mit Ohren aus dem weichsten grauen Velours aller Zeiten. In Muppe fand ich ein Wesen, das menschlicher war als irgendetwas Lebendes. Muppes Gedanken, wie er zuhörte, meine Gespräche mit ihm, der Trost, den er mir gab, die Lieder, die er sang, damit ich keine bösen Träume hätte – Muppes Bewusstsein war unendlich wie das Gottes. Er musste sich alles anhören, was ich erlebte und nicht verstand.

Zugleich konnte er mir ein schlechtes Gewissen verpassen, wenn ich ihn nicht mitnahm, wenn ich ihn vergaß oder an einer unbequemen Stelle liegen ließ. Dann musste ich ihn trösten und alles wiedergutmachen. Muppe war dankbar für alle Zärtlichkeit, die ich für ihn hatte, und als das Ohr, das ich am häufigsten liebkoste, abfiel und er Nadelstiche im Kopf ertragen musste, erlebte er meine hingebungsvolle Liebe. Je mehr Muppe äußerlich verschlissen wurde, umso stärker wurde sein Inneres. Und je abgenutzter er wurde, umso größer wurde meine Angst, er könne verschwinden, zerstört werden oder gar sterben. Am Ende hatte ich solche Angst davor, dass Muppe sterben könnte, dass ich auch Angst bekam, Mutter könnte eines Tages sterben, und ich selbst könnte sterben.

Manchmal war ich auch verzweifelt über Muppe und wütend auf ihn. Einmal sagte ich, ich würde ihn dem alten Herrn Paus schenken, der in einem winzig kleinen Zimmer in der Garage auf der anderen Straßenseite wohnte, während seine Schwester das Haus vermietete, und einmal hielt ich Muppe drohend über den Mülleimer, aus Frust, weil er mir eine Frage nicht beantwortet hatte. Ich hielt ihn fest und wartete und fühlte mich abgewiesen, weil Muppe mir nicht antwortete. Er sorgte in mir für einen Hohlraum aus Verzweiflung, weil ich treu war, er dagegen fern und unnahbar.

Ich machte Muppe zwei oder drei Jahre lang zu einem Teil meines Lebens, vielleicht auch länger. Ich weiß nicht genau, wann ich von ihm fortglitt, aber irgendwann wurde er zu einem Gegenstand, der im Bücherregal in meinem Zimmer saß, zusammen mit dem Glas, in dem ich Zehnörestücke mit Loch in der Mitte, ganze und zerrissene Glanzbilder, ein Jo-Jo und andere Dinge aufbewahrte. Viele Jahre später, mit zwölf Jahren, konnte Muppes Anblick mir noch immer einen Stich versetzen vor schlechtem Gewissen, während er mich zugleich mit seinem Mangel an Leben verwirrte. Ich hatte so viele reine und starke Gefühle für ihn gehegt, ich hatte mich an seine weichen Ohren verloren, ja, Muppe hatte verlangt, dass ich mich einbrachte. Als ich das mit zwölf Jahren noch einmal versuchte, war niemand da.

Eine Freundin, die von Mutters Listen weiß, macht mich auf ein Buch mit Gedichten und Texten über Dinge aufmerksam, geschrieben hat es der österreichische Autor Rainer Maria Rilke. Ich besorge mir das Buch, und beim Lesen sehe ich Muppe vor mir. Es sei seltsam, meint Rilke, dass wir in der Kindheit unsere ersten und hingebungsvollsten Gefühle auf etwas richten, das uns unbarmherzig jegliche Hoffnung auf Erwiderung verweigert. Wer könne denn wissen, ob dieses Gefühl, nicht geliebt werden zu können, das so viele später im Leben erleben, sich nicht auf diese Erfahrung mit den Puppen unserer Kindheit zurückführen lässt.

Einige Jahre nachdem ich Muppe ins Regal gesetzt hatte, bekamen wir Pontus, ein Beaglebaby, das nach dem Lamm von Lisa in Bullerbü getauft wurde. Pontus wurde mein neuer und lebendiger Ersatz für Muppe. Er hatte große braune und überaus weiche Ohren, die die ganzen Siebzigerjahre hindurch und bis zur Mitte der Achtziger die Geheimnisse sämtlicher Familienmitglieder erfuhren. Und oft fiel er dem heftigen Drang der Menschen zum Opfer, liebevolle Worte in sein weiches Fell zu flüstern.

Er wurde sechzehn Jahre alt. Am Ende wohnten nur noch Mutter und Pontus in Høn.

Jetzt ist es Klein-Wau mit seinen abgeschmusten Ohren, der auf Mutters Tisch in Bråset sitzt.

14

Der Schnee lag seit mehreren Wochen wie eine weiße Decke über dem Garten. Im Dezember 1969 wollten die Schneemengen kein Ende nehmen. Mein Vater schippte und schippte in der Einfahrt, während wir anderen im Haus die Weihnachtsvorbereitungen trafen.

Wir bastelten Baumschmuck aus Stroh, das wir im Herbst auf Hønsjordet geholt hatten. Ich verschenkte Strohsterne an meine Großeltern mütterlicherseits, an Omas älteren Bruder Otto und seine Frau Eva, an meinen unbekannten Patenonkel Jon Erik und an meinen neun Jahre alten Vetter Anders. Die restliche Verwandtschaft bekam Streichholzschachteln, verziert mit im Sommer am Strand gesammelten Muscheln, Deckchen mit Kartoffeldruck und Rotweinuntersetzer, das waren zurechtgeschnittene runde Lappen aus Jute.

Wir malten die von/an-Karten und hörten Radio. Kirsten Langbo machte in der Kinderstunde für die Kleinsten mit den Lippen muntere Trompetengeräusche, und Anne-Cath. Vestly las aus einem ihrer Bücher über Aurora und ihren Vater, den Hausmann, vor, was zu einer heftigen Debatte über diese Darstellung von chaotischen Familienverhältnissen führte, wo »alles auf dem Kopf steht«. Mutter trug eine praktische rot karierte Schürze, die sie mit raschen Bewegungen auszog, zusammenfaltete und auf einen Hocker legte.

»Wer sich anhören kann, wie aus *Aurora* vorgelesen wird, kann danach auch die Diskussion verfolgen«, sagte sie. Sie schaute ihre beiden ältesten Kinder, acht und fünf, auffordernd an und drehte das Radio lauter.

Mutter selbst diskutierte gern, vor allem mit Vater. Es sollte noch einige Jahre bis zum Kampf um Norwegens Beitritt zur EG dauern, mit dem Einrichten von diskussionsfreien Zonen bei uns zu Hause, aber sie war schon in eine der damals linken Parteien eingetreten, weil sie für radikale Schulpolitik und Umweltpolitik war. In diesem Jahr war sie zudem in den Schulausschuss der Gemeinde gewählt worden.

Das Radio stand im Esszimmer an der Wand, mit einer großen viereckigen, mit beigem Seidenstoff überzogenen Lautsprecherplatte. Auf jeder Seite gab es einen Drehknopf, in der Mitte lagen sechs knochengelbe Tasten, wie bei einem Klavier, und damit konnte man sich zwischen den Sendern und den langen und kurzen Wellenlängen bewegen. Aber das Radio war immer auf den norwegischen Rundfunk in der Ultrakurzwelle eingestellt.

Nach der Diskussion im Radio und als wir Kinder im Bett lagen, warteten auf Mutter weitere Weihnachtsgeschenkvorbereitungen.

Ein Geschenk, auf das sie immer sehr viel Sorgfalt verwendete, war das für ihre Eltern, das erste auf der Liste. In diesem Jahr hatte sie ein Plakat des dänischen Künstlers Bjørn Wiinblad gekauft. Es zeigte einen tanzenden Harlekin mit einem blau karierten Hosenbein und Karos auf der einen Jackenhälfte. Es konnte schwer sein, für ihre Eltern ein Geschenk zu finden.

Sie hatte das Plakat zu dem alten Rahmenmacher in Asker gebracht und sich einen schönen silberfarbenen Rahmen ausgesucht. Ihre Eltern würden natürlich niemals auch nur andeuten, dass etwas nicht gut genug war. Aber angenommen, das Bild würde niemals an eine Wand gehängt werden? Oder, schlimmer noch, in eine peinliche Ecke verbannt? Unter die Treppe in Volvat zum Beispiel? Maja Lise, ihre fünf Jahre ältere Schwester, fand immer das richtige Geschenk für die Eltern. Originell, durchdacht und schön, aber dennoch schien sie die Geschenke immer im Vorbeigehen an irgendeinem witzigen Ort aufgelesen zu haben, oder in einem »Loch«, wie sie dunkle Boutiquen mit Batik, Samt und Räucherstäbchen nannte. Maja Lise, die viel näher bei Volvat wohnte, war Schauspielerin am Theater und im Film gewesen, und sie war nicht so »furchtbar tüchtig und sekretärinnenhaft«, wie sie Mutter neckend beschrieb. Sie hatte in dem beliebten Satellitenstadtfilm *Staub im Gehirn* mitgespielt, der sich ja gerade über die hysterischen Hausfrauen lustig machte. Und sie hatte mitgeholfen, an der Hartvig-Nissen-Schule einen Theaterzweig einzurichten, wo moderne Stücke über rebellische Jugendliche und experimentelle Versionen der russischen Klassiker einstudiert wurden.

Mutter stellte das Radio ab und ging wieder zum Tisch mit den Geschenken. Vater kam herein, als er mit Schneeschippen fertig war, setzte sich in den blauen Sessel und öffnete eine Biografie. Auf dem Boden lagen Papier und Buntstifte, und überall waren Strohhalme verstreut. Mutter hielt das Kunstplakat hoch und fragte:

»Werden die sich denn wirklich freuen?«

»Sollte ich das nicht glauben?«

»Solltest du das nicht glauben! Das ist doch eine ganz schreckliche Antwort«, sagte sie.

»Aber Ruth, du fragst ja nicht, weil du eine richtige Antwort willst. Du fragst, weil ich sagen soll, dass sie natürlich total begeistert sein werden.«

»Ja, und warum sagst du das dann nicht einfach?«

»Weil es eine seltsame Weise ist, gefragt zu werden. Die Wahrheit ist – wie ich gesagt habe –, dass ich glaube, dass sie sich über das Bild sehr freuen werden. Aber ich bin kein Wahrsager, ich schaue nicht in eine Kristallkugel.«

Sie war nicht auf seine Antwort vorbereitet und ließ das Bild mit einem Knall auf die Tischplatte fallen.

»Du hast nicht gesagt: Ich glaube, sie werden sich über dieses Bild sehr freuen. Du hast die Antwort hinausgezögert und mit einer Frage geantwortet: Sollte ich das nicht glauben?«

Vater sprang auf, ohne an das Buch auf seinen Knien zu denken. Die Biografie fiel zu Boden, aber er sah sie nicht einmal an.

»Warum hast du solche Angst, sie könnten sich über das Bild nicht freuen? Und wenn sie gerade über dieses Geschenk nicht jubeln, sondern einfach denken – ja, zum Beispiel –, dass es nicht ihr Geschmack ist, was dann? Wäre das ein Problem?«

»Ja, natürlich wäre das ein Problem! Was glaubst du denn? Ich habe es doch gekauft, damit sie sich freuen.«

»Ich kann diese Überlegungen nicht einmal nachvollziehen«, sagte er.

»Es spielt also keine Rolle für dich, ob jemand, ob ich!, mich über deine Geschenke freue? Spielt keine Rolle, interessiert dich nicht, ist doch egal, was du verschenkst und an wen?«

»Das habe ich nicht gesagt. Ich sehe das bei meiner eigenen Mutter nur einfach nicht so.«

»Nein, und weißt du, warum nicht? Weil ich es bin, die plant und für deine Mutter kauft. Die sich Sorgen macht, ob sie sich wohl über die Lampe freuen wird, die sie in diesem Jahr von uns zu Weihnachten bekommt, ob sie findet, dass das Maßband, das ich gekauft habe, die richtige Länge und Breite hat, ob ihr der Duft des Eau de Cologne gefällt.«

»Dieses Eau de Cologne habe nun aber ich gekauft. Und ich weiß, dass es ihr gefällt.«

»Ja, von mir aus, aber es interessiert dich nicht, ob sie genau so ein Parfüm von Kirsten und Haakon bekommt, zum Beispiel, oder ob sie auf eine andere Marke übergewechselt ist. Solche Dinge wie ...«

Mutter unterbrach sich mitten im Satz und starrte das Glas vor dem Bild an. Ein langer Riss zog sich über die Taille des Harlekins.

Sie schlug beide Hände vors Gesicht und stöhnte.

Vater änderte seinen Gesichtsausdruck und sah Mutter mitleidig an, dann ging er zu ihr und legte den Arm um ihre Mitte.

»Ruth«, flüsterte er. »Das geht alles gut. Es sind noch zwei Wochen bis Weihnachten. Ich nehme es morgen mit ins Büro und sehe nach, ob es am Solli plass einen Glaser gibt.«

»Das bringt doch nichts.«

»Warum nicht? Natürlich bringt es etwas, das Glas zu reparieren.«

»Sie wollen gar kein Plakat. Wenn sie es aufhängen, dann unter der Treppe.«

Vater sagte nichts.

»Lächelst du?«, fragte sie.

»Nein, natürlich nicht. Bist du verrückt?«, sagte er.

»Aber es ist doch idiotisch, sich solche Sorgen darum zu machen, ob dieses Bild ihnen gefällt oder nicht. Ich habe es schließlich gekauft, weil ich dachte, dass sie es sich wünschen. Und teuer war es auch nicht.«

Vater nickte. »Nicht wahr?«, sagte er. »Wir können uns das leisten, und es wird sich unter der Treppe gut machen.« Er versetzte Mutter einen neckenden Rippenstoß.

Sie nickte nur.

»Es kommt mir so ernst vor«, sagte sie nach einer Weile.

Draußen war es dunkel. Der viele Schnee lag wie ein schwarzes Meer zwischen Haus und Straße, denn jemand hatte einen Schneeball auf die Laterne in der kleinen Nebenstraße geworfen und sie ausgeschossen. Mutter überlegte, ob Elling sich über die Holzeisenbahn freuen würde und ob die Wollpantoffeln, die sie mit Onkel Johannes' Rente für Cecilie gekauft hatte, nicht pieksen und kratzen würden. Sie überlegte, ob Maja Lises jüngste Tochter, Pernille, sich über das soeben erschienene Buch *Tinas Fli-Fla-Flunkerei* freuen würde, dessen Beschreibung von kindlichen Fantasiefreunden ihm so gute Rezensionen beschert hatte. Sie fragte sich, ob Kerzenleuchter und Kerze, die sie schon längst an Tante Gerda geschickt hatte, unversehrt ankommen und ob die Skijacke für Finn passen würde.

Sie hörte seine Stimme dicht neben sich, aber nur wie Wortfetzen, Satzbrocken. Vor ihrem inneren Auge hakte sie die Geschenke auf der Liste ab, die, die erledigt waren. Sie nahm nur einzelne Wörter wahr.

Schon. Weihnachtsfreude. Zusammen. Vergib mir.

15

Mein Blick fällt auf ein anderes Geschenk, von 1968; eine Halskette mit blank geputzten Kugeln aus dunklem Nussbaumholz, die Mutter für meine Cousine Elin gekauft hatte. Elin war sechs Wochen jünger als ich, hatte fantastische Haare, die aussahen wie Stahlwolle, und sie konnte auf einem von Vaters Mutter bestickten Klavierhocker sitzen und vierhändig mit ihrem Bruder Anders spielen. Dass das möglich war, war aufregend und beeindruckend.

In Mutters »Von uns«-Spalte steht: Elin: Hose und Dale-løkken-Kette.

Und damit taucht Mutters erster großer politischer Kampf in meiner Erinnerung auf.

Daleløkken, ein Heim für autistische Kinder, beanspruchte ihr gesamtes Engagement und brachte einen neuen Rhythmus in das Haus in Høn. Plötzlich saß sie abends lange da, gebeugt über einen Schreibblock, und notierte Argumente für einen Vortrag, den sie im Schulausschuss halten wollte. Sie schickte Leserbriefe an die Lokalzeitung, gefüllt mit Ausrufezeichen und Wörtern wie »veraltete Politik« und »überkommenes Menschenbild«.

Im Laden flüsterte mir bei der duftenden Kaffeemühle eine Nachbarin zu: »Ich muss schon sagen, deine Mutter ist wirklich rabiat.« Ich lächelte breit, ohne Vorderzähne, weil ich sie mir zwei Jahre zuvor ausgeschlagen hatte, als ich im Sessel eingeschlafen und mit dem Mund auf den Küchentisch geknallt war, ich lächelte breit und nickte der Frau zu, denn ich hielt rabiat für ein Wort, das so ungefähr dasselbe bedeutete wie lieb und klug.

Daleløkken und die Jungen dort. Fremd, anders, beängstigend. Wir trafen sie nicht sehr oft, aber einmal im Jahr fuhr Mutter mit uns zu ihrem Weihnachtsmarkt. Das weiße Haus und die Scheune lagen auf einer Anhöhe, mitten im finsteren Tannenwald, auf dem Weg nach Solli, dem Eingangstor zum Waldgebiet Marka. Diese Jungen wirkten so wild, und wenn sie eine Frage nicht beantworten konnten oder etwas Bestimmtes wollten, brüllten sie, und ihre Körper zuckten. Sie waren wie starke Pferde, die, vor einen unsichtbaren Wagen geschirrt, immer im Schlamm standen.

Mutter sprach mit den Eltern der Jungen, und sie informierte sich über Autismus. Mir erklärte sie, es sei so, als ob sie mit einer Glaskugel um den Kopf lebten. Sie könnten ihrer Umgebung nicht richtig ihre Meinung sagen, und es fiele ihnen schwer, das zu verstehen, was ihnen gesagt wurde.

Im Jahre 1968 verlor Mutter ihr Herz an diese Jungen, und die vergaßen sie nie.

Mutter hatte keine Angst vor ihren lauten Stimmen und ihrem Gebrüll; die gewaltsamen Umarmungen oder die wachsamen Augen, die all ihre Bewegungen verfolgten, schienen ihr jedenfalls nichts auszumachen. Beim Weihnachtsmarkt in Daleløkken war ich die Einzige, die entsetzliche Angst hatte, jemand könnte Anne Johannes Kinderwagen umstoßen und sie könnte auf den Boden fallen, ungefähr wie eine der robusten Holzfiguren, die sie für den Weihnachtsmarkt geschnitzt hatten.

Mutter sorgte sich damals im Gegenteil schon seit zwei Jahren um alles, was es für diese Jungen nicht gab. Dass niemand die Bitten ihrer Eltern um Hilfe hörte, dass die Jungen nicht zur Schule gehen durften, dass es für sie kein geeignetes Behandlungsheim gab, dass es keine Fachleute gab, die mit autistischen Kindern umgehen konnten, die auch daran glaubten, dass diese Kinder etwas lernen könnten. Aber was sie bis in die rotglühende Wut trieb, waren die Behauptungen einzelner Fachleute, Autismus sei die Schuld kalter und abweisender Mütter. Dass es einfach die Schuld der Mütter sei, ein autistisches Kind zu bekommen, da es ihnen an der Fähigkeit zu Wärme und Nähe mangelte. Für berufstätige Mütter war das noch eine zusätzliche Belastung.

»Das Mittelalter war die reine Aufklärungszeit im Vergleich zu diesen Behauptungen!«, donnerte Mutter durch den Besprechungsraum des Schulausschusses im neuen Rathaus aus grauem Beton.

Viele fanden sie nervig. Einzelne lächelten über die »so sehr engagierte Frau Enger« (so wurde sie in der Lokalzeitung genannt).

Aber nur einmal handelte sie sich einen Tadel aufgrund »unpassender Wortwahl« ein, und zwar, als sie sagte, die aus Mitgliedern der konservativen Partei bestehende Mehrheit werde sieben Jungenleben auf dem Gewissen haben, wenn sie kein Geld für Unterricht und Lehrergehälter in Daleløkken bewilligten.

In anderen Protokollen aus zahllosen Besprechungen, bei denen es darum ging, ob diese Jungen Unterricht erhalten sollten, stand zum Beispiel: »Frau Enger vertrat die Ansicht, die Gemeinde habe jetzt die Möglichkeit, die Schande wiedergutzumachen, die darin lag, dass die Eltern der autistischen Jungen im Emma-Horth-Heim ihre eigenen Wohnungen als Sicherheit hatten stellen müssen, damit der alte Hof Daleløkken im Sollivei überhaupt gekauft werden konnte.«

Die Tage wurden kürzer, die Bäume verloren die Blätter, und die Sonne rollte bergab der Wintersonnwende entgegen. Es gab weitere erregte Abende, und Mutter schrieb noch einen Brief an die Zeitung: »Die Jungen in Daleløkken haben dem Gesetz nach ein Recht auf Unterricht, aber den haben sie nie erhalten, traut sich jemand, den Grund zu nennen? Wenn es hier um politische Prestigeentscheidungen ginge, wie ein neues Gymnasium für die Jugend der Stadt, würde niemand wagen, nach dem Nutzwert einer solchen Investition zu fragen!«

Zwei Tage nachdem dieser Brief gedruckt worden war, entschied die Mehrheit im Gemeinderat, eine halbe Lehrerstelle einzurichten und den Betrieb der Werkstatt von Daleløkken zu sichern.

Mutter war zwölf Jahre lang die lautstarke Vertreterin der Gemeinde im Vorstand von Daleløkken. Erst als sie am 19. Februar 1981 ein eigenes Schulhaus mit zwei fest angestellten Lehrkräften, einem Rektor, mehreren Lehrbeauftragen und einem Logopäden bekamen, wurde sie leiser.

Einige Jahre später saß ich an einem Sommertag in der Türöffnung auf der Veranda von Høn und las Zeitung, während Mutter auf der Treppe saß, den Rücken an das schmiedeeiserne Geländer gelehnt, und Kartoffeln schälte.

»Hier steht, dass eine Delegation aus Japan in den Sollivei gekommen ist, weil sie Daleløkken als Vorbild für den Aufbau einer ähnlichen Einrichtung nehmen wollen«, sagte ich.

»Natürlich«, sagte Mutter.

»So ganz natürlich ist das ja wohl nicht. Aus Japan?«

Während Mutter weiter die Kartoffel schälte, die sie in der Hand hielt, zuckte sie übertrieben mit den Schultern und sagte: »Sag mal, wo in aller Welt sollten sie denn sonst hinfahren?«

Viele Familienmitglieder auf der Liste haben im Laufe ihres Lebens in Daleløkken hergestellte Geschenke bekommen. Einen Hocker, eine geschnitzte Holzschüssel oder einen praktischen Kochlöffel. Im Winter kaufte Mutter Holz bei den Jungen, die nach und nach zu erwachsenen Männern und mithilfe fähiger Ausbilder tüchtige Holzfäller und Forstarbeiter wurden.

Lange bevor wir begriffen, was wirklich mit Mutter los war, fiel uns auf, dass sie ihre Gedanken nicht mehr so sammeln konnte wie früher. Sie konnte mit dem Garten nicht mehr Schritt halten. Sie fand, die Zweige der Apfelbäume wüchsen mit jedem Jahr schneller. Noch immer beschnitt sie Sträucher mit einer Gartenschere, aber der Rasenmäher war zu schwer, den konnte sie nicht mehr schieben, und mit dem neuen Motorrasenmäher, den wir für sie kauften, konnte sie sich einfach nicht anfreunden. Der brauchte ja unendlich viel neumodische Pflege, Öl und Benzin, und man musste auf einen Choke pressen und viel zu hart an einer Schnur reißen, um den Motor anzuwerfen. Sie weinte vor Verzweiflung.

Trotzdem war, wenn Elling zum Rasenmähen kam, das Gras nie schrecklich lang, und der Garten war nicht zugewachsen. Nicht einmal nach einem langen Sommer in Rutland. Die Bäume wuchsen auch nicht in den Himmel, im Gegenteil kam es vor, dass ich im zeitigen Frühling frisch beschnittene Apfelbäume sah. Es kam auch vor, dass ich in der Garage große Säcke mit frisch gehackten Holzscheiten fand, wenn der Winter ganz besonders kalt war, auch wenn Mutter nicht mehr begriff, wie das Heizen funktionierte.

Denn die Bewohner von Daleløkken vergaßen nicht. In den letzten Jahren, in denen Mutter in Høn wohnte, kamen von dem Haus, das über vierzig Jahre lang ihr Zuhause gewesen war, starke, erwachsene und praktische Männer in einem großen Wagen. Männer, die sie kannten, die die Obstbäume beschnitten, die mit Leichtigkeit den Rasenmäher über den von Moos durchwachsenen Rasen schoben, die die Axt schwangen, wenn der Wald auf dem Grundstück zu dicht geworden war. Männer, die in Daleløkken wohnten und arbeiteten und die heute graue Haare und schwere Arbeitsfäuste haben, nach einem langen Leben als Forstarbeiter.

16

Das ockergelbe Holzhaus meiner Großeltern mütterlicherseits lag hoch oben auf einer Anhöhe hinter dem Frognerpark. Hier wollten wir 1968 den Heiligen Abend feiern. Bei der Steintreppe, die zu der schmalen Holztür hochführte, brannten zwei Fackeln. Und ungefähr in der Mitte des verschneiten Wegs zum Haus verbreitete die Laterne ein warmes Licht im Garten. Opa hatte Sand auf den Schnee gestreut, damit niemand ausrutschte auf dem Weg zur blaugrau gestrichenen Tür mit ihrem Türklopfer in Gestalt eines Löwenkopfes, wenn wir, bepackt mit Paketen und guten Schuhen in der Hand, ankamen.

Wir betraten das Haus, wo in der Küche der Weihnachtsbraten im Ofen stand, und gingen hinein in die fröhliche Stimmung, zu Lachen und Rufen, zu meiner lieben schwangeren Tante und dem herzlichen Onkel. Den Cousinen aus der Stadt, fremd und vertraut zugleich. Und zu Tante Kaja, ein wenig im Hintergrund, mit ihren rötlichen welligen Haaren, den Sommersprossen und den hohen Wangenknochen.

Ich weiß, dass Mutters Krankheit und die Zeit die Zusammenstöße der Familie, die Schrammen und Wunden tilgt. Alles getilgt, was unter der dünnen Oberfläche der Menschen gebrodelt haben muss. Ängste, Meinungsverschiedenheiten, Sorgen und Eifersucht. Heute sehe ich diese Weihnachtsfeier nur noch als Geborgenheit schenkenden, lärmenden Abend vor mir. Rein und unschuldig. Die Hände um den Baum herum miteinander verschränkt, Ihr-Kinderlein-kommet-oh-kommet-doch-all.

Als Opa nach dem Essen die schmale Schiebetür zwischen Esszimmer und Wohnzimmer öffnete und wir hineinströmten zu dem Baum mit den brennenden Kerzen, mit Lametta, Körbchen und norwegischen Fähnchen, suchten wir uns einen Platz auf dem Sofa, auf Stühlen und auf dem Boden, wo wir unsere Pakete sammelten, nachdem sie überreicht, geöffnet und bewundert worden waren.

Meine Eltern bekamen an diesem Abend zwei Gemälde. Das eine war ein kleines, helles Porträt von Anne Johanne, auf dem sie bedrückt und ein wenig ängstlich aussah. Das Bild war im Sommer gemalt worden, in Rutland, als Oma und Opa für zwei Stunden auf Anne Johanne aufpassen sollten. Das ein Jahr alte Kind war verwirrt und wurde deshalb auf Opas Schoß gesetzt. Oma gefiel die besorgte Kindermiene, und sie sagte, sie wolle sie malen, und Opa solle mit dem Trösten noch einen Moment warten.

Das andere Bild war von mir. Ich habe dieselbe hellblaue Haube auf, in der schon Mutter mit fünf Jahren porträtiert worden war. Der Unterschied war ganz klar, das Bild von Mutter mit der Haube war gut. Meines nicht, und meine Großmutter sagte auch deutlich, dass sie damit nicht zufrieden war. Ich aber war davon überzeugt, dass es meine Schuld war, und war deshalb widerspruchlos bereit, noch einmal Modell zu sitzen, im Sommer 1973, diesmal ohne Haube.

Nach Anne Johannes Geburt hatte Mutter arge Probleme mit ihrem Rücken, und bekam deshalb von ihrer Schwiegermutter ein Autokissen, das sie sich in den Rücken stopfen konnte, außerdem eine Strumpfhose und Kerzenmanschetten. Mein Vater bekam einen Funkenschutz für den Kamin. Ansonsten gab es Äpfel von Onkel Johannes.

Von mir bekam mein Vater einen Notizblock, der an die Wand gehängt werden konnte, und für Mutter hatte ich einen kleinen Geldbeutel, Vaters Mutter hatte mir geholfen, den zu nähen. In den Beutel hatte ich zwei runde, weiche Steine gelegt, von denen ich wusste, dass sie Mutter gefallen würden. Der eine Stein hatte einen weißen Streifen, der sich einmal um ihn herumzog, wie ein schmales Geschenkbändchen, der andere war so klein wie ein Daumenfingernagel.

Mutter legte die beiden Steine in Høn auf den Kaminsims, zusammen mit anderen, die sie gesammelt hatte. In den folgenden dreißig Jahren lagen fast immer kleine und etwas größere Steine auf der einen Kaminseite. Immer schönere, rundere, weichere. Mutter wechselte die alten Steine aus, wenn sie im Laufe der Jahre neue fand. Meine beiden von 1968 blieben liegen.

In den letzten Jahren, ehe sie nach Bråset musste, schien sie nicht mehr so recht zu wissen, wie sie mit ihren Dingen umgehen sollte.

Wenn sie einen der runden und abgeschliffenen Steine berührte, die sie irgendwann einmal in die Tasche gesteckt und dann auf das Kaminsims gelegt hatte, schienen die Spuren der Freude, sie gesammelt zu haben, verwischt zu sein. Mutter, die diese Spuren so eifrig gehütet hatte, fand sie nicht mehr wieder.

Wenn ich in Høn die Tür aufschloss, rief ich immer »Hallo, Mama! Hier kommt Cecilie!«, damit sie keine Angst vor den

Schritten im Gang haben müsste. Aber wenn ich ins Wohnzimmer kam, war sie nicht aus ihrem roten Sessel aufgestanden, um mir entgegenzukommen, so wie früher. Stattdessen kam es vor, dass sie dicht am Kaminsims stand, oder vor einem Bild, bewegungslos, oder neben der Kommode, vertieft in einen alten Füllfederhalter, den sie in der Hand hielt. Als ob sie versuchte, in die Steine, das Bild oder den alten Füller einzudringen.

»Woran denkst du, Mama?«

Ich bekam keine Antwort und trat neben sie.

»Dieser schöne Füllfederhalter mit der Marmorierung, der ist von deinem Vater, nicht wahr?«

»Ja, ich glaube schon.«

»Das hast du mir erzählt. Dass er damit Theaterrezensionen geschrieben hat, vor vielen Jahren.«

»Wirklich?« Ihre Stimme brach.

Einer der letzten Tage im April. Ich habe einen schweren Besuch bei Mutter hinter mir. Ich fahre auf einem langen Umweg nach Hause, am Semsvann im Norden von Asker vorbei.

Mutter war wütend und verzweifelt, als ich ihr Zimmer betrat. Sie meinte, alle seien gemein und schlössen sie aus. Nach und nach besserte sich ihre Stimmung, vor allem als ich ihr half, ihren BH abzulegen, den sie zu fest geschlossen und mit der Rückseite nach vorn angezogen hatte. Als ich ging, presste sie ihre scharfe Nase auf die Innenseite der Glastür, nachdem ich die hinter mir zugezogen hatte. Ich strich mit der Hand über das Glas zwischen mir und der platt gedrückten Nase. Ihre Tränen wurden feuchte Flecken zwischen Wange und Tür. Ich ging rückwärts durch den Gang, warf ihr Kusshände zu, und die ganze Zeit stand sie an die Tür gepresst da, bis ich in dem blassgelben Gang um die Ecke bog.

Ich fahre über die holprige Straße zum See hinunter. Es gibt kein Eis mehr, aber die Bäume haben noch keine grünen Triebe. Ich halte auf dem Parkplatz, bleibe im Wagen sitzen und blättere in einer Zeitung. Eine krebskranke Frau lebt schon zwei Jahre länger, als »die Ärzte gesagt haben«. (Ein Zwischentitel ist noch idiotischer: »Trotzte den Ärzten.«) Worüber ich dennoch nachdenke, ist die Überschrift: »Bekommt jeden Tag das Leben geschenkt.«

Das Leben geschenkt. Ein Geschenk, das das Gegenteil von Besitzen sein kann. Geschenk, wie Buße. Geschenk, wie das Licht, der lebendige Körper, die eigentliche Bedingung für das Leben.

Ich steige aus dem Auto und gehe die Straße entlang. Ich versuche, das ganze Bild von Mutter vor mir zu sehen, wie sie das Gesicht an die Tür presst, eingesperrt in einer Abteilung mit für sie fremden, senilen Menschen. Während ich auf die Brücke am Ende des Sees zugehe, warte ich auf irgendein Gefühl, aber ich empfinde plötzlich nichts. Das erlebe ich nicht zum ersten Mal, es ist ein taubes Fehlen von Gefühlen, obwohl ich doch weiß, dass alles zum Heulen ist.

Ein Jogger kommt vorbei, ansonsten begegnet mir niemand. Über einen Zweig zwischen Weg und Wasser hat jemand einen blauen Wollfäustling gezogen. Ich sehe Mutter vor mir, die Eirin hilft gehen zu lernen, und Eirin trägt blaue Wichtelfäustlinge und eine passende Mütze.

Ich bleibe bei der Brücke stehen und starre auf das Wasser hinaus. Auf dem Ufer, auf dem ich stehe, ist das Semsvann ruhig. Glatt, dunkel und still. Ich drehe mich um und gehe hinüber auf die andere Seite: Da ist der Wasserfall, tosend und weiß. Und das Geräusch. Ich schaue hinunter in die Wassermassen und kann deutlich das Herz spüren. Das Gefühl von Atemnot steigt in mir auf. Ich hole tief Luft, mehrmals. Was steigt hier eigentlich? Es ist ja kein Wasser, es ist etwas, in dem ich atmen kann, aber es wirkt bedrückend und quälend.

Die Zeit. Glatt, dunkel und still. Wie eine tief verborgene Sehnsucht.

17

Den Zeigefinger über die Geschenkelisten aus den Siebzigerjahren gleiten zu lassen ist, wie Perlen aus Geschichten auf eine ewig lange Schnur zu ziehen, ein Rosenkranz, an dem ich für den Rest meines Lebens herumfingern kann.

1970 wurde ich eingeschult, und die Lehrerin steht auf der Liste. Sie bekam eine Tischdecke, die ich bemalt hatte. Ich liebte diese Lehrerin.

Die nächstgelegene Schule, Hofstad, die Elling besuchte, war überfüllt, und deshalb kam ich nach Jansløkka, wo mein Klassenzimmer in dem alten Holzhaus lag. Ich war in derselben Klasse wie meine Freundin Benedicte, die auf der anderen Seite von Hønsjordet wohnte. Morgens, ehe wir zur Schule gingen, sammelten wir manchmal die Eier von Benedictes Hühnern in der großen, baufälligen Scheune, die wir eigentlich nicht betreten durften.

Die Lehrerin und ihr Mann, der ebenfalls Lehrer war, wohnten im selben Haus über dem Klassenzimmer. Bis zu den Weihnachtsferien und dem Abschlussfest mit dem Krippenspiel vor der Tafel, bei dem ich, versteckt unter einer dunklen Decke, das Hinterteil eines Esels dargestellt hatte, hatten wir jeden Tag die hundertdrei Stufen der Tarzantreppe im Wald erklommen und kamen an dem niedrigen Holzhaus von Regine aus unserer Parallelklasse vorbei. Ab und zu kam

Regine durch die Bäume, hinter denen ihr Haus versteckt lag, und wir gingen zusammen. Regine war noch größer als ich, und sie stotterte. Wir waren nicht oft zusammen, aber ich hing doch an Regine, auf eine Weise, die ich nicht in Worte fassen konnte. Trotz ihres Stotterns konnte sie laut lachen, auf dem Schulweg Geschichten erzählen, und sie hakte sich bei mir ein. Wenn wir zusammen gingen, merkte ich, wie meine zahlreichen Zwangsvorstellungen Pause machten. Ich musste die Augen nicht mehr aufreißen oder den Mund aufsperren, wenn ich mich ungesehen glaubte. Ich hatte keine Angst davor, in der Schule aufs Klo zu gehen, und ich glaubte nicht, dass Mutter sterben würde, weil ich in eines der vielen Löcher auf dem Weg getreten war. Und die Angst, das Haus in Høn könnte leer sein, wenn ich aus der Schule kam, und sich nie mehr mit meiner Familie füllen, ließ mich für eine Weile los.

Wir konnten angstvoll oder lachend über den strengen Rektor Johnsen reden, der in Schlips und Kragen herumlief und alle Übeltäter in das schwarze Klassenbuch eintrug.

Auf dem Weg zur Schule kamen wir auch an einer geheimnisvollen, stark geschminkten Malerin vorbei, die oben auf dem Hügel wohnte. Danach gingen wir an einigen Äckern vorbei, dann überquerten wir den Kirkevei – und standen auf dem Schulhof.

Wenn ich allein aus der Schule nach Hause ging, trödelte ich immer beim düsteren Haus der dünnen, exzentrischen Frau, in der Hoffnung, sie hinter ihren hohen Atelierfenstern zu sehen. Ich wusste, dass sie Joronn Sitje hieß. Mutter hatte mir erzählt, dass sie einmal auf einer Farm in Afrika gewohnt hatte und mit einer Autorin namens Tania Blixen befreundet gewesen war.

Ich wusste auch, dass Vater sich ein Bild von ihr wünschte, aber dazu kam es nie, das konnte er sich nicht leisten.

Eines Nachmittags im November stand sie an dem großen Fenster hinter den hohen Kiefern, als ich am Haus vorbeiging. Ich war sieben, fast acht, und alles in mir erstarrte. Sie stand bewegungslos da, mit weißem Gesicht, um die Augen dunkel und hart geschminkt, dunkel gekleidet. Ich trug einen gelben Regenmantel und grüne Gummistiefel, den rot karierten viereckigen Ranzen hatte ich auf dem Rücken, und plötzlich konnte ich keinen Schritt weitergehen und meinen Blick nicht von ihrer Gestalt losreißen. Dann verschwand das Gesicht aus dem Fenster. Ich blieb dennoch im Regen stehen. Wollte sehen, ob sie zurückkommen würde, ob sie wirklich war, oder etwas, das ich mir eingebildet hatte. Ich zählte drei große Fensterscheiben in der einen und fünf in der anderen Richtung. Ich hatte oft Angst vor Dingen, auf die ich nicht vorbereitet war, aber jetzt machte es mir überhaupt nichts aus, auf dem matschigen Kiesweg zwischen den Äckern und dem schwarzen Haus stehen zu bleiben. In der einen Hand hielt ich einen abgebrochenen Zweig, mit dem ich auf nasse Grashalme und Farne am Wegesrand eingeschlagen hatte. Da öffnete sich die Tür seitlich am Haus. Die Frau war blass, schmächtig und alt.

»Kenne ich dich wohl?«, fragte sie. Ihre Stimme klang nicht vorwurfsvoll, sondern interessiert.

Ich nickte.

»Und fragst du dich, was für eine Frau denn in einem solchen Haus wohnt? Und solche Kleider trägt?«, fragte sie und schaute kurz an dem langen hemdähnlichen Kittel, den sie über ihrer Hose trug, nach unten.

Wieder nickte ich.

»Du kannst reinkommen und dich umsehen. Wenn du willst.«

Ich ging durch eine große Schlammpfütze auf sie zu. Als ich ihr meine nasse Hand hinhielt und meinen Namen nannte, klang meine Stimme fremd, und ich musste mich räuspern.

»Joronn Sitje«, sagte die alte Dame und öffnete die Tür, um mich ins Haus zu lassen. »Ich schlage vor, du lässt deine Haselgerte draußen warten«, fügte sie hinzu.

Es war also Hasel. Ich legte hinter der Tür Ranzen und Regensachen ab und wurde durch das Haus und in das große Atelier geführt, wo es roch wie im Atelier meiner Großmutter. Aber das hier war eine andere Welt, das hier war eine Geschichte über Afrika.

»Diese Fotos, die du hier siehst, ja, die ... die sind von der Kaffee- und Maisfarm, die mein Mann und ich in Kenia betrieben haben.«

»Hast du da lange gewohnt?«

»Ja, elf Jahre lang. Vor dem Krieg.«

»Das ist lang! Länger als ich«, sagte ich.

»Ja, und dabei bist zu ziemlich lang«, sagte Joronn Sitje.

Wir lächelten einander an. Sie gab mir einen trockenen Keks und sagte, ich solle die Hand darunterhalten, um nicht zu krümeln.

»Gefallen dir die Bilder?«, fragte sie.

»Ja.« Ich nickte wieder, während ich meinen Blick von afrikanischen Masken, Decken und geschnitzten Figuren zu den Gemälden mit wilden Tieren und Negerinnen mit nacktem Busen und gewaltigen Schmuckstücken gleiten ließ. Einige der Bilder zeigten auch Landschaften, die ich kannte, und das

Innere norwegischer Häuser. Alles in starken Farben. Grün und gelb und rot. Ich fand sie fantastisch.

»Du kannst dich gern umschauen, während ich arbeite«, sage sie und ging zu einer Staffelei. »Jetzt male ich vor allem Bilder von *diesem* Leben. Ich habe immer das Leben gemalt, das mich umgibt«, sagte sie.

Sie war schon überall, dachte ich. In allen exotischen Zeiten.

Auf einem Tisch lag ein Foto von einer Frau, die ungefähr in Mutters Alter war. Das musste Joronn Sitje sein, als junge Frau.

»Kann ich das mal anfassen?«, fragte ich.

»Ja, sicher. Das hier ist ein Zuhause, kein Museum«, sagte sie, ohne den Blick zu heben.

Auf dem Foto trug sie ein helles Kakikleid mit einem breiten Gürtel. Ihre dunklen Haare tanzten in einem warmen Wind, und ihr Blick schaute ein wenig nach unten, ihr Mund war halb geöffnet. Ihre eine Hand hielt eine Katze fest, die auf ihrer Schulter saß und denselben Punkt anstarrte wie sie selbst. Im Hintergrund sah ich undeutlich den Schatten eines fremden Baumes.

Einmal hatte sie genau so da gestanden, mit einer Katze auf der Schulter. In Kenia. Jetzt wogte der Boden unter meinen Füßen, ich saß in einem Flussboot, das den Strom hinaufglitt, ich hörte Stimmen, die in einer Sprache riefen, die ich noch nie gehört hatte, und ich sah Farben, die stärker waren als meine Fantasie, Farben, die nicht verschwanden, sondern etwas in mir in Bewegung setzten, einen braunen Flecken an einer exotischen Frucht in einer Schale heraufbeschworen, meine Nase für den würzigen Duft einer rötlichen Landschaft öffneten.

»Hallo?«

Ich schaute auf.

Der Preis dafür, mich wegzuträumen, war immer der Augenblick, wenn ich mich von dem, in dem ich gewesen war, auf das umstellen musste, was jetzt war.

»Es ist wohl Zeit, nach Hause zu gehen? Jemand macht sich vielleicht Sorgen um dich?«

Ich nickte.

Sie hatte keine Katze auf der Schulter, aber hier im Raum war doch etwas merkwürdig. Etwas, das anders war als bei uns zu Hause. Aber immerhin hatte Mutter mir über das spannende Leben dieser Frau erzählt, und Vater hatte sich eines dieser exotischen Gemälde gewünscht.

Jetzt musste ich gehen.

18

Im Dezember 1970 erschien das erste Buch des Autors Dag Skogheim, eine Gedichtsammlung, die Mutter zu Weihnachten für Maja Lise und Arne kaufte. Skogheim war Lehrer an der Torstad-Grundschule in Asker, wo er unter anderem die Kinder der Arbeiter aus der Zementfabrik von Slemmestad unterrichtete. Sie wurden mit dem Bus nach Torstad gefahren.

Unmittelbar vor Erscheinen dieser Gedichtsammlung hatte Mutter Skogheim erregt vor dem Schulausschuss sprechen hören. Er hatte sich geweigert, christlichen Religionsunterricht zu erteilen. Er war radikal und wütend, was seine Schüler anging, und sagte, von nun an werde er zu Weihnachten Gott nicht mehr erwähnen, und ansonsten bringe er dem gesamten Religionsunterricht nur Misstrauen entgegen.

Weder Mutter noch die anderen Ausschussangehörigen hatten gewusst, was sie sagen sollten. Gott unerwähnt lassen? Keinen Stall, keine Krippe?

Skogheim hatte weitergesprochen und gesagt, er beschäftige sich nicht viel mit Gott, und es sei eine Sache des gegenseitigen Respekts. Wenn jemand in Schwierigkeiten Gott anrufen wolle, dann von ihm aus, hatte er gesagt. Aber er würde lieber einen Rohrleger, einen Arzt oder einen Anwalt anrufen, wenn er Hilfe brauchte. Er habe nie Kontakt zu Geistern suchen wollen, und in seinem Klassenzimmer wolle er die nun schon gar nicht haben.

»Im Klassenzimmer gibt es auch so schon genug!«

Vor allem gefiel Mutter, was er über diejenigen sagte, die es schwer hatten. Die Kinder aus den sogenannten bildungsfernen Elternhäusern. Über die sprach Skogheim voller Wärme. Er hatte jedes einzelne Ausschussmitglied angesehen und gesagt: »Keiner von meinen Schülern soll unter Druck gesetzt werden. Sie stoßen die ganze Zeit auf strenge Anforderungen und Erwartungen, von allen Seiten. In meiner Klasse sollen sie jemandem begegnen, der sie annimmt, ohne sie in eine Schublade zu stecken.«

Immer wenn er zum Ende seiner Rede ansetzen wollte, hatte Mutter ihn zum Weiterreden gebracht. Sie bat ihn dann, eine Behauptung oder eine Erklärung zu vertiefen. Und Skogheim erzählte. Davon, wie einzelne Lehrer ihre Schüler kulturlos und geistesschwach nannten, und ihnen »ausreichend« oder »mangelhaft« in Fächern gaben, die sie nicht begriffen, nur weil sie selbst elende Pädagogen waren. Oder sie gaben »nicht befriedigend« im Betragen, damit die Kinder »ein realistisches Selbstbild« entwickelten.

»Die Wahrheit«, sagte Skogheim zu Mutter und den anderen um den gemeindeeigenen Tisch, »ist, dass die Lehrer nicht begreifen, dass Harry und Ellen frech und gemein sind, weil das ihre schlimmen Gedanken mildert. Aber die Lehrer interessieren sich nicht für diese schlimmen Gedanken. Deshalb werden sie immer ein ›nicht befriedigend‹ in Betragen bekommen.«

Als Skogheim fertig war, hob er das Kinn und bedankte sich, dass er über das Fach »Alternative zum Religionsunterricht« hatte sprechen dürfen, das er von nun an unterrichten wollte. Dann ging er.

Nach dem Vortrag blieb Mutter auf ihrem Stuhl an der Längsseite des Tisches sitzen. Die anderen Politiker sammelten ihre Papiere zusammen und verließen plaudernd den kleinen Rathaussaal und gingen die Betontreppe hinunter. Mutter hatte gesagt, sie müsse erst noch ihre Unterlagen ordnen, und sie werde nachher abschließen. Aber sie wollte nur ein wenig allein sein und den Worten dieses Lehrers aus Nordland nachsinnen. Etwas am Klang dessen, was er gesagt hatte, der scharfe, fast aggressive Tonfall, ließ keine Zweifel. Die Worte eines Mannes, der dachte wie sie. Natürlich fluchte sie nicht so viel, und vielleicht hätte sie auch nicht so negativ über Gott gesprochen, sie betete mit ihren Kindern am Abend, sie liebte die feierliche Ruhe in der Kirche und die Texte vieler Choräle. Aber was er darüber gesagt hatte, alle Arten von Schülern anzunehmen, ohne sie in Schubladen zu stecken – da stimmte sie vollkommen mit ihm überein.

Während sie ihre Ausschusspapiere in die Tasche steckte, dachte sie an Harry und Ellen, Skogheims Bild für Schüler, die sich in problematischen Elternhäusern mit ihrem Leben abmühten. Während sie die Tür dieses neuen und modernen Rathauses abschloss, dachte sie an jene Jugendlichen, die am Morgen des Heiligen Abends niemals Weihnachtsstrümpfe voller Süßigkeiten an ihrer Tür gefunden hatten. Jugendliche, die nicht zu Hause sein wollten, weil die Probleme dort noch größer waren als in der Schule. Es müsste, dachte sie, in Asker ein Jugendzentrum geben.

Eine kleine Gruppe von Politikern stand noch vor dem Rathaus. Zwei Männer empörten sich lautstark, dass sie diesem rabiaten Nordnorweger hatten zuhören müssen, ohne dass irgendwer eingegriffen hatte. Ein anderer schüttelte lächelnd den Kopf und sagte, das seien kommunistische Träumereien, vor denen brauche sich niemand zu fürchten. Eine Frau sah Mutter an und seufzte übertrieben: »Ich hätte nie gedacht, dass du ihm solche hoffnungslosen Fragen stellen würdest.«

Und Mutter hatte geglaubt, alle dächten wie sie!

Sie ging durch die Dunkelheit nach Hause, den Hønsvei hinunter, vorbei an den Äckern, vorbei an der Gärtnerei mit den vielen eingeschlagenen Fenstern, und beim Bahnhof durch den Eisenbahntunnel.

Sie setzte sich an den Küchentisch.

»Kommst du?«, fragte Vater aus dem Wohnzimmer, leise, um niemanden zu wecken. »Setz dich doch zu mir, ich mache im Kamin ein Feuer.«

Mutter ging zu ihm und setzte sich in den einen der beiden blauen Sessel. Sie sagte, sie würde gern für eine alternative Schule kämpfen.

»Kannst du denn nicht für die Schule kämpfen, die es schon gibt?«, fragte Vater.

»Ich glaube, die werden nie aufhören, die Kinder in Schubladen zu stecken«, sagte Mutter.

»Willst du dagegen oder, genauer gesagt, dafür kämpfen, dass sie keine Noten mehr bekommen?«

Mutter nickte. »Ja.«

»Na gut«, sagte Vater. »Als ob es nichts Wichtigeres gäbe! Ich meinerseits, der wirklich nie der beste aller Schüler war, wurde von den Noten motiviert. Ich weiß nicht, was ich getan hätte, wenn ich auf kein Ziel hätte zuarbeiten können.«

Später im Dezember schrieb Mutter einen langen Leserbrief für die Lokalzeitungen und sprach sich gegen Noten in der Grundschule aus, sie meinte, die Lehrer müssten die Schüler zu der Erkenntnis bringen, das Wissen sei selbst das anzustrebende Ziel. Außerdem schrieb sie, sie sei Gegnerin des unterrichtsfreien Samstags. Ein unterrichtsfreier Samstag würde mehr Hausaufgaben an jedem Werktag bedeuten, und das wiederum würde die Unterschiede verschärfen zwischen denen, denen zu Hause geholfen wurde, und denen, bei denen das nicht der Fall war.

Kurz vor Weihnachten sagte Vater beim Essen:

»Wenn Ingenieure samstags freihaben, ist es doch nur recht und billig, dass Schüler auch freibekommen.«

»Was ist mit Harry und Ellen, die sich mit tonnenweise Hausaufgaben abmühen müssen, die sie nicht begreifen, und die niemanden haben, der ihnen dabei helfen könnte?«, fragte Mutter.

»Ich habe keine Ahnung, wer Harry und Ellen sind«, sagte er. »Aber ich glaube, Elling und Cecilie«, dabei nickte er uns zu, »hätten am Wochenende mehr Ruhe, wenn sie samstags nicht in die Schule gehen müssten.«

»Und was ist mit all denen, die sich einfach nur herumtreiben würden, weil sie nicht wissen, wohin?«, fragte Mutter und legte ihr Besteck auf den Teller.

»Können die nicht einfach zu Hause bleiben, wie andere Leute? Ich war alle zwei Tage in der Schule, das ging auch. Und wenn es am freien Samstag mit ein oder zwei Schülern wirklich mal ein ernstes Problem gibt, dann musst du eben mit ihnen zusammen sein. Aber ich warne dich. Es kann verdammt viel Arbeit sein, die Heilige spielen zu wollen.«

»Ich finde es einfach doof, samstags in die Schule zu gehen, nur um da rumzulungern«, sagte Elling.

»Du sollst da ja auch nicht rumlungern«, sagte Mutter, übertrieben freundlich.

»Mit so was ist man verheiratet«, sagte Vater.

Als Mutter zwei Abende später Skogheims Gedichte einpackte, fragte sie Vater, ob auf der von/an-Karte nur ihr Name stehen sollte.

»Was soll das denn heißen?«, fragte Vater. »Meinst du, ich will Maja Lise und Arne keine Gedichtsammlung schenken, nur weil ich für unterrichtsfreien Samstag bin?«

»Ja«, sagte Mutter. »Man muss schließlich zu seinen Geschenken stehen.« Sie blickte aus dem Fenster. »Übrigens glaube ich nicht, dass es dieses Jahr richtig Weihnachten wird. Es regnet doch.«

»Manchmal frage ich mich, ob diese Ausschusssitzungen …«, sagte Vater.

Er sah, dass die Bleistiftspitze in Mutters Hand zitterte, und verstummte.

19

Inzwischen ist es Mai 2011, und die Bäume haben Blätter. Wenn Mutter noch in Høn wohnte, würde sie jetzt die frisch entsprungenen, klebrigen Blätter berühren und sagen, die grünen Spitzen kündigten den nahen Sommer an. Und sie würde ein Enkelkind an der Hand nehmen, egal wie alt es wäre, und sagen, alle müssten jetzt in den Wald und Leberblümchen pflücken. Und während sie durch die blaue Tür, die Treppe hinunter und in den Garten gingen, würde sie Elsa Beskow zitieren: »Schau her, kleiner Schatz, nicht traurig sein. Komm her, dann wandern wir, du und ich, durch die feinen Wälder hier.«

Wo sind diese Worte jetzt?

Vor drei Jahren bin ich mit ihr zu Untersuchungen nach Asker gegangen. Im Frühling 2008. Sie ließ die demütigende Übung über sich ergehen, an einem runden Tisch zu sitzen und auf einem Blatt Papier einen Kreis um die Symbole für Sonne oder Mond zu zeichnen, unter dem Wort: Abend.

Ich saß neben ihr, wie sie gewünscht hatte, aber mir war eingeschärft worden, ihr um keinen Preis zu helfen. Sie füllte das Wort Katze ein, mit unsicherer Hand, in einen Satz, wo es um ein Haustier ging, das »schnurrte« und Milch bekam. Als sie den Weg von Høn nach Asker zeichnen sollte, sprang sie auf. »Ich will nicht mehr!«, rief sie und sah mich mit Augen an, aus denen Tränen der Frustration strömten.

Ich fahre mit einem alten Foto von Pontus als Hundebaby nach Bråset. Das Foto habe ich zu Weihnachten 1971 von Elling bekommen. Ich hatte es mir gewünscht.

Pontus sitzt mit seinem hellroten Bauch und den weichen Ohren in Rutland im Gras. Das Glas fehlt inzwischen, aber der hölzerne Rahmen ist noch vorhanden.

Obwohl Mutter die Wirklichkeit nicht mehr von einer Minute zur anderen zusammensetzen kann, kann sie vielleicht Pontus-Wörter finden, wenn sie das Bild in die Hand nehmen darf? Ihn mit Wörtern wirklich machen. Sich an den Hund erinnern, mit dem sie so viele Jahre lang zusammengewohnt hat? Wir gehen langsam, Arm in Arm, über einen asphaltierten Fußweg, der um das Pflegeheim herumführt. Mutter ist guter Laune, die Sonne wärmt ihr Gesicht. Auf halber Strecke setzen wir uns auf eine Bank.

»Ich hab ein Bild von Pontus mitgebracht«, sage ich, ziehe das Foto hervor und lege es in ihre Hände. »Weißt du noch, das Bild habe ich mit neun Jahren zu Weihnachten bekommen.«

»Du bist lieb«, sagt Mutter zum Bild von Pontus. Sie fährt mit dem Finger über das Foto, langsam, wie um ihn zu streicheln.

»Du bist lieb«, sagt sie noch einmal.

»Erinnerst du dich an Pontus?«, frage ich. »Seine weichen Ohren, mit denen wir so oft geschmust haben.«

»Du hättest vielleicht gern etwas Leckeres?«, fragt sie, noch immer an das Bild gerichtet. »Er isst gern Snøgg.«

Snøgg hieß das Hundefutter, das er immer bekommen hat. Dieses Wort ist wieder aufgetaucht.

Ich mache einen Versuch mit einer anderen, weit zurückliegenden Hundeerinnerung, aus Mutters eigener Kindheit.

»Hattet ihr nicht einen Hund, als du klein warst, der Rikken oder Dikken hieß? Einen Hühnerhund?«

»Das weiß ich wirklich nicht«, sagt Mutter. »Ich habe nie einen Hund gehabt.«

»Aber Pontus, an den erinnerst du dich doch?«

»Davon weiß ich nichts.«

Aber sie ist guter Laune, klingt fröhlich und sieht weiter das Bild an, das sie in den Händen hält.

Hat sie den wirklichen Pontus auf dem Schoß? Einen Miniaturhund, der mit dem Schwanz wedelt und Hunger auf Snøgg hat? Kommen das Wort und das Bild Pontus lebendig zu ihr? Ich nehme an, solange sie das Bild ansieht, wird Pontus dort sitzen, mit Muttermalen auf dem hellroten Welpenbauch, im Gras von Rutland.

Wer würde diese Wirklichkeit nicht vorziehen?

Auf dem Heimweg denke ich an die Freude, die Mutter beim Anblick des Bildes erlebt hat. Es konnte Pontus zwar nicht erschaffen, aber irgendwo in ihrer Verwirrung war er doch vorhanden. Als das Bild Mutter aufsuchte, legte Pontus sich auf ihren Schoß und schlief ein.

20

Kein Geschenk sollte am Heiligen Abend zu Verzweiflung oder Unsicherheit führen. Mutter wäre zum Beispiel nie auf die Idee gekommen, ihren Eltern komplizierte elektrische und zeitsparende Apparate zu Weihnachten zu schenken. 1971 bekamen sie Vilhelm Mobergs *Roman von den Auswanderern* in vier Teilen. Und ihre Eltern schenkten ihr eine Batiktischdecke und die soeben unter dem Titel *Mein Hundeleben* erschienenen Glossen von Johan Borgen.

Zusammen mit vielen anderen Dingen bekam ich in jenem Jahr neue Holzskier und ein abschließbares Tagebuch, und von Mutters Vater Selma Lagerlöfs *Christuslegenden*. Nur von ihm.

Im nächsten Sommer las er uns abends die Legenden vor, als wir eine Woche in Rutland verbrachten. Er las aus seinem eigenen Buch, einer schwedischen Erstausgabe von 1904. Opa war sehr dünn, auch wenn vor ihm auf dem Tisch immer ein Stück Schokolade oder eine halbe Brotscheibe mit Butter und Stinkkäse lag. Ab und zu musste er beim Lesen eine Pause einlegen und einen Bissen zu sich nehmen. Die Erwachsenen sagten, Opa habe nur einen halben Magen.

Ich glaube nicht, dass er besonders fromm war, aber er hatte eine fast religiöse Beziehung zu jeder Art von Erzählung.

Jetzt finde ich die *Christuslegenden* in meinem eigenen Bücherregal. »Für Cecilie von Opa, Weihnachten 1971« steht darin, in Mutters Schrift. Ich lese dieselben Sätze, die Opa laut vorgelesen hat, die ich aber vollständig vergessen habe. Über den Tod von Selma Lagerlöfs Großmutter: »Bis dahin hatte sie jeden Tag im Ohrensessel in ihrem Zimmer gesessen und Geschichten erzählt. Ich kann mich an nichts anderes erinnern, als dass Großmutter dort saß und erzählte und erzählte – von morgens bis abends. Und dass wir Kinder still neben ihr saßen und ihr zuhörten. Das war ein herrliches Leben. Niemand sonst hatte es so schön wie wir. (…) Aber an all die Geschichten, die sie mir erzählt hat, habe ich nur eine schwache und verschwommene Erinnerung. Da ist nur diese eine, an die ich mich so gut erinnere, dass ich sie selbst erzählen könnte: das ist die kurze Geschichte von Jesu Geburt. Ja, das ist fast alles, was ich von Großmutter noch weiß – abgesehen davon, woran ich mich am besten erinnere: Die tiefe schmerzliche Sehnsucht, als sie nicht mehr da war. Und dann erinnere ich mich, wie die Geschichten und die Lieder vom Hof verschwanden, verpackt in einen langen, schwarzen Sarg, und wie sie nie wieder zu uns zurückkehrten. Ich erinnere mich, dass etwas im Leben fehlte. Es fühlte sich an, als ob die Tür zu einer schönen, verzauberten Welt, in der wir nach Herzenslust ein- und ausgehen konnten, für immer verschlossen worden sei. Und es war niemand da, der sich darauf verstand, die Tür wieder zu öffnen.«

Ich dachte ungefähr dasselbe, als Mutters Vater plötzlich starb, dass jetzt eine ganze Bibliothek aus Erzählungen verstummt sei. Alle Bücher, Ideen und Geschichten, die er aus seinem und aus anderen Leben gesammelt hatte, und die aus seinem Mund präzise Beschreibungen jeglicher Wirklichkeit gewesen waren.

Es war klares Wetter in der letzten Aprilwoche des Jahres 1989. Ein Samstag. Er hatte gerade einen beigen Frühlingsmantel angezogen, über einem karierten Hemd und einer braunen Cordhose, die mit einem Gürtel festgehalten wurde. Er trug seinen üblichen weinroten Wollschal um den Hals. Der Geruch seiner Kleider war ein wenig altmännerherb, aber die Waschmaschine hatte so viele Knöpfe, man musste schon Ingenieur sein, um die zu begreifen – und das war er nicht.

Er hatte sich im Flurspiegel betrachtet und behutsam die Haare zur Seite gestrichen, über die Stirn. Er überzeugte sich davon, dass sein Hörgerät richtig saß, damit er jedes einzelne Wort von der Bühne hören könnte, jede Betonung und jede Pause. Ab und zu brauchte es mehr als ein Wort, damit er die Bedeutung erfassen konnte.

Er hatte ein wenig Probleme mit dem Gleichgewicht und benutzte deshalb einen Stock. Dann ging er denselben schmalen, holprigen Kiesweg entlang wie seit fast sechzig Jahren. Beim Sørkedalsvei bog er nach links ab und blieb beim Fußgängerübergang stehen, mit dem Rücken zum sowjetischen Kriegerdenkmal. Wie immer hatte er genug Zeit eingeplant, um zur Bahn zu gelangen, er fand es nicht mehr leicht, die steile Treppe in der U-Bahn-Station hinunterzulaufen. Er war mit Maja Lise verabredet, sie würden auf ihren festen Plätzen sitzen, vielleicht nach der Vorstellung noch ein belegtes Brot essen. Er lächelte und strich seine Haare gerade, da einige plötzliche Windstöße Haare und Mantel tanzen ließen. Dann sprang die Ampel um, und das grüne Männlein sagte ihm, er könne jetzt gehen.

Der Fahrer des großen Autos war bei der Botschaft der BRD angestellt. Später erzählte er, das Licht der tief stehenden Sonne habe ihn geblendet, berief sich dann aber auf seine diplomatische Immunität, als er eine Blutprobe abgeben sollte.

Opa war so dünn. Sein Stock zerbrach.

Er konnte nicht mehr begreifen, wer hier was machte, denn eine unerwartete Kraft hatte plötzlich seine Hüfte getroffen und seinen Körper in die Luft geschleudert wie eine Stoffpuppe. Und er schien nie zu landen, sondern immer höher zu fliegen, mit den Windstößen, vorbei an den Wolken, die vom Fjord hereinzogen, dort hinauf, wo das Hörgerät die Stimmen der schreienden Menschen nicht mehr erfassen konnte, und seine Brille war zerbrochen, er konnte auch die Frau nicht mehr sehen, die in das Ärztezentrum Volvat rannte und rief, jemand müsse kommen, schnell, sofort!

Die Haare, die blutig in seine Stirn glitten, die bewegungslosen Arme, die in einer unnatürlichen Haltung auf den aufgemalten weißen Streifen erstarrt waren.

Zwei Männer aus dem privaten Ärztezentrum liefen mit einer Trage auf den Zebrastreifen. Sie falteten eine Plane oder vielleicht eine Decke auseinander, sodass sein Körper umschlossen war, als er auf die Trage gehoben wurde. »Er atmet«, rief einer. Aber Opa hatte die Augen geschlossen. Er war weit weg. Im Haus wurde dann ein Krankenwagen alarmiert. »Mann bei Volvat auf dem Zebrastreifen angefahren. Bewusstlos.«

In den nächsten Stunden und Tagen wurde er im Krankenhaus Ullevål mehrfach, von verschiedenen Ärzten, operiert.

Wir waren alle dort. Manchmal saßen viele von uns um sein Krankenbett, andere Male nur ein oder zwei. Seine Töchter und wir Enkelkinder. Mutter und Maja Lise übernachteten mehrmals dort.

Der Mai kam, und wir öffneten die Fenster. Die Abende waren jetzt hell.

Eines Nachmittags saßen Anne Johanne und ich mit Mutter im Krankenzimmer. Sie hielt Opas Hand und flüsterte ihm zu, alles werde gut werden. Dass es so viele technische Hilfsmittel gebe. Sie lachte leise, als sie sagte, das Nationaltheater habe doch diese Rollstuhlrampe, die er so hässlich fand. Ich sah, dass sie seinen Handrücken streichelte, der gelb geworden war und glatt, wegen der Schwellungen.

»Sollen wir singen?« Mutter sah uns an.

»Ja, warum nicht«, sagten wir.

Wir hatten nicht sehr oft zusammen gesungen, aber jetzt stimmten wir das Wiegenlied an, das Opa früher Mutter vorgesungen hatte: »Ich singe für meinen kleinen Freund.« Während Mutter sang, sah sie ihren Vater an, der einen an seinen Lippen angeklebten Schlauch im Mund hatte, und dessen Brustkasten sich hob und senkte, wenn das Atemgerät klick machte. Sein Gesicht verriet nichts.

Ich hörte auf zu singen und sah Mutter und Opa an, während ich versuchte, mich mit Opas fehlender Reaktion abzufinden, als ihre Stimme fremd wurde und zitterte. Es passierte, als sie sang: *Ich singe nur dieses Lied*
das alte Lied aus Kindertagen
als ich klein war wie du
und damals musstest du mich tragen.

Er bewegte weder Augen noch Lippen, sein Brustkasten hob und senkte sich ebenmäßig und maschinell.

Eine Krankenschwester kam herein, nickte uns freundlich zu und überprüfte Zahlen und Diagramme an einem Apparat neben dem Bett.

»Wir müssen seine Wunden neu verbinden. Vielleicht gehen Sie solange nach draußen?«, fragte sie.

Mutter blieb sitzen, wir anderen gingen. Wir suchten uns den Weg über den Gang, durch Türen und die Treppen hinunter.

Als wir auf der Seite des Krankenhauses standen, die auf den Kirkevei blickt, überlegten wir, welches Fenster Opas war.

Dass er niemals wieder ins Theater kommen würde, hätte sich wohl niemand denken können.

Der Mann von der Botschaft schickte zur Beerdigung weiße Lilien. Das Ärztehaus Volvat schickte eine Rechnung über tausend Kronen, weil sie den Krankenwagen angerufen hatten, mit dem er ins Krankenhaus gebracht worden war.

Ich erinnere mich an die Trauerfeier im Vestre Krematorium. Die Gemälde an den Wänden, den grellen Sonnenschein draußen, Arne Skouens schönen Nachruf, die entfernten Verwandten und die vielen alten Schauspieler in Hut, Schal und Halstuch, die meine Hände innig drücken, obwohl ich sie nur vom Fernsehen oder aus dem Theater kannte. Ein Mann in einem etwas zu großen gestreiften Anzug und mit langen Nägeln, die sich in meine Handfläche bohrten, schüttelte und schüttelte meine Hand, und dabei sagte er immer wieder ganz laut: »Was für ein verdammtes Ende, aber verflixt, was hattest du für einen Vater!«

Was aber den größten Eindruck hinterlassen hat, ist der Augenblick, viele Monate später, als wir seine Urne neben die von Großmutter legten. Dass er in diesem eiskalten Raum sein sollte, bei den kleinen, mit staubigen Myrtenkränzen bedeckten Kindersärgen, und den Wappen mit Totenköpfen und Sensen an der Wand.

Ich finde die Liste von Opas letztem Weihnachtsfest, 1988, um zu sehen, was Mutter ihm geschenkt hat. Ich lächele bei diesem Anblick: Axt. Hatte Mutter gedacht, der alte dünne Mann werde anfangen, mit sechsundachtzig Jahren noch die Axt zu schwenken? Oder hatte er selbst sich eine Axt gewünscht? Der letzte Winter seines Lebens war nicht besonders kalt, aber er heizte im Ofen ein. Es waren die Stunden am Abend, wenn das mühselige Tagewerk langsam vollbracht war. Wenn er mit einer Rechnung zum Postamt von Majorstua gegangen war, wenn er sich einige Reste vom Vortag aufgewärmt hatte, vielleicht hatte er Besuch gehabt, aber es waren die Stunden, wenn er im Sessel beim Essplatz saß – der immer seiner gewesen war, während Ruths Sessel beim Fenster stand –, es waren die Stunden, in denen er alte Bücher noch einmal las oder sich von neuen fesseln ließ. Dann heizte er im Ofen ein, mit Splittern, die er von einem harten Holzscheit hackte. Er vergaß, ein Brett unterzulegen, und einmal kurz nach Weihnachten hackte die neue scharfe Axt eine tiefe Kerbe in den Boden vor dem Ofen.

Mutter hatte ihren Vater ihr Leben lang geliebt und bewundert, und sein Verlust kam so überraschend für sie, dass sie in den ersten Wochen nicht wusste, wie sie mit ihrer Trauer umgehen sollte. Sie konnte in ihrem roten Sessel in Høn sitzen und in alten Fotoalben oder in einem seiner Theaterbücher blättern. Nicht die Tatsache, dass sein Körper bei dem

Unfall so übel zugerichtet worden war, machte auf Mutter den stärksten Eindruck. Sondern die unerwarteten Details, die ohne Vorwarnung in der Erinnerung auftauchen konnten. Sein seltsames Lachen, bei dem er einatmete, die Wut in seiner Stimme, wenn er ein schlechtes Theaterstück gesehen hatte, die mageren Hände mit den so deutlichen Adern, die fast immer einen Kugelschreiber hielten.

»Mir fehlen sogar seine endlosen Monologe am Telefon«, sagte sie und lachte leicht verlegen, als ich sie fragte, wie es ihr ging, im Sommer danach.

Nachdem die Verwirrung behutsam begonnen hatte, Mutters Leben durcheinanderzubringen, sagte oder behauptete sie manchmal Dinge, die ihrer eigentlichen Redeweise fremd waren. Sie konnte auf eine Weise direkt sein, wie sie es nie gewesen war, und konnte plötzlich Behauptungen aufstellen, die dem, was viele Jahre lang die anerkannte Wahrheit gewesen war, zutiefst widersprachen, zum Beispiel: »Es war nicht immer einfach, in Volvat Kind zu sein.« Oder sie konnte, mitten in einem Beitrag in den Fernsehnachrichten, auf Lisbeth Skei zeigen, die gerade im Bild war, und rufen: »Jetzt halt bloß die Fresse!«

An einem Herbstabend fuhr ich sie nach einem Essen bei uns nach Hause. Wir saßen noch eine Weile im Auto und redeten, über ihren Vater.

»Er fehlt mir«, sagte Mutter.

»Das verstehe ich gut«, sagte ich.

»Das glaube ich nicht«, sagte sie.

»Wie meinst du das?«

»Ich glaube nicht, dass du verstehst, wie sehr er mir fehlt.«

»Nein, vielleicht hast du recht. Aber ich verstehe, dass er dir fehlt. Mir fehlt er auch, auf meine Weise. Es ist jetzt ja lange her. Er wäre hundertacht, wenn er noch lebte.«

»Du willst immer alles auf deine Weise haben«, sagte Mutter.

»Will ich das?«, fragte ich.

»Ja.«

»Wie meinst du das eigentlich?«

»Ich habe nie vergessen, dass du bei Mutters Beerdigung nicht neben mir sitzen wolltest. Dass du nichts begriffen hast, obwohl du erwachsen warst.«

Ich hatte keine Ahnung, wovon sie sprach, aber es klang nach Verrat.

»Habe ich bei Omas Beerdigung nicht neben dir gesessen?«

»Nein.«

Ich sagte mir, ich müsste mich über dieses Gespräch freuen, über zwanzig Jahre nach Omas Tod. Aber mir wurde schlecht, weil Mutter sich an etwas erinnerte, das ich getan oder nicht getan hatte, nach so vielen Jahren.

Ich schaltete den Motor aus, ließ mich in den Sitz zurücksinken und hielt mit ausgestreckten Armen das Lenkrad fest.

»Wo habe ich denn gesessen?« Ich hörte, dass meine Stimme schwach war, und ich wiederholte meine Frage, deutlicher.

»Du hast auf der Bank hinter mir gesessen, zusammen mit Vater.«

»Habe ich nicht mit dir zusammengesessen? Neben dir? Wo doch deine Mutter gestorben war?«

»Nein«, sagte Mutter noch einmal. »Und ich habe das nie verstanden.«

Ich wusste nicht, was ich sagen sollte.

»Ich muss jetzt aber mal reingehen«, sagte sie.

»Aber ... ich, ich wusste doch nicht, dass ... es tut mir leid. Aber es ist gut, dass du es jetzt erzählst, damit ich um Verzeihung bitten kann.«

»Denk nicht daran«, sagte Mutter. Dann streichelte sie meine Wange und machte sich am Verschluss ihres Sicherheitsgurtes zu schaffen. Ich öffnete ihn für sie.

Ich wollte nicht, dass sie ging, denn ich wusste, dass diese Türen der Offenheit sich so rasch wieder schlossen, wie sie aufsprangen, um sich dann nie wieder zu zeigen.

»Soll ich mit reinkommen?«

Mutter beugte sich zu meinem Autofenster herab und lächelte. »Mit mir reinkommen, um nachzusehen, ob jemand hinter der Tür lauert? Ich kann doch nicht anfangen, mich in meinem eigenen Haus zu fürchten.«

Dann warf sie mir eine lässige Kusshand zu, ging die Treppe zu der blauen Tür hoch und wühlte in ihrer Handtasche nach dem Schlüsselbund. Ich setzte mit dem Auto zurück, fuhr aber erst, als ich sah, dass sie im Haus war und in der Küche das Licht angeknipst hatte.

21

Der EG-Kampf brach 1971 durch die blaue Tür ein und machte mir klar, dass meine Eltern sich von anderen in einem wesentlichen Punkt unterschieden: Sie waren nicht einer Meinung. Einige Eltern waren gegen Norwegens Beitritt zur EG, die meisten waren dafür, aber ich kannte sonst keine, die unterschiedlicher Ansicht waren, so wie bei uns zu Hause.

»Du hast Papa doch lieb, auch wenn er dafür ist?«

»Ich kann mich über ihn ärgern, aber es ist nur gesund, unterschiedlicher Meinung zu sein.«

»Ist das gesund? Ihr streitet euch doch.«

»Nicht in der Küche, da diskutieren wir nicht.«

»Aber im Wohnzimmer streitet ihr euch.«

»Weil wir unterschiedlicher Meinung sind, in wichtigen Fragen.«

»Aber kann man denn Leute lieb haben, mit denen man in wichtigen Fragen unterschiedlicher Meinung ist?«

»Natürlich kann man das.«

Ich konnte am Küchentisch sitzen und Mutter zusehen, wenn sie zielstrebig in Gesundheitssandalen und Schürze über den Kiesweg ging, um den Müll wegzubringen. Sie schwenkte den Müllsack munter hin und her, ein wenig von ihrem Körper entfernt, mit großen Gesten. Unten am Tor nahm sie den

Deckel von dem viereckigen Metallkasten und warf den Sack mit einer majestätischen Bewegung hinein. Ich glaubte, Mutter könne alles und ertrage alles, sie sei munter und zufrieden und liebe lautstarke Diskussionen.

An einem Samstag im September gingen wir zum Supermarkt, oder zum »Supi«, wie Mutter neuerdings sagte. Sie trug eine lange, rot-weiß gestreifte synthetische Strickjacke mit einem großen roten Knopf in Magenhöhe und ein rotbraunes Kopftuch, über dem Pony wattiert und im Nacken gebunden. Sie hatte eine rot karierte Einkaufskarre, wegen ihrer Rückenprobleme, und ich dachte, die Karre sei für die Einkäufe bestimmt, aber dann sah ich zu meiner Bestürzung, dass sie gefüllt war mit Broschüren zum Thema »Nein zum Verkauf von Norwegen«. Vor dem Supermarkt öffnete sie die Karre und sagte, ich könnte mich an die Straße stellen und Autonummern in mein oranges Notizbuch schreiben, wenn ich wollte. Und dann konnte ich nur noch warten, bis die Eltern von Freundinnen und Nachbarn und Klassenkameraden auftauchten. Ich starrte die Autonummern an, die ich in meinem Buch gesammelt hatte, Nummern, die vor meinen Augen flimmerten und auf die ich mich zu konzentrieren versuchte, um sie auswendig zu lernen. Als ob der Anblick dieser Zahlen mich davor retten könnte, in Qual zu ertrinken, weil Mutter gestikulierte und laut mit dem Vater eines Jungen aus meiner Klasse redete. Bis er am Ende den Kopf schüttelte und die Treppe zum Laden hochging.

Mutter strahlte vor Eifer, als Ingris Mutter mit ihrem Rucksack ankam, denn Frau Bauck – das wussten alle – war ebenfalls »dagegen«. Auf dem Deckel ihres Rucksacks teilte sie mit, wogegen sie alles war.

Mutter konnte beispielsweise mit viel zu lauter Stimme sagen: »Sie, Herr Sandsdalen, haben sich sicher längst eine Meinung gebildet, aber sicher nur, weil Sie noch nicht mit mir gesprochen haben.«

Oder sie konnte Frau Storli eine Broschüre in die Hand drücken und sagen, die klügere Hälfte der Bevölkerung müsse nun doch zusammenhalten. Und dann lächelte sie und wünschte Frau Storlis Mann einen schönen Samstag. Jedem Menschen, der den Platz vor dem Supermarkt betrat, begegnete sie lebhaft, erwartungsvoll und treuherzig.

Eine sympathische Frau kam zu mir herüber, als ich dort in meine Autonummern vertieft stand, und streichelte meinen Kopf ein wenig hastig, wie um zu sagen: »Ich sehe ja, dass es nicht so einfach ist.« Andere hingegen lächelten über Mutters aufdringliches Engagement, und ich spürte, wie überlegen und stumm und beneidenswert sie waren.

Die Mehrheit der Leute, die Mutters »Nein zur EG«-Flugblätter bekamen, schielte schadenfroh und mitleidig zu mir herüber, und plötzlich merkte ich, zum ersten Mal, dass ich mich ihretwegen schämte. Dass mir ihre laute, streitsüchtige Stimme peinlich war, ihre lebhaften Bewegungen, ihr rascher Gang, die langen Schritte, dass sie nicht begriff, dass die anderen über ihren Eifer lächelten. Und dass sie danach sagen würde, sie habe sicher halb Høn bekehrt, und dass sie diesen Vormittag vor dem Laden für einen Erfolg hielt.

Als Vater mit Anne Johanne und Pontus von einem Waldspaziergang zurückkam, setzte er sich auf die Telefonbank im Flur und rief Mutter in der Küche zu:

»Wie war das heute?«

»Gut, glaube ich«, sagte Mutter.

»Hast du viele Sünder bekehrt?« Vaters Stimme war neckend, als er Anne Johanne auf den Schoß nahm, um ihr die Stiefel auszuziehen.

Ich drängte mich neben Vater auf die kleine Bank.

»Ja, das will ich doch hoffen. Wenn ich ihnen predige, für welche Hölle sie stimmen, wenn sie am Montag einen Ja-Zettel in die Urne werfen, denn begreifen die Klügeren, dass sie auf mich hören müssten. Aber ich will auch nicht zu optimistisch wirken, für den Fall, dass das das Ergebnis beeinflussen könnte«, sagte Mutter.

»Alles klar«, sagte Vater. »Du meinst, dein Optimismus könnte Tausende von Männern und Frauen dazu bringen, gegen ihre Überzeugung zu stimmen? Dass es eine Kraft gibt, die trotz allem für einen Ausgleich in der Rechnung sorgt?«

»So ungefähr«, sagte Mutter. »Aber wenn es um deine Fähigkeit geht, zuzuhören, dann kämpfen selbst Götter vergebens.« Sie lächelte Vater an und ging dann wieder in die Küche.

»In einer Stunde gibt es Brei!«, rief sie von dort.

Bei uns gab es am Samstagnachmittag immer Reisbrei.

Die heftigsten Diskussionen waren vor dem Wahltag, dem 25. September, vorüber, aber so viele Monate lang war Høn eingeteilt gewesen in Zeiten und Räume, wo diskutiert und wo nicht diskutiert werden durfte, und das wirkte noch lange nach, nachdem Geir Helljesen und Lars-Jacob Krogh in der Nacht festgestellt hatten, dass die Mehrheit von Norwegens Bevölkerung gegen den Beitritt zur EG gestimmt hatten.

Auf Mutters Seite der Familie waren alle dagegen gewesen.

Onkel Arne, einer der Gründer der Sozialistischen Volkspartei, war am Morgen des 26. September auf den Balkon gegangen und hatte am Geländer die rote Flagge befestigt. Auf Vaters Seite der Familie hatten sie für den Beitritt zur EG gestimmt.

Vater musste sich in den nächsten Wochen von Mutter allerlei Spott gefallen lassen, aber er kaufte ihr zu Weihnachten neue Gesundheitspantoffeln. Mutter kaufte für Vater zwei Pullover, Rollkragenpullover, und ein Paar Fellhandschuhe.

Weihnachten 1972 hatte Vaters Mutter Seemannskittel genäht. Vater und Elling bekamen je einen blauen und ich einen roten. Anne Johanne bekam eine rote Weste aus dem gleichen Stoff, Mutter ein Seemannskittelkleid.

Ich trug meinen Kittel so wie die Lehrer in der Schule, über einem Rollkragenpullover. Ich liebte meinen Kittel, aber ich glaube, Oma hatte keine Ahnung, was für ein Kleidungsstück sie mit gewissenhaften Stichen für uns genäht hatte.

Das Pax-Lexikon erzählt, dass ich ziemlich starke Signale aussandte, als ich im Januar in meinem neuen Kittel in die Schule kam. Dass dieser Kittel das aussagekräftige Kleidungsstück der engagierten, radikalen und tatkräftigen Mittelklasseangehörigen war. Oma hatte die ganze Familie zu ideologischen Aushängeschildern gemacht, wenn dieses sozialistische Lexikon recht hat!

22

Weihnachten 1972 bekam ich von Tante Kaja einen Briefumschlag mit einem gelben Zehnkronenschein. Ein spitzbärtiger Christian Michelsen auf der einen Seite, auf der anderen ein Segelschiff im Wind, gemalt von Großmutters Freund Henrik Sørensen.

Einige Tage vor Heiligabend waren Mutter und ich bei Kaja zu Besuch gewesen. Wir fuhren mit dem Zug zum Osloer Westbahnhof und nahmen die Straßenbahn hinauf nach Majorstua. Von dort gingen wir durch den schmutzigen Stadtschnee zu ihrer Wohnung in der Jacob Aalls gate. Ich hielt Mutter an der Hand. Ich wusste, dass Kaja krank war, aber nicht, ob es Grippe oder Hexenschuss war. Wir brachten ihr ein Einmachglas voller Weihnachtsplätzchen mit.

Ihre Wohnung konnte sehr unterschiedlich wirken: entweder war sie hell und freundlich oder stickig und drückend, als ob ihre grünen Pflanzen in der Dunkelheit ständen und allen Sauerstoff aus den kleinen Zimmern saugten.

Nachdem wir uns den Schnee abgetreten hatten und in den Flur getreten waren, konnten wir die Räume sozusagen fühlen. An diesem Samstag gab es in der Wohnung keine Luft zum Atmen. Mutter umarmte ihre Tante länger als sonst, und Kaja streichelte meinen Kopf, mit einem traurigen Lächeln. Sie trug über ihrem Kleid eine Strickjacke, und Pantoffeln.

»Wie schön, euch zu sehen«, sagte sie leise. »Wir setzen uns ins Wohnzimmer.«

Sie ging vor uns hinein, und mir fiel auf, dass ihre Haare verfilzt waren.

Alles in Kajas Wohnzimmer trug ihre Gefühle in sich. Die halb geschlossenen Vorhänge, die Tasse mit dem kalten Kaffee und das Wasserglas mit den winzigen Blasen an den Seiten, die vernachlässigten Pflanzen.

Der Widerschein einer Straßenlaterne, der sich durch die Vorhänge drängte, ließ Möbel und Bücherregal in einem fremden, geblichen Licht erscheinen.

Kaja lächelte verlegen und mit gesenktem Blick, als Mutter mit einer fast unsichtbaren Handbewegung die Kaffeetasse wegräumte, das schale Wasser in einen Blumentopf goss und Spritzgebäck und Sirupecken auf einem Teller arrangierte.

Mutter und Kaja unterhielten sich leise und rauchten Filterzigaretten, während ich ein wenig umherwanderte.

Ich ging nie in Kajas Schlafzimmer, aber ich weiß noch, wie ich durch die Tür schaute, auf das ungemachte Bett und ein braunes Pillenglas auf dem Nachttisch.

Als wir aufbrachen, sagte Tante Kaja zu mir, im Frühling werde die Bachstelze wieder tanzen, und die Weidenlaubsänger würden zum hellen Himmel hochzwitschern, und dann würden wir am Strand gelbe Schneckenhäuser sammeln.

»Das wird doch schön?«, fragte sie.

Ich nickte.

An diesem Abend bastelte ich für Kaja drei rote Filzherzen, die sie am Heiligen Abend auspacken und an den kleinen

Tannenstrauß hängen sollte, den sie auf ihren runden Wohnzimmertisch stellen würde.

»3 Filzherzen für Kaja« hat Mutter unter meinem Namen notiert.

Erst als Erwachsene ging mir auf, dass Kajas Krankheit eine Depression gewesen war. Dass sie drei Mal in ihrem Leben in vollständige Dunkelheit gefallen war. Als wir sie 1972 besuchten, brachte ihre Angst vor Elektroschocks sie fast um.

»Wir haben nie sehr viel darüber erfahren«, sagte Mutter einmal. »Wir haben auch nicht gefragt. Es war damals nicht so leicht, über solche Dinge zu sprechen.«

Kaja, eine große, rothaarige Frau, in den Straßen des Oslo der Dreißigerjahre, eben erst Tante geworden, zuerst von Maja Lise, fünf Jahre später von Mutter. Und dann von uns.

Aber dann tauchten sie auf, diese Gedanken, die sie überwältigten. Dass nichts eine Zukunft hätte. Dass sie niemals das Licht wiedersehen würde. Dass niemand sie vermissen würde, wenn sie verschwände.

Als Kaja krank und zum ersten Mal ins Krankenhaus Gaustad eingewiesen wurde, 1936, war EKT, Elektrokonvulsionstherapie, oder Elektroschock, ganz neu und in Norwegen fast noch nicht ausprobiert. Könnte das etwas für die vierzig Jahre alte Kaja sein? Indem die Elektrizität durch das Gehirn geleitet wurde, sollten epileptische Krampfanfälle ausgelöst werden, die ihre destruktiven Gedanken ins Gegenteil verkehren würden.

Diese neue Behandlung wurde ihr empfohlen.

Kaja nickte. Denn war nicht alles besser als diese drückende Last, die sich in ihr niedergelassen hatte? Sie konnte keine weiteren Gespräche über Kindheit und Sexualleben mehr ertragen. Sie war ein geliebtes Kind gewesen.

Die Energiemenge, die durch die von einem weiß gekleideten Arzt an ihren rasierten Schläfen befestigten Elektroden gejagt wurde, ließ ihren Körper endlos lange und unkontrolliert zucken, obwohl sie auf einer Bank angeschnallt war und mehrere Menschen sie an Armen und Beinen festhielten. Es gab keine Betäubung, keine Narkose, die die wahnsinnigen Schmerzen von ihr genommen hätte, Schmerzen, die wie wütende Tiere durch ihr Gehirn und ihren Körper jagten. Um sie zu verzehren.

Sie biss so fest in die Lederrolle, die sie ihr in den Mund gedrückt hatten, dass ein Zahn abbrach, sie bemerkte nicht, dass ihr Körper alle Flüssigkeit von sich gab. Sie konnte auch kein einziges sinnvolles Wort aussprechen, denn es gab keinen Sinn, und sie hatte keine Worte.

Es gab ein Nachher. Ein stilles und leeres Nachher, in dem sie sich vollkommen geschichtslos fühlte. Konnte sie sich erinnern, wer sie war? Erinnerte sie sich an ihre Schwester, die sich solche Sorgen machte? Die Pinsel und Palette weglegen wollte, sowie ihre große Schwester sich Besuch wünschte? Die sie einlud, den Sommer bei ihnen zu verbringen? Was war aus dem feinmaschigen Gewebe aus Gedanken geworden, die sich ab und zu zwar verfilzt hatten, die oft aber auch tänzelnd leicht dahinflossen? Die sich reimen wollten, Rhythmus haben, spielen? Die weißen Wände und die weißen Trachten der Krankenschwestern und das grelle Licht. Sie schloss die Augen und gab sich den furchtbaren Kopfschmerzen hin.

Heute kann ich mich an die Wärme in Kajas Stimme erinnern. Daran, dass sie sich dafür interessierte, was wir machten, woran wir dachten.

Im Jahr vor ihrem ersten Krankenhausaufenthalt hatte sie sich leicht gefühlt, und die Reime waren aus ihr herausgeflossen wie ein Frühlingsbach.

In dem Gedichtbuch, das ich 1968 von ihr bekommen habe, finde ich einige Dutzend Gedichte von der Mitte der Dreißigerjahre.

Sonne, Sonne, Sonnenscheinwetter
Komm und schein auf die Kleine hier
Denn jetzt geht sie gleich los
Sie trägt ihr Sonnenscheinkleid.

Sonne, Sonne, Sonnenscheinwetter
Schein auf die kleine Blume hier
Denn dann öffnet sie sich, du,
also schein jetzt auf sie.

Ich finde sie in einem Album, ich frage Maja Lise, ich singe die Lieder, die Mutter für sie geschrieben hat, die Kaja für Mutter geschrieben hat, ich stelle fest, dass sie auch beim Arbeitgeberverband arbeitete, wo sie für die Hausangestellten zuständig war, und wo auch ihr Vater eine Zeit lang gearbeitet hatte. Ich hole sie aus meiner Erinnerung heraus. Ich stelle fest, dass ich, je mehr ich schreibe, seltsam empfänglich für Kajas Geschenke werde. Und ich sehe, wie eng sie mit unserem Leben verbunden war. Niemals in erster Reihe, wenn Familienbilder aufgenommen wurden, immer am Rand. Auf der hintersten Treppenstufe, ganz außen auf der Bank, dem weißen Bilderrahmen am nächsten.

Um die Mitte der Fünfzigerjahre wurde sie wieder krank und abermals in Gaustad eingewiesen. Sie hatte furchtbare Angst vor Elektroschocks, wollte nie mehr wieder hin. Aber zugleich war ihre Finsternis so sinnlos, sie tastete und griff um sich und stolperte. Der Arzt erzählte ihr, wie viel in den vergangenen zwanzig Jahren geschehen war, es habe eine Behandlungsrevolution gegeben, sagte er. Die Forschung sei eine fabelhafte Huldigung an Menschen mit Depressionen, man nehme jetzt Wechselstrom, Hoch- und Niedrigspannung, dazu antipsychotische Medikamente. Und neue Tabletten gegen die Kopfschmerzen nach der Behandlung. In Gaustad habe man dazu die besten Lobotomieärzte des Landes, und die Experimentierphase sei seit mehreren Jahren zu Ende. Lobotomie sei jetzt eine ganz normale Behandlung, wenn es den Patienten noch schlechter ginge. Nur müsse man leider mit einer Sterblichkeitsquote von zweiunddreißig Prozent rechnen.

Kein anderes Land in Europa wandte so umfassend Lobotomie an wie Norwegen, und Gaustad lag in ganz Skandinavien vorn. Aber in Kajas Fall könne von Lobotomie wirklich keine Rede sein. Nur von der ganz modernen EKT-Behandlung, ausgeführt von Ärzten, die sonst bei ihren Patienten weitaus radikalere Eingriffe vornahmen. Hier dürfe sie sich in den besten Händen fühlen.

Kaja nickte.

Die langen Sitzungen mit der zu niedrigen Spannung brachten für sie noch stärkere Nebenwirkungen als beim ersten Mal. Der Gedächtnisverlust danach war verwirrend.

Schmerz und Angst saßen wie ein Tier mit schwarzem Fell in ihrem Kopf. Wenn sie ganz bewegungslos dalag, konnte das Tier hinten in ihrem Gehirn schlafen. Aber wenn sie sich im Bett umdrehte oder die Finger gegen ihre Schläfen drückte, bewegte sich das Tier, und alles, was früher klar umrissene Räume und konkrete Körperteile gewesen waren, verschwand.

Kaja sprach nie über ihren grauenhaften Aufenthalt in Gaustad.

Neben meinen drei roten Filzherzen bekam sie von meinen Eltern Weihnachten 1972 Fotos, von allen sieben Enkelkindern meiner Großmutter. Elling schenkte ihr einen Telefonblock, damit sie uns immer anrufen könnte, und Anne Johanne hatte ihr ein Deckchen genäht, auf dem ihr Telefon stehen könnte.

23

Im ganzen Land blubberten und siedeten plötzlich Weinbehälter – oder Weinballons –, und im Jahre 1973 eroberten sie auch Høn. Sie kündeten von Modernität, und es gab keine Grenzen dafür, was die Enthusiasten auf der Jagd nach guten Ergebnissen an Informationen weiterreichen konnten. Die Ballons wurden im Keller versteckt oder stolz als Statussymbol im Wohnzimmer vorgeführt. Immer enthielten sie die Hoffnung auf französische Schlossqualität, und die Besitzer der Weinballons legten gewaltige Kenntnisse über Rhabarber, Vogelbeeren, Johannisbeeren und anderes an den Tag, was in einer verkorkten Flasche enden könnte.

Meine Eltern schenkten meinen Großeltern in diesem Jahr Weinballons zu Weihnachten.

Ein grüner Vierzigliterbehälter wurde in Packpapier gewickelt und am 23. Dezember ins Haus meiner Großeltern in Volvat getragen, ein weiterer stand noch im Schlafzimmer meiner Eltern, weil die andere Oma Weihnachten bei uns verbringen würde.

Einige Monate zuvor hatte Vater unseren eigenen Weinbehälter in Høn mit einem stolzen Lächeln ins Haus getragen. Zur Ausstattung gehörten auch ein Plastikeimer, ein Gärverschluss mit rotem Gummiüberzug, eine weiße Leinentüte, um die Beeren durchzusieben, und ein Thermometer. Sowie Zitronensäure, Hefe und Zucker. Vaters Ingenieurswissen wurde mit großem Eifer angewandt, und der Behälter wurde zu einem lebenden Organismus, als er vor Mutters türkis angemalter Esszimmertapete stand.

Bis zum Advent hatte Vater den braunen Inhalt im Glasgefäß gehegt und gepflegt. Er hatte gesorgt für (und uns alle damit genervt) gleichmäßige Temperatur, Bodensatz, Alkoholprozent und Lichtstärke. Mutter neckte ihn, aber nur wenig. Vielleicht war sie – groß und mager – eifersüchtig auf dieses formvollendete Geschöpf, das er mit so großer Zuneigung und Fürsorge umgab?

Der Weinballon stand in der einen Esszimmerecke und wurde für eine Weile zu einem Möbelstück wie ein Bücherregal oder Radio, gefüllt mit lebendigem, beseeltem Inhalt. Aber von größter Wichtigkeit: Er durfte um keinen Preis bewegt werden, denn dann wäre die Arbeit eines halben Jahres ruiniert.

Da er in einer Ecke stand, war nur der halbe Ballon zu sehen. Die Möglichkeit, dass er eine verborgene Seite hatte, die er vor mir versteckte, ärgerte mich aus irgendeinem Grund. Da ich inzwischen zehneinhalb war und etwas genauer wusste, wo man die Fantasie spielen lassen kann, holte ich mir die sechs Jahre alte Anne Johanne als Mitarbeiterin für meine Neugier. Es war leicht, ihr einzureden, dass der Weinbehälter sozusagen lebendig war. Schließlich hatte Vater bei ihm doch Fieber gemessen. Was man ja wohl nur bei Lebenden macht.

»Nein«, sagte Anne Johanne und schüttelte den Kopf.

»Hörst du, wie er blubbert oder redet, wie man das auch nennt?«

Anne Johanne starrte den Gärverschluss an und nickte. Doch, vielleicht machte er ein gurgelndes Geräusch, wenn sie sich das genauer überlegte.

»Der Behälter ist jetzt still, weil wir im Zimmer sind«, sagte ich. »Aber sowie wir weg sind, möchte er zeigen, was er hinter seinem Rücken versteckt. Dann dreht er sich um und …«

Anne Johanne versuchte, sich über den Behälter zu beugen, um dahinter und durch den trüben Inhalt zu schauen.

»Entweder müssen wir den in Ruhe lassen, oder wir müssen ihn ganz schnell und mit aller Kraft umdrehen«, sagte ich.

Anne Johanne überredete mich eifrig, ihn umzudrehen, schnell und mit aller Kraft.

»Dann mache ich das, weil du mich darum bittest?«

»Ja!« Anne Johanne lächelte erwartungsvoll und eifrig.

Ich zog mit allen Kräften am Flaschenhals, und wie in Zeitlupe kam er mir langsam entgegen. Und erst jetzt, im Bruchteil einer Sekunde, ging mir auf, was die Folge meiner Anstrengungen sein würde. Alles würde herauslaufen. Die Monate der Pflege und sein Spott über den staatlichen Alkoholladen in Høn. Es half nichts, dass ich versuchte, mich gegen das Gesetz der Schwerkraft zu stemmen, der Ballon legte sich auf die Seite, und einige lange Sekunden hindurch wurden Kirsch- oder Johannisbeerwein durch den Flaschenhals und auf den Boden gepumpt, wo er im Teppich versank, ehe wir den Behälter wieder aufrecht stellen konnten, mit vereinten Kräften. Wir schoben ihn in die Ecke, ohne uns seine Rückseite anzusehen.

Wir putzten den Boden und legten Handtücher auf den Teppich, damit sie den Wein aufsaugen könnten. Pontus leckte Flüssigkeit auf und schlief ein.

Vater nahm es mit Fassung. Er sagte mit zusammengebissenen Zähnen, er hätte den Behälter in den Keller stellen sollen, er sei sauer auf uns, aber wütend auf sich selbst. Mutter sagte, die Flecken auf dem Teppich würden uns immer an den umgekippten Weinbehälter erinnern, und das sei schlimm genug.

Hatten alle Möbel eigentlich ihren eigenen Charakter?

Das für mich Aufsehenerregendste passierte abends, nachdem wir schlafen gegangen waren. Anne Johanne wollte bei mir schlafen, das heißt, sie lag wie ein zusammengerollter kleiner Hund am Fußende meines Bettes, bis sie das zu eng fand und in ihrem blauen Nachthemd und mit zerzausten Haaren in ihr Zimmer hinüberstapfte. Aber eine Weile lagen wir beide in meinem schmalen Bett, das Vater gezimmert hatte. Nachdem wir uns ein wenig um den Platz gestritten hatten, kam Vater zu uns herein. Er hatte den Weinbehälter in den Keller gestellt und hoffte, er werde sich beruhigen.

»Aber wir werden ihn da unten im Keller nicht vergessen«, sagte er und stopfte die Bettdecke um uns herum fest. »Denn dann wäre er kein Weinballon mehr. Dann könnte er zusammen mit dem Carrombrett und dem Filzteppich irgendetwas anstellen, und ehe wir Piep sagen können, hätte der Ballon unbekannte Seiten entwickelt.«

»Das soll doch ein Witz sein«, sagte ich.

»Ein Witz?«, fragte Vater. »Ich rede davon, dass der Weinbehälter seine Ruhe braucht und dass ich ihn nicht vergessen darf.«

Ich nickte. Anne Johanne nuckelte am Daumen.

Dann küsste er uns auf die Stirn und knipste das Licht aus.

In den folgenden Jahren wurde bei meinen Eltern viel Wein gemacht. Die Weihnachtsgeschenke meiner Eltern erfüllten ihren Zweck. Aber dann kam dieses Hobby aus der Mode, und die Glasbehälter wurden weggestellt. Irgendwann gegen Ende der Siebzigerjahre war auch in Høn mit dem Gären Schluss.

Als wir 2010 das Haus ausräumten, fand ich den Weinbehälter im Keller. Der stand in seinem Korb da, zwischen Vaters selbst gebautem Kellersofa, bezogen mit Mutters rot kariertem Wollbezug, und einer daran lehnenden fleckigen Matratze. Der Bodensatz im Glas war eingetrocknet und sah aus wie bräunlicher Sand. Ich warf den Behälter nicht in den Container, sondern nahm ihn mit zu mir nach Hause und stellte ihn in den Keller.

In dem Jahr steht Johannes nicht auf der Geschenkeliste. Er wurde neunundachtzig Jahre alt. Mutter ging zur Beerdigung. Im Dezember wischten wir den Schnee von dem Grabstein, den er mit seinen Eltern auf dem Friedhof bei der Kirche von Fiskum teilte. Wir legten einen Kranz hin und zündeten Grablichter an. Es war zwölf Grad unter null, und viele Grabsteine waren verschneit. Seither war ich nie wieder auf diesem Friedhof.

24

Eine neue Freundin zog nach Høn in das kleine rote Holzhaus bei der Eisenbahn. Auf die Liste für 1973 hat Mutter geschrieben: Für Elisabeth. Fußradiergummi.

Ein riesiger rotbrauner Radiergummi, geformt wie ein Fußabdruck.

Von Elisabeth bekam ich die Single »Moviestar« des Schweden Harpo.

Ich war oft bei Elisabeth, und Elisabeth war oft bei uns. Bei ihr war alles anders. Sie wohnte mit ihrer jüngeren Schwester und ihrer Mutter zusammen, die Mutter arbeitete im Kiosk am Badestrand Hvalstrand und war oft unterwegs.

Wenn ich an die Jahre mit Elisabeth denke, dann kommt sie mir fast erwachsen vor, während ich ein Kind war, und dabei war sie nur anderthalb Jahre älter als ich. Sie entschied selbst, wann sie schlafen ging, was sie für sich und ihre Schwester zu essen kochte, ob sie Hausaufgaben machen musste und welche Haustiere sie haben wollten.

Bei ihrem Einzug hatten sie den Spitz Lassie, der sie überallhin begleitete, und den Affen Pelle. Dann bekam Lassie ein ungeheuer niedliches Junges, das verdächtige Ähnlichkeit mit Pontus hatte. Pelle war genau wie Herr Nilsson, Pippis Affe. Er saß auf Elisabeths Kopf, lief an ihrem Pulloverrücken nach unten, sprang aufs Bett und von dort an einen Vorhang, er stieß allerlei Geräusche aus, und wir lachten. Wir hörten auf ihrem Plattenspieler Musik, und ab und zu übernachtete ich bei ihr, wenn ihre Mutter nicht zu Hause war.

Im Winter brachte Elisabeths Mutter Kisten mit Süßigkeiten aus dem Kiosk in einem Verschlag unter. Eine mit Zuckerzeugketten, eine mit runden flachen Lutschern, eine dritte mit Münzen aus Salzlakritz. Einmal legte ich mir mehr als zwanzig Zuckerzeugketten um den Hals, bis sie meinen Mund und meine Nase verdeckten. Stundenlang brauchte ich bloß den Mund aufzumachen, schon sprang mir eine Zuckerperle in den Mund. Abends musste ich mich mehrmals erbrechen und durfte am nächsten Tag nicht in die Schule gehen, für den Fall, dass ich ansteckend wäre.

Ich glaubte, dass Elisabeth niemals vor irgendetwas Angst hatte. Sie sagte, am liebsten komme sie nach Hause in ein leeres Haus, sie traute sich, per Anhalter zu fahren, und sie nahm ohne mit der Wimper zu zucken den Zug, sie ging gern nach Anbruch der Dunkelheit mit den Hunden in den Wald. Wenn uns ein frei laufender Hund begegnete, der Lassie oder Pontus angriff, stürzte sie sich wütend in den Kampf, riss die Hunde auseinander und brüllte Befehle, bei denen der frei laufende Hund mit eingezogenem Schwanz davonkroch. Ich beneidete sie um ihren Mut.

Damals hatten meine Ängste einen immer größeren Teil meines Daseins erobert und sich zu Zwangsvorstellungen entwickelt. Damit die Welt sich nicht um mich herum auflöste, konnte ich sie mit Wörtern festhalten, die in einer bestimmten Reihenfolge gesagt werden mussten. Wenn ich allein zu Hause war, vor allem wenn ich auf Anne Johanne aufpassen sollte, hatte ich zu fast nichts anderem Zeit, weil ich Öfen, elektrische Geräte und Kerzen auf mögliche Funken, Überhitzung oder Flammen überprüfen musste. Und die Türen. Dass sie wirklich fest verschlossen waren. War die Haustür wirklich abgeschlossen? Ich sah einmal nach, zweimal, fünfmal. War die Kühlschranktür geschlossen? Ich drückte und drückte immer wieder gegen den Schrank.

Warum ich solche Angst vor einem Brand hatte, weiß ich nicht. Ich habe diese Angst noch immer. Aber damals mochte ich mich nicht darauf verlassen, dass meine Eltern die Steckdosen ebenso gründlich überprüften wie ich, oder dass sie dafür sorgten, dass die Vorhänge im Winter nicht zu dicht über den Heizkörpern hingen. Oder dass die Kochplatten auf dem Herd ausgeschaltet waren, auch wenn das orange Lämpchen nicht brannte.

Ich hatte auch Angst davor, dass meine Familie ertrinken könnte, wenn das Wasser ungehemmt aus den Hähnen und dem Kühlschrank floss, deshalb drehte ich die Hähne so fest zu, dass die Dichtungen zerstört wurden und mein Vater sich aufregte. Aber dennoch hielt ich mehrere Minuten lang die Hand unter den Wasserhahn, um sichergehen zu können, dass kein einziger Tropfen herauskam. Ich wollte nicht mit dem Fahrstuhl fahren und konnte in Panik geraten, wenn wir auf der Autobahn in einen Stau gerieten. Oft durfte ich dann aus dem Auto aussteigen und am Rand der E 18 entlangwandern.

Es kam auch vor, dass ich nachts aus Albträumen hochfuhr, die mich nicht loslassen wollten. Dann blieb Mutter auf meiner Bettkante sitzen und redete mit mir, bis die bösen Vorstellungen verschwanden. »Komm her«, sagte sie dann. »Komm her, in die Wirklichkeit, Cecilie.«

25

Ich sehe Mutter vor mir. 1974 ist sie neununddreißig Jahre alt, noch immer Hausfrau, erfüllt von dem Willen, ordentlich, organisiert und fürsorglich zu sein. Sie wickelt schwarzes Nähgarn um Kohlrouladen, kocht Apfelkompott, zieht im Küchengarten Möhren und pflanzt im Blumenbeet Krokusse. Sie hört sich meine Sorgen darüber an, dass Pontus vielleicht nicht wieder gesund wird, nachdem er angefahren worden ist, dass ich eines Tages Brüste bekommen werde, die ich dann abschneiden muss, weil ich doch ein Kind bleiben will, dass Anne Johanne krank werden kann, weil sie nicht aufhört, vor dem Laden altes Kaugummi aufzulesen und in den Mund zu stecken. Ob es in Wirklichkeit so arme Kinder gibt wie den Bergwerksjungen Sam in der Serie, die in unserem Fernseher unten im Keller läuft. Dem Apparat, der an einer so kalten Stelle steht, damit niemand in Versuchung kommt, zu oft davorzusitzen.

Wenn sie mir zugehört und mich beruhigt hat, erzählt Mutter lange und engagiert über die Ungerechtigkeit der Welt. Darüber, dass man doch etwas ausrichten kann, wenn man in den Laden geht und unbemerkt kleine Boykottzettel auf Konservendosen mit Ananas und Obstsalat aus Südafrika klebt, und wenn man nach Asker fährt und Männer und Frauen und Berit Ås sieht, die am 8. März demonstrieren.

Mutter wird sich der Demonstration nicht anschließen, aber sie hat vor, am Straßenrand zu stehen und aufmunternd zu lächeln.

26

Als Tante Kaja zwanzig war, 1916, streckte sie die Hand aus und bekam zwei Silbermünzen von ihrem Vater, meinem Urgroßvater. Fast sechzig Jahre später packte sie diese Silbermünzen in Seidenpapier und gab sie weiter, als Weihnachtsgeschenk. Eine für meinen Bruder, eine für mich.

Vielleicht hatte Kaja sie so viele Jahre in einer Schublade aufbewahrt, zusammen mit Bleistiftstummeln und alten Schlüsseln. Dann fing sie an, über die Gegenstände nachzudenken, die sie durch das Leben begleitet hatten, und an ihren Vater mit seinem abgeschliffenen Trønderakzent, Axel Karelius Krefting. Er war ein wegweisender und innovativer Chemiker gewesen und 1900 einer der Gründer des Norwegischen Arbeitnehmerverbandes. Kurz vor Weihnachten 1913 hatte er die Norwegische Tangaktiengesellschaft und als Test eine kleine Fabrik unten im Ruseløkkbasar gegründet. Bekam Kaja die Münzen, nachdem ihr Vater 1916 vor der Polytechnischen Vereinigung seinen bahnbrechenden Vortrag über Tang als Rohstoff für neue Industriezweige gehalten hatte? Er hatte festgestellt, dass Braunalgen einen Klebstoff enthielten, der seiner Meinung nach vielseitig anwendbar war, und er hatte erst kürzlich seine eigene Firma etabliert, Sjøtang AS, die Laminariales als neuen Rohstoff für die Industrie produzieren sollte.

Vielleicht hatte die alternde Kaja die beiden silbernen Zweikronenstücke in der Hand gehalten und an den Mann gedacht, der so engagiert für etwas gearbeitet hatte, für das die Gegenwart noch nicht bereit war. Die Braunalgen brachten nicht die Einkünfte, auf die Axel Karelius Krefting gehofft hatte, und er machte 1921 Konkurs.

Der Konkurs führte dazu, dass sie aus ihrer Wohnung am St. Olavs plass in eine viel kleinere umziehen mussten. Ihren Durchbruch erlebte die Algenindustrie erst im Zweiten Weltkrieg. Aber da war Kajas Vater schon seit zehn Jahren tot, und der Verdienst ging an andere.

Ich finde das Zweikronenstück in einer Schublade. Wenn ich es in der Hand halte, geht mir auf, dass es etwas bedeutet. Ich blättere in dem Album, das ich in Høn gefunden habe, dem mit der gezwirbelten Seidenschnur. Gibt es wohl Bilder aus der Wohnung in der St. Olavs gate? Von Kaja und vom Elternhaus meiner Großmutter? Ich finde Kaja und Großmutter in langen weißen Nachthemden, während das Sonnenlicht schräg über die Tapete fällt. Das Foto stammt von 1904. Und ich sehe ein Kindermädchen mit einer großen Schürze. Großmutters Bruder, der auf langen Skiern über den St. Olavs plass läuft. Und dann sehe ich Kaja mit siebzehn Jahren, ernst, der Mund halb offen, weiße Stirn, die langen Haare fallen ihr über die Schultern. Auf der Wand dahinter sind große viereckige Schatten, von den riesigen Fenstersprossen auf der anderen Seite des Zimmers. Dort steht sie.

Ich bewege das Zweikronenstück zwischen meinen Fingern wie eine Spielerin, und ich sehe vor mir, wie diese selbe Münze bald in Kajas Hand gelegt wird, die sie auf dem Bild ausstreckt, vor einem karierten Kleid. Was ich wirklich gern tun würde, ist, auf dem niedrigen Holzstuhl neben dem Klavier zu sitzen und zu sehen, wie Axel Karelius durch die dunkle Wohnzimmertür kommt, zu hören, wie er Kaja über seinen gelungenen Vortrag vor der Polytechnischen Vereinigung erzählt und ihr danach die Münzen gibt, zum Dank, weil sie den Vortrag für ihn ins Reine geschrieben hat.

Wie viel dieses Wort geben doch enthält. Wir reden von hingeben. Übergeben. Hingabe, sich ergeben. Oder dass das Wetter sich gibt, Wind und Regen. Und die Kunst: Man gibt ein Konzert. Oder meine Mutter, die die Brust gibt, oder ein Verdächtiger, der eine Erklärung abgibt, und ein Teenager, der auf etwas einen Scheiß gibt. Oder der Schmerz, der nachgibt.

Der Mensch, der aufgibt. Etwas aus der Hand gibt.

Aufgeben? Gib auf.

Was bedeutet das? Der Geist wird für Gott aufgegeben?

Die Einkünfte werden dem Finanzamt angegeben.

Mutter, die Gaben gibt.

27

Bei Mutter wird es vor dem Fenster Herbst, und aus ihrem Zimmer ist fast alles entfernt worden, außer den drei Gemälden von uns Kindern, die an der Wand hängen. Und dem Wohnzimmertisch aus Høn, mit dem bestickten Tischläufer mit dem braunen Kaffeefleck.

In einen Schrank mit weißen Plastiktüren hat Aferdita hoch oben einige von Mutters Kinderbüchern und zwei Liederbücher gelegt, damit sie sie nicht zerreißt. Ich hole sie oft hervor, aber heute nicht. Mutter will nicht singen und nicht reden. Sie sitzt in einem braunen Pullover und einer weiten Jeans mit Ziehgürtel und Gesundheitslatschen auf der Bettkante. Sie ist sehr dünn geworden. Ich hole einen Stuhl und setze mich zu ihr.

Sie will meine Hand halten. Ich habe ihre Hand seit vielen Jahren nicht gehalten. Es sind dieselben Hände, ich kenne sie so gut. Die Form der Nägel, die langen schmalen Finger, sogar das Muster der Adern kenne ich. Ich streiche behutsam mit dem Zeigefinger über eine blaue Ader.

»Du hast schöne Hände«, sage ich.

»Habe ich schöne Hände?«, fragt sie und fängt an zu weinen. »Ich heule ja«, sagt sie.

Ihre Unterlippe bebt.

In ihren späteren Jahren veränderte Mutter ihre Sprache.

Sie sagte nicht mehr Gesicht und weinen, Hand und krank, sondern Visage, heulen, Pfote und mau.

In meinem Telefon habe ich mehrere Bilder von Geschenken, die ich bekommen habe und die ich auf den Listen gefunden habe. Muppe, das silberne Zweikronenstück, den Schutzumschlag von *Unjahre* und den Comic über Opas Ola, der mit seinem Parapluie in die Hauptstadt ziehen wollte.

Ich betrachte die gelben Blätter, die sich noch immer an die Zweige einer Birke auf der anderen Straßenseite klammern. Wegen der modernen Fenster im Pflegeheim kann ich den Wind draußen nicht hören. Ich sehe nur, wie ab und zu Blätter loslassen und zu Boden flattern. Der Herbst ist symbolträchtig.

Wenn Mutter nicht krank geworden wäre und ich trotzdem ihre Listen gefunden hätte, hätten wir über die Geschenke gesprochen, einander an die Heiligen Abende erinnert, an die Geschichten der Geschenke gedacht. Hätten über Mutters Beziehung zu Gebern und Empfängern gesprochen. Aber jetzt will ich ihr die Bilder im Telefon nicht zeigen, will nicht fragen, ob sie sich erinnert. Es kommt mir nicht richtig vor. Vielleicht sogar unpassend und gierig.

Ich will ihr keine Fragen stellen, von denen ich weiß, dass sie sie nicht beantworten kann. Ich will hier in diesem Zimmer keine Autorin auf Jagd nach Geschichten sein. Das Schwere ist, dass ich auch nicht ihre Tochter bin, nicht für sie. Ein Mensch, einfach. Der in dem grünen Besuchersessel sitzt. Wenn sie in eine andere Richtung blickt, gibt es mich nicht einmal.

»Mama?«

Sie schaut unsere Hände an. Meine liegen zwischen ihren. Sie reagiert nicht, und ihr Blick wirkt leer.

»Ich will nur sagen, dass es ziemlich blöd von mir war, damals bei der Beerdigung deiner Mutter, dass ich …«

»Sie ist begraben«, sagt Mutter.

»Ja. Schon lange«, sage ich und füge hinzu: »Sie ist sehr alt geworden und hatte ein gutes Leben.«

»Das ist schön«, sagt Mutter. Dann schweigt sie lange. Die ganze Zeit sieht sie unsere Hände an, die auf ihrem Schoß liegen. Mir tut der Rücken ein bisschen weh, durch meine vornübergebeugte Haltung.

»Ich will nur sagen, dass es blöd war, dass wir damals nicht mit dir zusammengesessen haben, in der ersten Reihe im Krematorium«, sage ich.

Mutter streichelt vorsichtig meinen Handrücken, wie einen kleinen Vogel oder ein Katzenjunges.

»Aber, aber«, sagt sie. »Das wird alles gut.«

28

Im Herbst 1975 kam der Schnee früh, und von November an war es drinnen und draußen kalt. Im Keller saßen wir in Wolldecken gehüllt und sahen im Fernsehen die *Onedin-Linie*. Mutter schloss die Türen zum Esszimmer und legte einen aufgerollten Teppich vor die Verandatür. Und nicht nur, weil Pontus jede Gelegenheit ergriff, um durchzubrennen, rief Mutter dauernd: »Tür zu!« In diesem Herbst wollte sie auch Strom sparen. Es hatte keinen Sinn, das ganze Haus zu heizen, wenn es drei Vormittage in der Woche leer stand.

Montag, Dienstag und Mittwoch umarmte Mutter Anne Johanne und mich im Windfang und schickte uns zu unseren Schulen, dann zog sie selbst Winterstiefel, Mütze und Mantel an und holte ihr rotes Fahrrad aus der Garage. Sie hatte sich ein DBS-Damenrad gekauft, um die fünf Kilometer zur Grundschule Rønningen allein zurücklegen zu können, wo sie eine Anstellung als Sekretärin gefunden hatte.

Rønningen war die erste offene Schule in Asker, ohne Klassenzimmer. Nur eine einzige große, moderne Landschaft, bedeckt mit Teppichboden. Mutter erzählte enthusiastisch über Schulstunden von zwanzig Minuten oder Doppelstunden oder das Fehlen der Schuluhr. Außerdem wurde quer durch die Altersklassen in allerlei »Stationen« unterrichtet. Mutter liebte ihre Arbeit. Und ihr Fahrrad.

Sie nahm immer das Rad. Wenn viel Schnee lag, schob sie es auf den glattesten Wegstrecken.

Vater war ebenfalls eine neue Stelle angeboten worden. Er arbeitete in einem kleinen Ingenieurbüro im Hydro-Hochhaus in der Bygdøy allé, aber nun konnte er den Posten des Direktors der NEBB bekommen, einer der größten Fabriken im Land, die unter anderem Wasserkraftgeneratoren und elektrisches Zubehör für Züge, Schiffe und die Ölindustrie herstellte. Vater fand es eine überwältigende Vorstellung, dass er eine Fabrik mit viertausend Angestellten leiten sollte.

»Wir könnten dann das Darlehen viel schneller zurückbezahlen«, sagte Vater.

»Wärst du dann nicht sehr viel unterwegs?«, fragte Mutter.

»Nein, nicht so viel, und die Kinder werden ja auch größer.«

Mutter sagte nichts, seufzte aber tief.

»Gibt es vielleicht einen anderen Grund, warum du nicht möchtest, dass ich diese Stellung annehme?«

Vater schien enttäuscht zu sein. Andere Frauen wären stolz auf ihren Mann gewesen, hätten damit geprahlt, dass er Karriere machte, Erfolg hatte, höheren Lohn erhielt.

»Vielleicht«, sagte Mutter.

»Können wir nicht darüber reden? Vielleicht finden wir gemeinsam eine Lösung?«

»Die stellen Generatoren für Wasserkraft her, oder?«

Vater nickte. »Ja. Und vieles andere auch.«

»Das bedeutet, dass sie dazu beitragen, Wasserfälle in Rohre zu sperren und uns eine Entschuldigung zu liefern, unseren Stromverbrauch zu steigern, um dadurch ...«

»Aber sie stellen auch das gesamte elektrische Zubehör für Lokomotiven her. Das Gegenteil von privatem Autoverkehr«, sagte Vater.

»Na gut, aber du kannst nicht unbedingt sagen, ›Frau Enger meint, wir sollten keine Generatoren mehr für Wasserkraft und Ölindustrie herstellen‹, und damit Gehör finden?«, fragte Mutter.

»Nein. Zum Glück nicht. Der Posten des aufgeklärten Despoten wird anderen angeboten.« Vater lächelte. »Ruth, ich habe Lust auf diese Arbeit. Du brauchst keine Repräsentationsgattin zu werden, auch wenn ich den Job annehme. Aber ich warne dich, uns wird ein Chauffeur angeboten werden.«

Er lächelte noch einmal und tippte sich an eine fiktive Chauffeursmütze.

»Um Himmels willen, nein!«, sagte Mutter und schlug die Hände vors Gesicht, mit gespreizten Fingern, damit sie Vater trotzdem lachend ansehen könnte.

»Dann fährst du weiter auf deinem roten Rad, und ich nehme ab und zu den Chauffeur in Anspruch. Er heißt übrigens Finch und ist sehr sympathisch. Aber ansonsten nehme ich den Zug. Die Fabrik liegt gleich neben dem Bahnhof Skøyen.«

»Dann kannst du deine Mutter ja auch leichter besuchen?«, fragte Mutter.

»Ja«, sagte Vater.

So kam es dann.

Weihnachten 1975 schenkten meine Eltern der Mutter meines Vaters und den Eltern meiner Mutter jeweils eine NEBB-Aktie. Alle drei hatten noch nie eine Aktie besessen.

Von Maja Lise und Arne bekamen meine Eltern Dag Solstads Roman *Der Platz des 25. September*. Sie lasen den Roman beide, da er in Halden spielte, in der Zeit, in der sie selbst jung verheiratet dort gewohnt hatten. Und weil er vom Kampf gegen die EG handelte.

»Das ist doch sehr gut geschrieben«, murmelte Mutter eines Sonntags kurz nach Neujahr, sie hielt das Buch auf dem Schoß. Ich durchsuchte die Weihnachtskörbchen am Baum auf vergessene Smarties.

Vater war mit Pontus auf Skitour gewesen. Jetzt hockte er vor dem Kamin und legte schmale Papierstreifen und Holzscheite hinein.

»Was ich bisher gelesen habe, beeindruckt mich überhaupt nicht«, sagte Vater.

»Nein?«

»Nein.«

Mutter las weiter. Vater hielt ein Streichholz an einen Papierstreifen und sah zu, wie er Feuer fing.

»Nimmst du meinen Comic zum Feuermachen?«, fragte Elling, der in der Tür stand.

»Tu ich das?«, fragte Vater erschrocken. »Das kann doch nicht sein? Ich hab ein Stück Papier aus dem Holzkorb genommen.«

»Und das war der Comic«, sagte Elling. »Idiot!«

»Was hast du gesagt?« Vater erhob sich.

»Ich habe gesagt... vergiss es. Aber du musst mir den Comic bezahlen. Du kannst doch nicht einfach meine Sachen zum Feuermachen nehmen.«

»Na gut, tut mir leid, und ich bezahle den Comic. Aber der lag im Holzkorb.«

»Okay, dann suche ich mir auch Sachen, die rumliegen, und mache damit, was ich will. Zum Beispiel, das *Technische Wochenblatt* lag auf dem Klo, deshalb hab ich mich damit abgewischt, oder so.«

»Warum gefällt dir das Buch nicht?«, fragte Mutter. »Weil die beiden Brüder Maoisten sind, oder wegen des Kapitels, das ich gerade gelesen habe, über die Leitung der einen Papierfabrik, die die Gemeinde dazu zwingt, am Strand – im Naherholungsgebiet aller – Industrie- und Hafenanlagen zu bauen?«

»Nein, deshalb nicht.« Vater redete langsam und klang gereizt. »Ich bin durchaus imstande, eine Beschreibung eines unsympathischen Fabrikdirektors zu lesen, ohne den Roman deshalb zu verurteilen. Du weißt, dass ich ebenso gern lese wie du, und erzähl mir von einem einzigen sympathischen Fabrikdirektor oder Besitzer in einem norwegischen Roman? Den gibt es nämlich nicht. Aber bedeutet das, dass ich norwegische Romane nicht leiden kann?«

»Das nicht, aber du brauchst auch nicht sofort in den Schützengraben zu steigen.«

»Tu ich das? Ich steige ja wohl nicht in den Schützengraben, ich sage bloß, dass mir dieses Buch, das wir bekommen haben, nicht gefällt. Ich finde, jede einzelne Person in diesem Roman wirkt wie eine Parodie, eine Karikatur. Wo sind die, die sich für die Gemeinschaft einsetzen, als anständige Fabrikbesitzer? Wo ist der Direktor, der die Gewerkschaften unterstützt? Der glaubt, dass er dazu beiträgt und dafür kämpft, zum Besten der Gemeinschaft Arbeitsplätze einzurichten? Wo ist der Maoist, der sich fragt – und sei es auch nur für einen winzigen Augenblick –, ob sein Kampf richtig ist? Ob er für die richtigen Werte kämpft? Es provoziert mich wirklich, dass jeder einzelne Chef in diesem Buch seinen Posten von seinem Vater oder Großvater geerbt hat und diese Stellung bekleidet, obwohl er hoffnungslos unfähig ist. Was würdest du sagen, wenn jede einzelne Sekretärin und jede einzelne Vertreterin im Gemeinderat immer nur als Idiotin dargestellt würde?«

Mutter lächelte. »Weißt du was, Finn, das werden sie!«

Mutter tippte mit dem Zeigefinger auf den gelben Buchumschlag und fügte hinzu: »In diesem Buch werden ja absolut sämtliche Sozialdemokraten und jedes einzelne Gewerkschaftsmitglied kritisiert, weil sie die Interessen der Arbeiterklasse verraten haben.«

»Du hast aber nicht gesagt, warum.«

»Was denn, warum?«

»Ja, warum wird ihnen vorgeworfen, die Interessen der Arbeiterklasse verraten zu haben? Denn wenn du schon so weit gelesen hast, dann weißt du, dass dieser Axel, oder vielleicht auch der andere Bruder, dass sie den Verrat an den Arbeitern darin sehen, dass die anderen mit der Betriebsleitung und den Besitzern zusammenarbeiten wollten.«

»Ja, gut. Und?«

»Nein, mehr nicht. Ich hab Hunger.«

»Ich auch«, sagte ich. »Hier gibt's absolut keine Smarties mehr.«

Vater stellte den Funkenschutz vor den Kamin. Dann drehte er sich zu Mutter um und sagte mit übertriebener Kellnerstimme: »Ja, wünschen Sie oder andere Hausbewohner frisch gebackenes Graubrot, geknetet von gierigen Direktorenhänden? Mit Marmelade, gekocht aus Beeren, die idiotische Sekretärinnenfinger gepflückt haben?«

Mutter lächelte und sagte, ja, bitte. »Aber deine Direktorenhände haben auch mal Kartoffeln geerntet. Das solltest du nicht vergessen.«

»Aber nie im Leben«, sagte Vater und fügte hinzu: »Seit wann sagst du ernten und nicht mehr ausmachen?«

»Seit eben.«

29

Ein paar Jahre lang sammelte ich Porzellanpferdchen, und von Patenonkel Jon Erik bekam ich 1975 am Heiligen Abend zwei Stück. Sie waren wunderschön, wie echte Schimmel, aber so klein, dass sie in meine Hand passten. Ich stellte sie auf den Wohnzimmertisch. Die Apfelsinen und das Spritzgebäck wirkten riesig im Vergleich zu meinen beiden Figuren. Das eine lag, das andere stand auf dünnen Beinen. In meinem Bücherregal standen schon sieben Porzellanpferde. Ich war froh über das Geschenk, richtig glücklich. Die beiden Pferde sollten meine Sammlung bereichern, ein Teil der Herde sein.

Als im Januar die Schule wieder losging, steckte ich das eine Pferdchen, das liegende, in die Tasche meines Dufflecoats. Seine Beine waren in einem Stück gegossen und konnten deshalb nicht so leicht abbrechen oder irgendwo hängen bleiben. Ich musste immer wieder das glatte, kalte Porzellan anfassen. Auch als ich an Rektor Johnsens Tür klopfte. Ich war zur Schülersprecherin gewählt worden, und bei einer Sitzung hatten wir beschlossen, dass es den ältesten Schülern erlaubt sein müsste, außerhalb der Schulzeit andere auf dem Fahrrad mitzunehmen.

»Was hast du auf dem Herzen, Cecilie?«, fragte Johnsen. Er lächelte niemals aufmunternd, wenn er einen Schüler oder eine Schülerin sah, sondern blickte fast immer tiefernst.

»Also«, sagte ich, »wir meinen, dass die Schule uns kein Fahrradverbot auferlegen darf, wenn wir andere auf dem Gepäckträger mitnehmen, zum Beispiel am Wochenende.«

Ich strich mit dem Zeigefinger über das Maul des Pferdchens in meiner Tasche.

»Das meint ihr also?«, fragte Johnsen und nickte langsam. »Was ist mit dem Schulweg? Ist es da weniger gefährlich, wenn die letzte Stunde vorbei ist?«

»Auf dem Schulweg kann es noch immer verboten sein. Wir reden hier von der Freizeit«, sagte ich und fand eine harte, fremde Kante an der Figur. Ob der Schwanz abgebrochen war?

»Der Schulweg gehört auch zur Freizeit. Und es ist uns lieber, wenn ihr mit heiler Haut hin und her fahrt. Und wenn ihr jeden Montag heil zur Schule kommt.« Seine Stimme war tief. Er rückte seinen Schlipsknoten gerade.

Ich nickte. »Schon. Aber wenn unsere Eltern uns erlauben, jemanden auf den Gepäckträger zu nehmen, an einem Samstag, dann ist es blöd, dass wir trotzdem das Gefühl haben müssen, gegen eine Schulregel zu verstoßen. Und die von Hofstad dürfen andere auf dem Fahrrad mitnehmen.«

Ich wühlte in der Tasche und fand den kurzen Pferdeschwanz. Er war abgebrochen, obwohl ich so vorsichtig gewesen war. Ich zog den Schwanz hervor.

»Oh, nein«, sagte ich.

»Ist etwas passiert?«

»Ja. Es hat sich den Schwanz abgebrochen«, sagte ich. Ich zog die weiße schwanzlose Gestalt aus der Tasche.

»Warum hast du es denn in der Tasche, wenn es doch zerbrechen kann?«, fragte Johnsen.

»Ich weiß nicht. Ich hatte gedacht, das könnte nicht passieren.«

»So wie du denkst, dass niemand mit dem Fahrrad verunglücken kann, weil Wochenende ist?«

Ich wusste nicht, was ich sagen sollte. Das Pferd hatte den Schwanz verloren. Vielleicht könnte der angeklebt werden? Ich durfte mir jetzt nicht einbilden, dass das Pferd Schmerzen hätte. Ich war dreizehn Jahre alt. Aber es war meine Schuld, dass es zerbrochen war. Ich hatte es von der Herde im Bücherregal weggenommen.

»Ich werd's mir überlegen«, sagte Johnsen.

»Schön«, sagte ich und fügte hinzu: »Das war einstimmig.«

»Davon bin ich überzeugt«, sagte Johnsen.

Auf dem Gang vor dem Büro spürte ich plötzlich, wie der Ärger in mir aufstieg. Ich würde den Schwanz ankleben, aber nicht die ganze Schuld auf mich nehmen. Und jetzt würde es ganz hinten in der Herde stehen, mit dem Rücken zur Wand, damit niemand sehen könnte, dass es geklebt war.

30

Zusammen mit einer Freundin schrieb ich eine kurze Geschichte über ein Mädchen, das in seinen Lehrer verliebt ist und das um Nachhilfeunterricht bittet. Als sie dann endlich die Bruchrechnung begriffen hat, küsst sie den jungen Mann ausgiebig und leidenschaftlich als Dank für die Hilfe. Wir schickten die Geschichte an die Spalte »Mein erster Kuss« der Zeitschrift *Romantik*, unter dem Pseudonym Fisch 63. Im Dezember 1976 wurde sie gedruckt, und wir bekamen dafür fünfzig Kronen.

Für meine fünfundzwanzig Kronen kaufte ich für Anne Johanne zu Weihnachten eine rote Brieftasche und für Elling ein Donald-Duck-Quizbuch.

In diesem Jahr schenkten meine Eltern sich gegenseitig ein Bild von Hans Normann Dahl. Schon Wochen vorher stand es, gehüllt in ein grün kariertes Flanelllaken, in ihrem Schlafzimmer. Als wir am Heiligen Abend unsere Geschenke auspackten, holte Vater es herein. Mutter nahm das Laken weg und zeigte uns das Bild. Wir sahen es uns an, nickten, und ich wollte es in die Hand nehmen. Ich stützte es auf meine Knie und konnte die Augen nicht von dem Mädchen losreißen, das auf einem kräftigen Pferd auf mich zugeritten kam, von dem großen Pferdekopf, der zerzausten Mähne und dem Mädchen mit der seltsamen Kopfbedeckung, ganz vorn im Bild, fast auf meinem Schoß, und dem Kleid, das sich mit den Schritten des Pferdes bewegte. Über dem Pferderücken lag eine Lanze. Hinter dem Mädchen: eine Ackerlandschaft mit zwei weiteren Reitern. Auch sie hatten Lanzen. Mutter erzählte, sie hätten das Bild auf der Ausstellung *Seht Norwegens Künstlertal* gesehen und es zu einem guten Preis kaufen können.

»Es war ein wenig beschädigt, aber das macht uns nichts aus.« Mutter lächelte.

Das Bild war so lebendig, aus einer anderen Zeit. Je länger ich es ansah, umso lebendiger wurden Mädchen und Pferd. Die ferne Zeit kam näher.

»Du siehst vielleicht, dass oben links ein Riss im Himmel ist?«, fragte Mutter.

Ich ließ meinen Blick zum Himmel wandern und sah die Wolken, die lang und hell über der Landschaft schwebten, sie waren aus zerrissenem Papier.

»Da war offenbar ein Fleck, Marmelade vielleicht? Und die war irgendwo kleben geblieben. Deshalb nahm der Künstler ein Messer und schnitt genau da, wo der Riss entstanden war, eine Sonne hinein. Und hinter der Reiterin ist ein Mond, denn auch da war etwas festgeklebt.«

Ich wollte das nicht hören, sie sollte nicht über das Mädchen und das Pferd reden wie über irgendeinen leblosen Gegenstand. Ich fand, sie sollten sich nicht so in die Dinge einmischen. Natürlich gab es auf dem Bild eine Sonne und einen Mond. Er war wie in *Mio, mein Mio,* sie reiten durch Tag und Nacht.

»Können wir noch ein Geschenk auspacken?«, fragte Anne Johanne ungeduldig.

Mutter nahm mir das Bild vom Schoß und lehnte es an die Wohnzimmerwand.

»Für Mama und Papa, von Cecilie«, las Anne Johanne vor und legte mein Geschenk Vater auf den Schoß.

Ich hatte mich so darauf gefreut, ihre Gesichter zu sehen, wenn sie mein Geschenk auspackten. Stundenlang hatte ich mit Wasserfarben dagesessen und das Bild einer grauen Vase mit Wiesenblumen gemalt, die auf einer weißen Tischdecke steht. Unter blauem Himmel. Aber nachdem ich das dynamische Pferd und das Mädchen gesehen hatte, war mir meine starre Vase peinlich.

»Das ist ja die Vase aus Rutland!«, sagte Vater. »Was für ein schönes Bild, tausend Dank!« Er stand auf und umarmte mich, ehe er das Bild an Mutter weiterreichte.

»Ein Stillleben!«, sagte sie und nickte beifällig.

»Es sieht doch total tot aus«, sagte ich. »Damit verglichen.« Ich zeigte auf das Bild von Hans Normann Dahl an der Wand.

»Grateful Dead«, sagte Elling.

»Das Stillleben ist eine eigenständige künstlerische Form«, sagte Mutter. »Es lässt gewissermaßen die Dinge reden. Wenn das Mädchen auf dem Pferd auf dem Bild hier am Tisch säße, könnten wir nie im Leben sehen, wie schön deine Vase ist. Auf so ein Bild gehören keine Menschen.«

»Der Mensch ist auch nicht notwendigerweise das Maß aller Dinge«, fügte Vater hinzu.

»Wie meinst du das?«, fragte Mutter und schaute mit gereizt gerunzelter Stirn vom Bild hoch. »Meinst du, dass man alles an den Maschinen messen soll? Oder am Geld? Oder an der Produktivität?«

»Das habe ich nicht gemeint, nein.«

»Was hast du dann gemeint?«

»Vielleicht könnten wir einfach noch ein Geschenk aufmachen?«

»Ich finde, du kannst sagen, was du denkst«, sagte Mutter. »Ich bin jetzt wirklich neugierig.«

»Hier!«, sagte Anne Johanne und legte Mutter ein kleines weiches Päckchen auf den Schoß. »Das ist für Pontus!«

Mutter hatte keinen Blick für das Geschenk, ein neues Halsband, wie wir alle wussten. Sie schaute Vater auffordernd an.

»Ich hatte nicht an Produktivität oder Geld gedacht. Ich dachte, dass Dinge sich vielleicht selbst messen können? Stell dir vor, es wäre so, dass eine Vase sich mit einer anderen, weniger schönen Vase vergleicht, wenn sie zusammen im Schrank stehen. Ich stelle mir zum Beispiel gern vor, dass mein alter Wanderrucksack mich vermisst, jetzt, wo ich ihn nicht mehr so oft benutzen kann wie früher.«

»Die Diskussion, wer wozu keine Zeit hat, brauchen wir heute Abend nun wirklich nicht«, sagte Mutter.

»Ich habe das ganz buchstäblich so gemeint«, sagte Vater. »Ich hoffe, ich fehle ihm. Die Dinge, die uns die liebsten sind, fehlen uns doch auch.«

Vater sah mich an. »Mutter hat das Bild ein Stillleben genannt. Also ein stilles Leben.«

Ich nickte. Ihr seltsames Gespräch ließ mein Bild schöner aussehen.

»Das war eigentlich gut gesagt«, sagte Mutter und lächelte Vater herzlich zu.

»Wenn du genau hinsiehst, kann ich mir fast vorstellen, dass du zuerst die Blumen gepflückt und sie dann in die Vase gestellt hast«, sagte Mutter. »Und dass du dann die Vase auf den Tisch gestellt und deinen Farbkasten geholt hast, nicht wahr?«

Wieder nickte ich.

Aber ich hatte die Blumen ja nicht gepflückt oder die Vase auf den Tisch gestellt. Ich hatte nur gemalt.

»Ich glaube, das war ein bisschen zu viel Kartoffelwein«, sagte Elling. »Ich finde das Bild ja auch schön, wirklich, aber ...« Er schaute zu Vater hinüber. »Wenn du glaubst, dass dein alter Rucksack im Schrank steht und sich nach dir sehnt, dann glaube ich, dass du ihn vielleicht mit noch mehr Eigenschaften vollstopfst, als in der Werbung behauptet wird.«

31

Eirin bringt aus der Schule eine Tonschale mit nach Hause, die sie im Werkunterricht hergestellt hat.

»Die ist ja unglaublich schön«, sage ich.

Sie hält die Schale in den Händen, schaut sie an. Ich sehe, dass sie stolz ist. Die Schale hat eine weiße Glasur mit roten Tupfen.

»Soll die ein Weihnachtsgeschenk sein?«, frage ich.

»Ja«, sagt Eirin. »Für Lindi.«

Ich nicke.

»Sie wird sich ja so sehr freuen«, sage ich.

»Bist du neidisch?«, fragt Eirin. Sie lächelt erwartungsvoll.

»Ein bisschen vielleicht, aber damit kann ich leben.«

Vor fast fünfunddreißig Jahren habe ich Lindi mein erstes Weihnachtsgeschenk überreicht. Sie kam in meine Klasse, als ich zwölf war, und seither haben wir uns gegenseitig beschenkt. Viele Jahre hindurch steht sie auch auf Mutters Listen. Weihnachten 1977 ging Mutter schon auf die Hochschule für Journalismus, und Lindi kaufte ihr zwei Bleistifte und ein Farbband für ihre Schreibmaschine, 1980 schenkten wir uns gegenseitig Karten für ein Konzert in der Osloer Kneipe Krølle.

Und jetzt beschenken sich Eirin und Lindi zu Weihnachten gegenseitig. Ohne die Listen hätte ich nicht an die Kontinuität in der Geschenkentwicklung gedacht. Die Listen sind meine Karte der Menschen, die in Mutters Leben aufgetaucht und wieder daraus verschwunden sind. Einige von ihnen stehen noch immer in Verbindung zu meinem Leben und zu dem meiner Kinder.

In dem Jahr, ehe die Mutter meiner Mutter starb, suchte mein Großvater Zeichnungen, Bücher und Gegenstände heraus, die sie gemacht hatte oder mit denen sie auf irgendeine Weise verbunden war. Er packte sie ein und schenkte sie uns Enkelkindern zu Weihnachten. Er wollte, dass wir diese Geschenke von Oma bekämen, sie nicht erbten. Das Letzte, was ich von ihr bekam, von Opa ausgesucht und eingepackt, war das Originalmanuskript für ein Hörspiel, das sie 1960 geschrieben hatte.

Jetzt suche ich das Hörspiel heraus, lese es und erinnere mich an Opas Stimme. So muss er es sich gewünscht haben.

Ich sehe die gepunktete Schale an, die Lindi am Heiligen Abend auspacken wird. Die Mutter ein Farbband geschenkt hat, als sie ungefähr so alt war wie Eirin jetzt.

Eirin hat gesagt, dass sie Lindi immer etwas zu Weihnachten schenken wird, weil Lindi sich immer so über ihre Geschenke freut.

Als Eirin vielleicht sechs Jahre alt war, hatte sie einige schöne, zerbrechliche Muscheln gefunden und sie auf Watte in eine Schachtel gelegt.

»Für wen sind die denn?«, fragte ich.

»Die wollen zu Lindi«, sagte Eirin.

»Die sind für Lindi, meinst du sicher?«

»Ja. Die wollen zu ihr.«

»Woher weißt du das?«

»Das haben sie gesagt. Weil sie alles Mögliche mit ihnen machen kann. Sie können auf einem Gürtel sitzen oder Schmuck werden oder Salz enthalten, vielleicht? Sie können alles Mögliche und haben unterschiedliche Namen.«

»Die sind schön«, sagte ich. »Lindi und die Muscheln werden sich alle freuen.«

Eirin nickte. »Das weiß ich«, sagte sie.

32

Ich wachte auf und begriff, dass es noch immer Nacht war. Ich lag im Bett, unter der Mansardendecke, und versuchte herauszufinden, ob ich spüren könnte, dass Weihnachten war, auch wenn es still und dunkel war. Als ob meine Gedanken an den Baum unten im Wohnzimmer, an die eingepackten Geschenke, den Weihnachtsstrumpf mit Mandarinen, Rosinen und einem Weihnachtscomic an der Tür, Disney im Fernsehen, Weihnachtspudding – als ob die Gedanken an diesen Tag von selbst ein Licht heraufholen und die Finsternis vertreiben könnten. Ich war fünfzehn Jahre alt und flüsterte: Fröhliche Weihnachten. Und wünschte mir, diese Wörter könnten schneeweißes Morgenlicht und die Gewissheit heraufbeschwören, dass der Heilige Abend magisch werden würde, wie früher, als ich noch klein war.

Für Anne Johanne war es noch immer so. In einigen Stunden würde sie aufwachen und das Kribbeln im Körper spüren, und sie würde sich über den kalten Boden schleichen und vorsichtig meine Zimmertür öffnen, um nachzusehen, ob ich noch schlief, und sie würde leise fragen, ob wir nach unten gehen und uns die Geschenke ansehen sollten. Und ich würde mitgehen.

Ich lag im Bett und stellte mir vor, wie wir uns den Weihnachtsbaum mit dem vertrauten Schmuck ansahen, mit dem

Dompfaff, den Ketten aus Buntpapier und dem rot-weißen herzförmigen Korb mit R und F, für Ruth und Finn, auf der einen und 1959 auf der anderen Seite. Ich sah ganz deutlich vor mir, wie wir langsam um den Baum kriechen und die von/an-Karten lesen und uns vorstellen würden, was die weichen, die harten, die kleinen und die größeren Pakete enthielten. Wir würden um den Baum herumziehen wie die Ringe um den melancholischen Planeten Saturn.

Die Bilder davon, was dieser Tag sein würde, waren so klar. Rotes Geschenkband, A-Hörnchen und B-Hörnchen an Donalds Weihnachtsbaum, kalte Schweinerippe und warme Sahnesoße, satt auf dem Teppich unter dem Tisch liegen, Mandarinen. Hände um den Baum, der Weihnachtsstern, der oben auf der Baumspitze schief hing.

Noch immer hatte, während ich im Dunkeln in dem schmalen Bett lag, der Heilige Abend diese lebendigen Bilder in sich. An die Geschenke dachte ich nicht als Kindheitserinnerung zurück, sie waren deutlich, weil sie noch ungeöffnet waren, noch nicht verstummt, weggeworfen, vergessen, verschenkt. Die Dinge waren keine Vergangenheit.

Ich streckte die Hand ein wenig nach links aus und fand den Lichtschalter. Es war zehn nach drei Uhr nachts. Im Licht der Nachttischlampe verschwanden die Weihnachtsbilder beim Anblick der braunen Cordhose und des gestreiften Pullovers aus Wollresten auf dem Stuhl.

Ich dachte, dass an dem Tag, an dem es mich nicht mehr gab, alle Bilder unserer Heiligabendfeiern verschwinden würden. Ich nahm das Tagebuch aus dem Nachttisch und schrieb: Alle Bilder von Weihnachten gibt es jetzt, jetzt, jetzt, wenn ich die Augen zumache. Was soll ich tun, damit sie nicht nur kindliche Traumbilder bleiben?

Ich knipste das Licht wieder aus.

Genau wie ich mir das vorgestellt hatte, krabbelte ich im Schlafanzug um den Baum, zusammen mit Anne Johanne und Elling, als der Morgen des Heiligen Abends kam. Es war warm im Wohnzimmer, Mutter oder Vater hatten im Kamin eingeheizt, wir benutzten ihn nur zu Weihnachten. Wir fassten die Pakete an, drückten, lasen, stellten uns fantastische Dinge vor, rieten und zogen einander auf. In den Weihnachtskörbchen steckten Smarties und Gummibärchen, die Weihnachtsdecken lagen auf den Tischen, unter den Lampen an der Wand hingen Weihnachtswichtel aus Wolle, der Juteumschlag für die Weihnachtspost lehnte prall gefüllt an der Wand, das Plakat mit den kleinen Weihnachtsfrauen klebte über der Wohnzimmertür. Das Zimmer war selbst ein Geschenk.

Mutter und Vater wollten uns unser »eigenes« Weihnachten geben, deshalb hatten wir schon seit Jahren nicht mehr mit der ganzen Familie in Volvat gefeiert. Entweder kam Vaters Mutter zu uns, oder wir waren nur zu fünft. »Und Pontus«, wie Anne Johanne immer sagte, wenn jemand ihn nicht in die Familienzählung einbezog.

Mutter war immer darauf gespannt, was ihre Eltern ihr schenken würden.

Wenn sie nachts an einem Vorstellungsbild dessen gewebt hatte, was ihre Eltern ihr zugedacht hatten, dann löste sich das jetzt im Licht des Weihnachtsbaums auf. »Sieh mal«, sagte sie und hielt zwei Bücher hoch. »Tausend Dank, Mutter und Vater«, sagte sie mit lauter Stimme. Sie lächelte mit geschlossenem

Mund und nickte, wie zur Bestätigung. Aber ich sah, dass ihre Augen blank waren. Sie hatte den neuesten Roman von Doris Lessing bekommen, *Die viertorige Stadt* – Doris Lessing war eine Autorin, die sie gern las –, und Dagfinn Grønosets Buch *Anna oder das verkaufte Leben*. Die Bücher waren nur für Mutter bestimmt. Vater bekam ein altes Rotweinglas für Smådøl.

Drei Jahre zuvor hatten wir in den Bergen eine Hütte gebaut. Ein kleines Haus von sechzig Quadratmetern in Smådøldalen in Ulvdal. Weit entfernt von Menschen und Straßen, mit Plumpsklo, Wasser aus dem Bach, Gaskocher auf dem Küchentisch und Monopolyspielen am Wohnzimmertisch. Etagenbetten, Holzofen, Angel. Ein Paradies. In der Nähe, was Vater vermisst hatte, Kühe auf der Alm, Hochgebirge, Heidekraut und Rentierherden. Jetzt hatte er noch dazu sein eigenes Weinglas, das er auf dem Rücken durch die rote Hüttentür tragen würde. Meine Großeltern kamen nie hinauf in die Berge. Vielleicht war es ihnen zu weit von Theater und Straßenbahn entfernt? Aber mehrere Jahre lang bekamen wir von ihnen Hüttengeschenke – schönes Zubehör zu etwas, das ihnen als primitives Gebirgsleben erschien.

Ich schaue die Liste an, Mutters Bleistiftschrift: *Die viertorige Stadt* und *Anna oder das verkaufte Leben*. Hinter den zweiten Buchtitel hat sie ein kleines Ausrufezeichen gesetzt. Deshalb glaube ich, dass es das Anna-Buch war, das Mutter traurig machte. Nicht weil es sich um die Schilderung einer bitteren Kindheit und eines unendlich harten Erwachsenenlebens handelte, bei dem Anna von ihrem Mann verkauft wurde und auf einem Einödhof in Femundsmarka landete, sondern weil Mutter dieses Buch von ihren Eltern bekommen hatte.

Wenn es von mir oder von Vaters Mutter gekommen wäre, hätte sie sich gefreut, sie hätte es gelesen und zwischendurch empört und lebhaft erzählt, wie hart das Leben sein kann. Aber von ihren Eltern wünschte sie sich, dass ihre Geschenke zeigten, wie ihre Eltern über sie dachten. Jetzt blätterte sie ein wenig unsystematisch im Buch und murmelte etwas über Illustriertengeschichte, während sie sich in die Vorstellung verbiss, dass ihre Eltern sie nicht intellektuell genug fanden. Oder jedenfalls seichter als Maja Lise. Denn Mutters älterer Schwester hätten sie dieses Buch bestimmt niemals geschenkt.

Mutter wollte immer voller Begeisterung zusehen, wie die Geschenke geöffnet wurden, und aufschreiben, wer was bekam, aber jetzt saß sie sehr lange schweigend da.

33

Heute regnet es, ein kalter Novemberregen. Eirin und ich fahren nach Bråset. Obwohl der erste Schnee gefallen und wieder verschwunden ist, riecht es an der Straße nach dunkler, feuchter Erde. Bei Mutter riecht es immer vage nach Medizin und Urin. Das Erste, was ich mache, wenn ich ihr Zimmer betrete, ist, das Fenster zu öffnen.

Ich will sie nicht verletzen und sage, es sei schön, riechen zu können, dass der Winter im Anmarsch ist. Mutter sitzt in ihrem Sessel. Sie schaut aus dem Fenster auf das feuchte Beet und die kahle Hecke. Ihre Haare sind ordentlich gekämmt, sie sehen sauber und frisiert aus.

»Hallo, Oma«, sagt Eirin.

»Da bist du endlich«, sagt Mutter. Sie streckt die Hände nach Eirin aus und legt sie ihr auf die Wangen. Dann fängt sie an zu weinen.

»Du bist die Einzige, die ich habe«, sagt sie.

»Aber du hast doch auch Mama«, sagt Eirin. »Und viele andere.« Sie legt ihre Hände auf Mutters. Mutter gibt keine Antwort, und nach einigen Sekunden befreit Eirin sich aus dem etwas zu harten Zugriff um ihr Gesicht.

Aber jetzt scheint etwas anderes in Mutters Gedanken geschwemmt worden zu sein, etwas, das sie für uns unzugänglich macht.

Eirin flüstert mir zu: »Sie hat doch sogar Opa, obwohl sie immer geschieden waren.«

»Sie waren doch nicht immer geschieden«, sage ich.

»Aber fast«, sagt Eirin.

»Auch nicht fast. Und Oma hat das sowieso vergessen.«

»Aber sie wollte sich doch scheiden lassen, nicht wahr?«, fragt Eirin.

»Ja, das war vielleicht so. Wir reden später darüber«, sage ich.

»Opa kommt dich morgen besuchen. Finn, meine ich«, sagt Eirin und stellt sich vor Mutter.

Mutters Gesicht leuchtet auf.

»Finn und du und ich«, sagt Mutter. Sie holt tief und zufrieden Luft. Dann zeigt sie auf mich und fügt hinzu: »Aber die da nicht!«

Eirin ist elf Jahre alt und wirft mir einen vielsagenden Blick zu. Sie versteht, dass ich verletzt bin, meint aber, ich sollte den Mund halten.

Aber das schaffe ich nicht. »Das ist wirklich gemein von dir«, sage ich. »Über mich zu reden wie über eine Fremde oder eine Einbrecherin. Weißt du nicht, dass ich deine Tochter bin?«

»Hör nicht auf sie«, sagt Mutter zu Eirin.

»Willst du mit ins Chinacafé kommen?«, fragt Eirin.

Ihr Zimmer, es ist so leer. Klein-Wau sitzt auf dem Tisch, eng umschlungen von Evakuierungs-Wau, einem Notschmusetier, das ihre Mutter im Krieg gebastelt hat, es ist mit Zeitungspapier ausgestopft. Wir hatten Evakuierungs-Wau in Høn in einer Plastiktüte in Mutters Kleiderschrank gefunden.

Sie fehlt mir plötzlich so schrecklich. Sie fehlt mir. Die Frau, der gerade von ihrer Enkelin in die Jacke geholfen wird, ist nicht meine Mutter, sie erinnert ja kaum an sie.

»Red du solange mit Madame Bovary«, sagt Mutter zu mir, während Eirin den Reißverschluss zu ihrer Brust hochzieht.

»Ja, das werde ich«, sage ich. »Wenn ich nach Hause komme.«

Wir fassen Mutter am Arm und führen sie zum Auto. Sie hat größere Probleme mit dem Gleichgewicht. Sie ärgert sich, wenn ich sie stützen muss, und gerät in Verzweiflung, wenn sie allein geht. Wenn sie Eirin auf der anderen Seite hat, ist es leichter, dann kommt sie sich vor wie eine in einer Reihe. Sie pfeift einen alten Choral.

Während ich nach Røyken fahre, denke ich an Madame Bovary. Wie ist dieser Name in ihr Gehirn gelangt? Hatte sie den Buchtitel über den Bildschirm im Aufenthaltsraum flimmern sehen, oder ist es so, dass winzige Stücke konzentrierter Erinnerung zwischen den fast unsichtbaren Gehirnwindungen liegen, noch nicht ganz zerfressen und fähig, eine physische Wirklichkeit von damals zu erkennen, als sie diesen tragischen Roman über französische bürgerliche Langeweile oder Frauenbefreiung oder chauvihafte Gleichgültigkeit oder wovon auch immer *Madame Bovary* nun handeln mag gelesen hat?

»Hier war ich gestern«, sagt Mutter, als ich ihr aus dem Auto geholfen habe. Vielleicht stimmt das, vielleicht nicht. Wir gehen auf das Café zu, wo es Waffeln und Frühlingsrollen und Thermoskaffee gibt.

Wir essen Waffeln, trinken Kaffee und Saft, und Mutter erzählt lachend über einen wuscheligen Hund, der nicht auf sie hören will.

»Ich habe gesagt, jetzt hör auf mit dem Quatsch, aber er hat nur mit dem Schwanz gewedelt, stell dir das vor.«

»Ein schwanzwedelnder Hund klingt doch gut«, sage ich.

»Das ist überhaupt nicht gut«, sagt sie. Noch immer mit Fürsorge in der Stimme. Aber plötzlich regt die Geschichte über den Hund sie auf, und es taucht auch noch ein Mann auf, der nicht auf sie hören will. Und irgendetwas, das sie unbedingt hochziehen muss. Mit ihren Händen scheint sie etwas Schweres vom Boden aufzuheben, mit beiden Händen. Mehrmals hintereinander. Jetzt sieht sie ganz verzweifelt aus, und ihre Stimme klingt schroff. Ab und zu weiß ich, dass ich sie ablenken kann, wenn ich so tue, als erzählte sie da etwas Witziges. Deshalb lächele ich und sage, wie gut sie Geschichten erzählen kann, die spannend und komisch zugleich sind.

Eirin sagt nichts.

»Jetzt hör aber auf, du da«, sagt Mutter und richtet ihren Zeigefinger auf mich.

»Sei du nicht mehr so garstig!« Meine Stimme im Café ist viel zu laut. Leiser sage ich: »Jetzt sei nicht mehr so gemein zu mir. Das will ich mir nicht anhören. Komm, wir fahren nach Hause.«

»Aber ich hab noch nicht aufgegessen«, sagt Mutter.

»Das ist mir egal«, sage ich. »Ich lass es mir nicht gefallen, dass du so schrecklich böse zu mir bist.«

»Mama!«, sagt Eirin flehend.

»Du kannst dich auch gleich anziehen«, sage ich. »Dann fahren wir zurück.

»Nach Hause?«, fragt Mutter. Ihre Stimme klingt kleinlaut, fragend.

»Ja. Nach Hause. Nach Bråset.«

»Nach Hause«, sagt sie. »Wir fahren nach Hause.«

Ich bin aufgestanden, stehe neben dem anonymen weißen Cafétisch und nehme Mutters Mantel vom Stuhl. »So, jetzt helf ich dir in den Mantel.«

»Du brauchst nicht böse zu sein, Mama.« Eirin bittet noch immer und reißt die Augen auf, wie um mir zu sagen, ich solle mich zusammenreißen.

Aber ich bin längst darüber hinaus, mich zusammenzureißen.

Mutter erhebt sich unsicher, und ich stelle mich hinter sie, um ihr in den Mantel zu helfen. Ich hebe ihn über ihre Schultern, aber sie gibt sich keinerlei Mühe mitzuhelfen.

»Du musst den Arm hier reinstecken«, sage ich und bugsiere ihren einen Arm in den Ärmel. Mutter gehorcht. Eirin steht ebenfalls auf und zieht ihre Daunenjacke über.

»Sie sind sehr schön, diese Tassen«, sagt Mutter. Sie hebt die weiße Tasse hoch, aus der sie getrunken hat und die es in tausendfacher Ausfertigung gibt, in allen Cafés und Raststätten und Restaurants. Billiges weißes Steingut, Henkel, Untertasse.

»Wie kannst du die schön finden?«, sage ich. »Wo du doch immer...« Meine Stimme verschwindet in meinem Schluchzen. Mutter hat immer schöne Dinge geliebt, handgetöpferte Teetassen, und jetzt steht sie hier und bewundert eine massenproduzierte Dreckstasse!

»Du bist schön«, sagt Mutter und fährt mit der Hand über die runde Tasse.

Liegt es daran, dass die Tasse noch warm ist, dass sie sich weich anfühlt, dass sie ihr einen Sinn gibt, während ich hier stehe und kalt und wütend bin?

Ich wende mich von ihnen ab.

Hinter dem Tresen hängt ein Spiegel. Genauer gesagt, es sind vier Spiegel, nebeneinander. In den Spiegeln sehe ich, wie Eirin Mutter die Tasse sanft aus der Hand nimmt und auf den Tisch stellt. Ich sehe, dass sie etwas zu Mutter sagt, und dass sie ihr danach zum Ausgang hilft.

34

Elling kam zu Weihnachten nach Hause. Es war 1979. Er hängte seine grüne Militärkleidung an die Haken unter dem Hutregal auf dem Flur und salutierte, wenn Mutter ihn um einen Gefallen bat. Seine Stiefel waren größer als die Vaters. Er hatte für Anne Johanne eine kleine samische Puppe gekauft und erzählte vom Barackenleben in Indre Troms.

Jetzt standen wir auf dem Flur, weil Mutter es sich in den Kopf gesetzt hatte, es zu machen wie früher, als wir klein waren. So warteten wir vor der Wohnzimmertür, während unsere Eltern die Kerzen am Baum anzündeten.

»Weißt du eigentlich, was es bedeutet, keine Armee zu haben?«, fragte er und zeigte auf eine der vielen Plaketten an meiner alten Herrenjacke aus Wildleder. Eine schwarze Plakette mit einem weißen durchgestrichenen Panzer. Und eine mit einem zerbrochenen Gewehr.

»Dass wir einen Krieg vermeiden, zum Beispiel«, sagte ich.

»Wie naiv kann man eigentlich sein, wenn man aufs Gymnasium geht?«

»Man kann eine andere politische Meinung haben als du«, sagte ich und legte zwei Finger zu einem Hitlerschnurrbart unter meine Nase.

»Wenn ich dich ernst nehmen soll, kannst du nicht behaupten, dass alle, die eine Armee befürworten, und wir grenzen doch an die Sowjetunion und sind im Kalten Krieg, dass alle, die meinen, wir müssten Norwegen verteidigen können, Nazis sind. Denn wenn du das meinst, dann bist du noch ...«

Ich fiel ihm ins Wort: »Ist mir auch egal, was du über mich denkst. Ich hab keinen Nerv zum Diskutieren!«

Mutter rief aus dem Wohnzimmer: »Ihr könnt jetzt kommen!«

Wir öffneten die Tür und gingen hinein.

»Ist das nicht schön?«, fragte sie.

Es war wirklich schön. Die schlanken weißen Kerzen am Weihnachtsbaum brannten, die elektrischen Lampen waren gelöscht. Auf die Kommode hatte Mutter fünf dünne Porzellantassen mit Weihnachtspunsch und eine Glasschale mit gehackten Mandeln und Rosinen gestellt. Pontus wedelte eifrig mit dem Schwanz, während er an einem Geschenk schnupperte, vermutlich einem von Mutter soeben unter den Weihnachtsbaum gelegten, eingepackten Knochen.

Anne Johanne sagte, sie fände alles wunderschön, ich sagte nichts. Elling nahm sich ein Körbchen mit Süßigkeiten vom Baum und setzte sich auf das Sofa. Vater rief seiner Mutter in der Küche zu, sie müsse jetzt aber bald kommen.

»Findest du, das ist ein wenig wie Weihnachten früher?«, flüsterte Mutter mir hoffnungsvoll zu.

Ich zuckte mit den Schultern und sagte: »Vielleicht.« Es kam mir nicht vor wie Weihnachten früher. Ich fand die Traumbilder von damals nicht, hatte das Gefühl, die ganze Zeit wach zu sein. Neidisch blickte ich zu Anne Johanne hinüber, die rote Wangen hatte und hingerissen seufzte. Ihr Blick, noch immer geübt in der Kunst der Veränderung, sah Kerzen,

Körbchen und Geschenke ebenso klar vor sich, als ob es sich um die Urbilder handelte.

Warum konnte ich nicht einfach zu Mutter sagen, es sei schön, wo sie doch die Zeit festhalten wollte, für uns? Ich wusste es nicht, aber ich setzte mich mit dem Gefühl aufs Sofa, gerade diesen Augenblick schon einmal erlebt zu haben. Nicht weil Weihnachten in Høn war, sondern genau diesen Augenblick. Dass ich mich an das eine Ende des Sofas setzte, dass Vater sich über den Wohnzimmertisch beugte und mir eine Tasse Punsch reichte, dass Oma am Kamin saß, mit einer kleinen Tasche, in der sie das Geschenkpapier sammeln wollte.

Ich hatte das Gefühl, nicht den Augenblick hier und jetzt zu erleben, sondern ihn von einem fernen Punkt aus zu beobachten. Als wäre mein Körper der einer anderen, die das Jetzt auf einer Theaterbühne erlebte, und als ob ich weit weg stände und zusähe. Und woran ich mich erinnerte, war das Gefühl, alles wiederzuerkennen, nicht dass Mutter das erste Geschenk unter dem Baum hervorzog und es mir mit einem erwartungsvollen Lächeln reichte.

35

John Lennon wurde zwei Wochen vor dem Heiligen Abend 1980 erschossen. Auf Mutters Liste sehe ich, dass sie meiner Cousine Elisabeth die LP *Double Fantasy* von John Lennon und Yoko Ono schenkte, und dass ich diese LP von Elling und Anne Johanne bekam. Vielleicht hatte ich mir diese nur einundzwanzig Tage vor Lennons Tod erschienene Platte gewünscht. Ich hörte das Lied »I'm losing you« viele Male auf meinem roten Plattenspieler. Und obwohl ich zu jung war, um zur Beatlesgeneration zu gehören, führte mich der Schatten, den Lennon jetzt warf, zu seiner Musik. Schwieriger wird es mit *Sámiid Ædnan,* das ebenfalls auf der Liste steht. Mutter bekam diese Single von einigen Freundinnen.

»Witzig«, sagte sie, als sie das Geschenk auspackte.

»Findest du?«, fragte Vater.

»Wir haben damit ja nicht gerade den Grand Prix gewonnen, aber ...«

»Wir haben gar nichts gewonnen«, sagte Vater.

»Du meine Güte«, sagte Mutter. Ihre Stimme klang anders. Verletzt.

»Wir müssen das nicht jetzt diskutieren«, sagte ich.

Apfelsinen in der braunen Holzschale. Mandelkranzstücke auf der Zinnplatte. Alles war so, wie es sein sollte, und war es doch nicht.

Es war natürlich nicht Sverre Kjelsbergs Kampflied, das den Stand der Dinge in Høn definierte. Dennoch macht die Erinnerung an diese Platte mir klar, wie wenig ich eigentlich von den Gesprächen begriff, die sich veränderten, sobald meine Eltern sich allein glaubten.

Der Ausbau des Gewässernetzes Alta-Kautokeino war nicht direkt an den Konflikten schuld, aber die hungerstreikenden Samen in ihrem Zeltlager vor dem Parlament im Vorjahr symbolisierten alles, bei dem meine Eltern nicht einer Meinung waren. Vater fand es sinnvoll, dort in Finnmark ein Wasserkraftwerk zu bauen; trotz der mit dem Ausbau verbundenen Nachteile sei Wasserkraft der Atomkraft, worauf Schweden ja setzte, als Energiequelle vorzuziehen. Der Energiebedarf wachse immer weiter, meinte er. Mutter sagte, man müsse hinter sich das Licht ausschalten. Vater sagte, ohne Energie würden wir für die Generationen nach uns auch gleich das Licht ausschalten.

Das Wasser stieg in den Wänden von Høn.

Wenn Vater morgens zur Arbeit gefahren war, holte Mutter das Plakat hervor, auf dem Justizminister Andreas Cappelen und Jo Benkow, der Vorsitzende der Konservativen Partei, als brutale Polizisten gezeichnet waren, die zwei samische Kinder wegtragen. Im Hintergrund stehen ein Samenzelt und der Rundfunkdirektor Bjartmar Gjerde, der den gewaltigen Bagger lenkt. Mutter befestigte das Plakat mit Klebeband an ihrer Schlafzimmertür. Wenn Vater nach Hause kam, hängte er seinen dunklen Mantel an den Haken unter dem Hutregal und pulte mit wütenden Bewegungen die Klebebandreste von der Tür, rollte das Plakat auf und legte es weg. Vielleicht passierte das nur ein oder zwei Mal, aber in meiner Erinnerung wirkt es wie ein tägliches Ritual. Das Plakat von Rolf Groven war in jenem Herbst Frankensteins Monster. Es zerstörte alles, egal ob es an der Schlafzimmertür hing oder mit Skimützen und Hüten im Hutregal lag.

Als die Regierung die Forderung der Rentierzüchter abwies, die Bauarbeiten zu stoppen, bis die Frage nach den Rechten der Samen geklärt wäre, sagte Mutter, nun habe sie das Vertrauen zu den demokratischen Institutionen verloren, die sie immer so geschätzt hatte.

Es war Januar 1981, die Auffahrt war verschneit, und Mutter kam von ihrer neuen Stelle bei der Verbraucherberatung zurück. Sie blieb stehen und sah sich das Plakat an, das während der gesamten Weihnachtstage an der Schlafzimmertür gehangen hatte. Dann öffnete sie die Tür und fing an zu packen. Sie holte Wollunterwäsche und Strickjacken, Socken, Mütze und Fäustlinge heraus. Als sie alles übersichtlich auf dem Bett ausgelegt hatte, kochte sie, half bei den Hausaufgaben und ging mit Pontus nach draußen.

Sie machten das nicht zum ersten Mal durch, aber die Frage war jetzt für Mutter entscheidend geworden. Sie wollte nach Alta fahren und sich mit den anderen dort oben anketten. Denen, die aus dem ganzen Land nach Stilla strömten, um die Bagger aufzuhalten.

Als Vater nach Hause kam und die Kleider auf dem Bett sah wie für einen Wochenendausflug in die Berge, setzte er sich auf Mutters wackligen Hocker, mit dem Rücken zu der weißen Frisierkommode, und stützte die Ellbogen auf die Knie.

»Ruth«, sagte er. »Sei so gut.«

»Ich bin nicht schlecht, falls du das andeuten wolltest, ich bin wütend und verzweifelt«, sagte sie und fügte rasch hinzu: »Nicht auf dich. Auch wenn wir nicht einer Meinung sind.«

»Aber begreifst du nicht, dass ...«

»Sprich nicht mit mir wie mit einem Kind. Ich begreife das sogar sehr gut. Und wie ich begreife! Aber was kommt dabei heraus? Zerstörte Weidegebiete, Übergriffe, gestohlenes Land, eine samische Bevölkerung, die – jetzt, während wir hier sitzen – so behandelt wird, wie der weiße Mann vor zweihundert Jahren in Amerika die Indianer behandelt hat. Die Indianer hatten niemanden, der auf ihrer Seite kämpfte, aber das haben die Samen. Sie haben viele, überall im Land, die sehen, was die Regierung ihnen antut. Und ich kann nicht einfach hier zu Hause gemütlich in meinem Wohnzimmer sitzen und hoffen, dass andere Widerstand leisten. Für sich und für mich. Verstehst du?«

Mutter stampfte vor Zorn mit dem Fuß, und Vater schaute zu ihr hoch.

»Vielleicht verstehe ich«, sagte er. »Aber zugleich bin ich Direktor bei der NEBB, und du weißt ja, dass wir allerlei Ausrüstungsteile für die Stromerzeugung da oben herstellen werden. Ruth, du wirst in allen Zeitungen landen. Bitte. Ich habe noch nie gesagt, dass du etwas nicht tun sollst, aber jetzt bitte ich dich. Kette dich nicht da oben an.«

Nachts wachte ich auf und hörte unten leise Stimmen. Die Deckenlampe im Flur brannte immer, aber als ich mich die halbe Treppe hinuntergeschlichen hatte, sah ich, dass jetzt auch im Wohnzimmer Licht war. Die Tür war nicht ganz geschlossen, und ich sah ein Stück vom Weihnachtsbaum. Die Stimmen waren ruhig, ich schlich mich wieder die Treppe hoch und schlief zu dem leisen Brummen der Meinungsverschiedenheiten meiner Eltern ein.

Mutter fuhr nicht nach Alta, aber das Plakat blieb an der Tür hängen, bis Vater ein gutes Jahr darauf auszog.

Zu dem Weihnachtsfest, an dem Mutter die Single *Sámiid Ædnan* auspackte, bekam sie von Vater ein silbernes Schmuckstück, einen Anhänger. Und sie schenkte ihm Skijacke und Skihandschuhe.

36

Tante Kaja steht nicht mehr auf der Liste.

Sie starb im September 1981, auf der Treppe zum Zahnarzt. Einige Wochen zuvor war ich mit ihr zusammen gewesen, aus irgendeinem familiären Anlass.

Kaja und ihre Schwester hatten nebeneinander bei Maja Lise und Arne auf dem Sofa gesessen, ich saß daneben auf einem Stuhl. Auf dem Couchtisch eine Schale mit Erdnüssen und Gläser mit Dry Martini und grünen Oliven mit roten Paprikaschnitzen.

Die beiden Schwestern waren immer so verschieden gewesen: Kaja groß und dunkel, Oma blond und auf ihre Weise lebhaft. Aber auf dem Sofa, in ihren Kleidern, hatten sie Ähnlichkeit. Vorsichtig lächelnd, mit Dauerwellen. Kaja mit grau durchwirkten, immer noch kupferrot glänzenden Haaren. Ihre Füße in den praktischen Schuhen waren geschwollen, als ob sie weit gegangen wäre, auf hartem Boden. Oma, die immer wie die Anführerin der beiden Schwestern gewirkt hatte, saß neben Kaja. Sie hatte einen Schlag gehabt, ihre linke Hand, mit der sie ein Leben lang gemalt hatte, ruhte schlaff auf dem Sofa, neben Kajas.

Sie sprachen über Großmutters Sehnsucht nach dem Malen. Dass sie immer von Motiven, Licht, Pinseln, Konzentration im Atelier getrieben worden war. An jedem einzelnen Tag. Eine tiefe Sehnsucht.

»Nicht zu malen ist fast wie nicht zu ... ach, ich weiß nicht, wie ich das erklären soll«, sagte sie.

»Wie nicht zu atmen?«, fragte Kaja.

»Vielleicht.« Großmutter holte tief Luft.

Kaja nahm die schlaffe Hand ihrer Schwester und legte sie sich auf den Schoß. Noch nie vorher hatte ich gesehen, dass die beiden Schwestern einander berührten, und ich dachte, Oma würde ihre Malhand zurückziehen oder sie mit ihrer funktionierenden Hand wegnehmen. Aber das tat sie nicht. Sie ließ ihre Hand auf Kajas Schoß liegen.

»Der Arzt im Krankenhaus hat gesagt, dass ich zwei und zwei zusammenzählen muss«, sagte Oma.

»Dass Schlaganfall und Malen nicht zusammenpassen? Dass dabei keine Kunst entsteht?«

Großmutter lächelte bestätigend. »So ungefähr«, sagte sie.

Kaja nahm Omas Hand zwischen ihre und hielt sie dort fest. Kajas Handrücken hatte große Altersflecken.

»Es ist fast unmöglich, mir vorzustellen, dass ich Tag für Tag aufstehen, mich anziehen, essen, mich vorbereiten soll, ohne zu arbeiten.« Ihre Stimme war leise. Onkel Arne rief, das Essen sei gleich fertig. Cousinen und Vettern bewegten sich in Richtung Esstisch.

»Wenn ich auf alles zurückblicke, was ich gemalt habe, dann sehe ich, dass ich noch nicht fertig bin«, sagte Oma.

»Aber du hast doch so viel gemalt. Immer. Ich kann mich nicht erinnern, dass du irgendwann nicht gemalt hast.« Kaja lachte kurz auf.

»Dennoch sehe ich eigentlich nur alles, was ich noch nicht gemalt habe ... was ich ausgelassen habe, was noch nicht auf

Leinwand gebannt ist. Ich sehe meine Bilder an und sehe alles, dem ich noch kein Leben gegeben habe.«

»Aber sieh dir doch alle an, mit denen wir jetzt essen werden, Ruth. Die ganze Bande gehört doch zu dir. Und ich darf auch dabei sein.« Kaja bewegte sich, wie um zu zeigen, dass sie das Sofa jetzt verlassen müssten.

Großmutter nickte wieder, ernsthaft.

»Ich helf dir hoch«, sagte Kaja. Sie legte Großmutters Hand weg, stand auf und fasste Oma unter dem Arm. Aber die machte keinerlei Anstalten, Kajas Bewegung zu folgen. Sie sagte: »Zwei und zwei können doch auch ein Kindergesicht auf einer Leinwand ergeben. Einen italienischen Orangenhain.« Sie schaute zu ihrer Schwester hoch.

»Kannst du vielleicht mit der anderen Hand malen?«

»Ich habe es probiert. Aber es wird keine Kunst. Es wird ... ja, es wird unklar und leblos.«

»Vielleicht kann zwei und zwei doch eine Art Wind über die Leinwand schicken?«, fragte Kaja. Sie zog ihre Schwester auf die Beine.

»Du weißt, ein lebender Vogel ist nicht die Summe seiner gekennzeichneten Knochen, wie es irgendwo steht«, sagte Kaja, als sie zu dem gedeckten Tisch gingen.

Ich folgte ihnen. Nach diesem Abend habe ich Kaja nie wiedergesehen.

37

»Dieses Tagebuch darf niemals gedruckt werden! Das ist mein letzter Wille, der erfüllt werden muss!«

Noch ehe ich das graue Papier und das rote Band am Heiligen Abend 1981 entfernt hatte, wusste ich, was das mehrere Kilo schwere, große Geschenk von Mutters Eltern an mich enthielt: August Strindbergs *Okkultes Tagebuch*.

Vier Jahre zuvor, 1977, hatte mein Großvater es bekommen, und ich glaube, es war eines von ungeheuer wenigen Exemplaren dieses Tagebuches. Es hatte mit seinem roten Einband und der schwarzen Handschrift darauf auf einem Tisch in Volvat gelegen und auf mich wie ein Magnet gewirkt. Seine verschnörkelte, erregte und kaum leserliche Schrift, die Zeitungsausschnitte aus den Jahren 1890 bis 1908, die getrockneten Blumen und Strindbergs eigene Zeichnungen. Hatte ich gequengelt, weil ich es haben wollte?

Strindbergs Buch ärgerte mich auch, weil die Schrift schwer zu entziffern und der Sinn dunkel und unzugänglich war. Aber dennoch wollte ich es lesen. Es kam mir verboten und erlaubt zugleich vor. Ich las zwei Stücke von ihm, aber die gefielen mir nicht besonders. Außerdem wollte ich in jenen Weihnachtsferien *Der Anschlag* und *Tiger Bay* von Jon Michelet lesen, denn ich hatte mir diesen Autor für meine Jahresarbeit im Fach Norwegisch ausgesucht. Ich war im letzten Jahr vor dem Abitur. Aber eine Zeit lang, in der Weihnachtszeit und kurz danach, fühlte ich mich fast berufen, Strindbergs Tagebuch zu lesen. Es war meins. Nur in einem Punkt ähnelte sein Tagebuchschreiben meinem eigenen: Wir schrieben vor allem dann, wenn etwas nicht gut war. Wenn etwas empörend oder traurig war. Aber ansonsten war Strindberg zu lesen nicht, wie die Gedanken eines klugen Freundes zu lesen, den ich verloren hatte, lange ehe mir seine Bedeutung bewusst geworden war. Nein, er war ein Autor, der aus seinem frustrierenden Alltag 1896 oder 1901 heraus schrieb, und zugleich schrieb er am Mythos über sich und sein Leben. Sein Alltag konnte aus einer Mahlzeit aus verdorbenen Frikadellen oder grätenreichem Fisch bestehen, worauf dann eine literarische und private Pöbelei folgte, ein Spott über einen ignoranten Theaterkritiker oder eine gekränkte Schilderung eines Streits zwischen ihm und Harriet Bosse. Immer gefolgt von einer Reihe entsetzlicher Ausrufezeichen.

Als Mutter 2005 siebzig wurde, schenkte ich ihr ein gemeinsames Wochenende in Stockholm, um ins Theater zu gehen und um den Blauen Turm zu sehen, Strindbergs letzte Wohnung in der Drottninggata, die jetzt ein Museum ist.

Wir stiegen die Treppen zu seiner Wohnung hoch. Mutter, die immer so zielstrebig und schnell gegangen war, blieb auf dem Treppenabsatz stehen, um Atem zu holen, und in der Wohnung musste sie sich setzen, um die blauen Schutzüberzüge über ihre Schuhe streifen zu können. Ich hielt ihr meinen Arm hin, aber darüber ärgerte sie sich.

»Ich bin noch nicht neunzig.« Sie lächelte kurz.

»Möchtest du lieber allein gehen oder mit mir zusammen?«, fragte ich.

»Können wir nicht einfach so gehen, wie wir wollen, und dann sehen, ob es dasselbe Tempo ist?«

Ich nickte.

Ich schaute aus dem Fenster, das einst Strindbergs Fenster gewesen war, und blickte auf dieselbe Straße und sah dieselben Bäume, die er im Januar 1912 gesehen hatte, als er sich von seinen Anhängern mit einem großen Fackelzug huldigen ließ. Ich sah das schmale Bett und die gelbgrüne Bettdecke, die gepolsterten Korbsessel. Ich ließ meine Finger über die dunklen Seidentapeten gleiten, ehe ich die Treppe zur Bibliothek hochstieg. Der trockene Geruch alter Bücher. Er hatte Shakespeare gelesen, Goethe und Balzac, vor allem aber füllten Bücher über Wissenschaft die Regale. Sein Fernrohr war gen Himmel gerichtet, in dem Winkel, auf den er es zuletzt eingestellt hatte. Ich wollte zu Mutter und ging wieder nach unten. Sie stand in Strindbergs ehemaligem Arbeitszimmer. Sie stand da in ihrem schönen dunklen Mantel, neben der dicken roten Kordel, die das Publikum daran hindern sollte, sich in den Sessel zu setzen oder mit den Federn zu schreiben. Ich trat neben sie und sah, was sie sah. Den Schreibtisch in seiner minutiösen Ordnung. Englische Stahlfedern lagen mit jeweils einem Zentimeter Zwischenraum nebeneinander, gleich dahinter ein mit schwarzer französischer Tinte gefülltes Tintenfass. Ein schmaler Stapel handgeschöpftes Papier. Es war ordentlich, es war übersichtlich, das ganze Zimmer war das Gegenteil von Chaos.

Dort war sie stehen geblieben.

»Ich muss zugeben, dass er niemals mein Liebling war, der gute Strindberg«, sagte Mutter.

»Nein?«, sagte ich. »Weil er eine unmoderne Beziehung zu Frauen hatte?«

»Ja, das ist vielleicht der Grund. Er hat zwar starke und komplizierte Frauen aufgesucht und mit ihnen gelebt, aber ich glaube, eigentlich fand er, Frauen sollten hübsch und fügsam sein.«

»Aber du interessierst dich doch so für die Familiendramen von Lars Norén. Ohne Strindberg kein Norén«, sagte ich.

»Das kannst du nicht wissen«, sagte Mutter, deren Blicke noch immer auf dem übersichtlichen Schreibtisch ruhten. »Er war doch ebenso beeinflusst von diesem Amerikaner ... von Eugene O'Neill.«

»Vielleicht. Aber die Dramen von Strindberg und Lars Norén sind jedenfalls alle ziemlich deprimierend, was die Familie an sich angeht. Nicht viel Ermunterung zu finden.«

Mutter sagte nichts.

»Einmal war ich so fasziniert vom *Okkulten Tagebuch,* dass deine Eltern es mir zu Weihnachten geschenkt haben«, sagte ich.

»Ja, das weiß ich noch.« Mutter nickte. »Familie ist doch kompliziert«, sagte sie. »Aber zugleich wollen wir nichts anders.« Sie sah mich an und lächelte.

Ich hatte sie noch nie gefragt. »Bereust du eure Scheidung?«

»Wie meinst du das?«

»Ja, denkst du manchmal daran? Dass ihr zusammen alt werden könntet?«

Mutter sah mich wieder an.

»Jetzt verstehe ich nicht, was du meinst. Wir werden alt, Finn und ich.«

»Ja, parallel. Aber ich hatte eher daran gedacht – ja, dass ihr geschieden seid.«

»Das ist doch so lange her.«

»Ja.« Ich nickte.

»Das ist vorbei«, sagte Mutter. »Wir sind nicht mehr geschieden.«

Da hätte ich etwas verstehen müssen.

38

In den Wochen nach meinem Abitur herrschte strahlender Sonnenschein, und fast jeder Tag war warm. Ich hatte zum zweiten Mal einen Sommerjob bei der NEBB. Ich fegte in den großen Hallen Metallspäne zusammen, machte die Blumenbeete sauber, kehrte draußen Sand und Kies zusammen. Im blauen Overall, mit dem Aufdruck NEBB auf dem Rücken und um den Hals einen Anhänger, den ich von Mutter zu Weihnachten bekommen hatte. Da stand ich, die Tochter des Direktors, und wollte mich durch vier Arbeitswochen hindurchfegen, um in den folgenden vier auf Interrailtour gehen zu können.

Ich bildete mir ein, dass Terje, der einen Overall wie ich und einen kräftigen Schnurrbart hatte und der im Zickzack mit seinem gelben Gabelstapler zwischen meinen Kieshaufen und dem riesigen Fabrikgelände hin und her fuhr, während er lachte und behauptete, er sei der beste Gabelstaplerfahrer des Landes; ich bildete mir ein, dass er lachte, weil ich mit großem Pathos einen nicht ganz stubenreinen Witz über eine Mücke erzählte, die ihren Stachel mit einem Geschlechtsorgan verwechselte. Ich bildete mir ein, dass Jon-André, der taub war und an einer der schweren Stempelmaschinen arbeitete, mir per Zeichensprache eine Pause auf dem Rasen vorschlug, weil ich ihm Kaffee vom Automaten holte. Und dass Ingeborg, die in der Kantine für die Arbeiter stand, nicht in der für Büroangestellte und Direktoren, mir eine Waffel zusteckte, weil ich in der Sonne den Asphalt fegte und genauso alt war wie ihre Tochter.

War ich denn blöd, dass ich nicht begriff, dass ich dort immer nur die Tochter vom Enger war?

Es war Mutters Geschenk, das mich in diese Gedanken hineinzog.

Zu Heiligabend 1981 hatte ich eine Halskette, die von der Schmuckkünstlerin Helle Tangen gestaltet worden war, bekommen. Der Anhänger bestand aus einem gehämmerten Silberherzen, einer kleinen grünen Feder und einem etwas kleineren Herzen aus grünem Glas, alles auf eine verstellbare Lederschnur gezogen. Ich fand den Schmuck sofort wunderschön und trug ihn oft. Er hing unter meinem Isländerpulli, auf einem T-Shirt, auf der Haut im V-Ausschnitt eines Pullovers. Dieses schöne Schmuckstück, der schöne Pullover, das Gefühl von Sicherheit – in einem Augenblick kann alles auf den Kopf gestellt werden.

Terje war mit dem Gabelstapler zu dem Blumenbeet gefahren, das ich gerade jätete, und fragte, ob wir eine Pause machen wollten. Ich schob meine Haare unter die Schirmmütze mit dem NEBB-Logo und nickte zufrieden. Streifte das Oberteil des Overalls ab und band mir die Ärmel um die Taille. Wir setzten uns auf eine Eisentreppe an der Querwand der einen Fabrikhalle. Dort saßen wir noch, als einer aus Terjes Abteilung herüberkam, um von einem Gewerkschaftstreffen zu berichten.

»Ja, du brauchst sicher nicht unbedingt um das Recht auf Pausen zu kämpfen«, sagte er, er hieß Odd, und nickte mir zu.

Ich spielte an meinem Schmuck herum.

Terje stand auf und setzte sich auf seinen Gabelstapler, ließ den Motor aber nicht an.

»Schöner Schmuck«, sagte Odd.

»Danke. Den habe ich von meiner Mutter.« Ich lächelte. Erleichtert, ohne zu wissen, warum.

»Das ist keine Massenproduktion«, sagte Odd.

»Nein, das ist von einer Künstlerin, die Mutter gefällt. Und mir auch«, fügte ich hinzu.

Odd nickte langsam.

»Deine Mutter«, sagte er. »Ich hab gehört, das ist eine Radikale. Lässt sich nicht vom Chauffeur deines Vaters fahren und so.«

Er lächelte.

Ich schaute stolz auf meinen Schmuck hinunter. »Ja, das ist sie wohl. Das meint jedenfalls mein Vater.« Ich lachte.

»Na, Odd, Zeit für eine Runde Arbeit? Hinter dem Schanches plass warten etliche Paletten«, sagte Terje.

Ich wusste, dass Schanches plass ein Spitzname war, nach einem früheren Direktor. Ein Ort, wo Schrott aufbewahrt wurde. Die beiden Männer grinsten und sagten, ich sollte aufpassen und mir keinen Sonnenstich holen.

Ich ging zu dem langen Beet auf der Rückseite des braungelben Direktionsgebäudes zurück, das sich an der Autobahn entlangstreckte, und jätete Unkraut, bis ich zur Stechuhr gehen konnte.

Ich hatte einen Schrank in einem der großen Garderobenräume. Die Frauen waren in einer eigenen Ecke, mit einem eigenen Eingang, um sich ungestört umziehen zu können. Ursprünglich war die Garderobe nur für Männer gewesen, deshalb gab es in dem kleinen Quergang ganz hinten keine Wand. Ich hörte mehrere Arbeiter aus der Werkstatt hereinkommen, sie öffneten die Metalltüren ihrer Schränke, stellten ihre Schutzschuhe ab, lachten, plauderten über Bier und Grillen mit den Kindern und die nahende Ferienzeit. In diesem Stimmgewirr hörte ich Odd. Es war seine Stimme, mir war klar, dass er über mich sprach. Oder, genauer gesagt, über Mutter. Ich erstarrte.

»Nein«, sagte er. »Für solche habe ich nur Verachtung übrig.«

»Respekt, meinst du wohl«, sagte ein anderer, dessen Stimme ich nicht erkannte.

»Nein, Verachtung. Für diese Art Mensch.«

Ich hörte, wie einer von ihnen etwas in den Schrank hängte und ein Paar Holzschuhe oder etwas anderes Hartes auf den Boden fallen ließ.

»Diese bürgerlichen Radikalen, die nie in einer Fabrik den Rücken krumm gemacht haben ...«

Die Stimme war undeutlich, vielleicht hatte er sich umgedreht, oder das Rauschen war in meinen Ohren. Aber er sprach über billig gekaufte Meinungen und Möchtegernradikale. »Verwöhnte Teenager, die es witzig finden, gegen ihre Eltern zu opponieren«, sagte er. »Die Kunstgewerbe an den Ohren und um den Hals tragen. Aber ich finde das verdammt noch mal widerlich.«

»Seh ich nicht so«, sagte der andere. »Du kannst doch nicht behaupten, dass nur wir und diese ganzen Selbstproletarisierten die Einzigen sind, die für eine gerechte Verteilung kämpfen dürfen? Seit wann ist die Arbeiterklasse denn so fein geworden?«

»Ich sage ja nur, dass es verdammt einfach ist, im Westend radikal zu sein. Mit Eigenheim und Garten.«

Als ich nachmittags nach Hause kam und Mutter fröhlich im Garten Fischstäbchen und Kartoffelsalat servierte, waren Odds Sätze zu meinen geworden. Ich schleuderte sie über den Tisch, auf Mutter, die mich mit Verzweiflung im Blick ansah.

39

Die Liste für 1982 fehlt. Vielleicht ist sie verloren gegangen, vielleicht wurde sie nie geschrieben, oder vielleicht wurden die Geschenke auf etwas gekritzelt, das aus irgendeinem Grund nie zu den übrigen Blättern gelegt wurde.

Am Morgen des Heiligen Abends waren Anne Johanne und ich mit der Bahn nach Skøyen gefahren, zu der kleinen Wohnung, die Vater gleich bei der Fabrik gefunden hatte. Er wohnte seit einem halben Jahr dort.

Diese drei fremden Zimmer sollten Vaters Zuhause sein? Die neue Umgebung schien ihn zu einem anderen zu machen. Der abgenutzte Eckschrank hatte eine neue Ecke gefunden, aber er sah vor anonymen weißen Wänden anders aus als vor den türkisfarbenen von Høn. Und Vater hatte zwei Platten aus dem Tisch genommen, der immer im Esszimmer gestanden hatte. Jetzt war es ein kleiner Tisch, der in sein Wohnzimmer passte. Aber nun konnten wir unsere festen Plätze nicht mehr finden. Vater servierte Tee und von seiner Mutter gebackene Weihnachtsplätzchen in einer Schüssel von Benny Motzfeldt, ein Weihnachtsgeschenk der Firma, das er schon geöffnet hatte. Wir sprachen mit hellen Stimmen und waren von allem, was wir auspackten, ganz besonders begeistert.

Das Seltsamste war die Wohnzimmeruhr, die das Geräusch von Høn mit in diese Zimmer gebracht hatte, obwohl so viele

Etagen darüber waren. Sie tickte auf diese vertraute Weise, und sie schlug jede halbe Stunde ihren melancholischen Schlag. Die Uhr hatten meine Eltern gekauft, als sie nach Høn gezogen waren.

Als wir unsere Mäntel anzogen, um wieder zum Bahnhof zu gehen, hatte Vater Tränen in den Augen. Er würde bei seiner Schwester Weihnachten feiern.

Wir standen in dem kleinen Flur, und ich sah, dass er hinter uns im Wohnzimmer die Lichter ausgemacht hatte. Als ob Tisch und Eckschrank und Uhr sich zurückgezogen hätten.

Im Flur hatte Vater einen alten, aber fremden Spiegel aufgehängt. Als ich einen Blick hineinwarf, sah ich den Rücken in der rotbraunen Jacke. Und graue Einsprengsel in seinen Haaren, die immer dunkel gewesen waren. Er sah mich an und zwinkerte die Tränen aus seinen Augen weg. Im Spiegel sah ich den vierundfünfzig Jahre alten Rücken, der sich gerade machte. Ich sah Vater in seiner vollen Höhe, und doch nur als Ausschnitt. Ich sah den Haken mit der Skimütze mit dem gewellten Logo der Weltmeisterschaft in Oslo im vergangenen Winter an und die Lampe an der Wand, die für uns leuchtete und ihren Schein auch aus dem Spiegel warf. Ich wusste jetzt, dass er litt, dass er sich nichts sehnlicher wünschte, als mit uns nach Hause nach Høn kommen zu können.

Vater war traurig, Mutter war verletzt und abweisend. Hinter uns lag ein Jahr voller Auseinandersetzungen, Anklagen über Untreue, voller Weinen, sanfter und hitziger Stimmen, ungewöhnlich vielem Schweigen und am Ende Vaters Auszug.

Wir gingen nach Skøyen hinunter und warteten auf die Bahn. Ich wünschte, ich hätte mit Anne Johanne scherzen können, etwas sagen, das sie zum Lachen gebracht hätte, etwas über ein Geschenk andeuten, von dem ich wusste, dass sie es zu Hause dann auspacken würde. Aber ich hatte kein aufmunterndes Wort.

»Er hat so traurig ausgesehen«, sagte Anne Johanne, als wir die Treppen zum Bahnhof hinuntergegangen waren und im Licht einer der Laternen auf dem Bahnsteig standen.

»Ja. Aber bei Tante Kirsten und Onkel Haakon wird es sicher nett«, sagte ich.

Anne Johanne nickte und versetzte dem festgetrampelten Schnee einen Tritt.

»Aber sie haben einen Weihnachtsmann. Das haben wir nicht.«

»Es steht auch nicht fest, ob sie noch einen Weihnachtsmann haben. Elin und Anders sind doch groß.«

»Bestimmt haben sie trotzdem einen Weihnachtsmann. Entweder hat man zu Heiligabend einen Weihnachtsmann oder nicht.« Sie hörte sich gereizt an.

»Zieh dir die Mütze über die Ohren«, sagte ich.

»Das hast nicht du zu bestimmen.«

»Dann erkälte dich eben«, sagte ich und zuckte mit den Schultern.

»Du hast ja auch keine Mütze«, sagte Anne Johanne.

»Ich habe lange Haare«, sagte ich.

»Uääääh!« Sie stöhnte.

Als wir in Høn ausstiegen, war es draußen schon ganz dunkel. Vor zwei Häusern sahen wir Fackeln. Ein Nachbar hatte sogar elektrische Kerzen an einer Tanne in seinem Garten.

40

Einundzwanzig Jahre lang wohnte Mutter allein in Høn. Zu allen Mahlzeiten deckte sie für sich selbst mit Platzdeckchen und Serviette, sie zündete eine Kerze an, ab und zu schenkte sie sich einen Drink ein, während sie wartete, dass die Kartoffeln gar wurden. Oft sagte sie: Man darf nie denken, es spiele doch keine Rolle, weil man ja allein ist. Das darf man nicht, sagte sie und betonte das »darf«.

Ich wusste, dass sie es schön fand, wenn viele um den Tisch herumsaßen.

In Bråset sitzt sie beim Essen am liebsten allein, jetzt im Oktober 2011. Aferdita sagt, dass sie immer sehen könne, ob sie Lust hat, zusammen mit anderen zu essen, aber immer häufiger wirkt sie dann zufrieden, wenn ihr das Essen am Fenster serviert wird, in ihrem Zimmer.

An diesem Sonntagvormittag pfeift sie, als ich hereinkomme. Auf ihrem Teller liegen Lachs, Kartoffeln und Möhren. Daneben, auf dem Tablett, wartet ein Schüsselchen Obstsalat mit Sahne. Sie hat die Gabel in der Hand, hat das Essen aber noch nicht angerührt. Ich pfeife mit, ein Choral, glaube ich, und frage, ob ich ihrem Appetit auf die Sprünge helfen soll. Mutter pfeift weiter, während sie sich skeptisch zu mir umdreht, einer fremden pfeifenden Frau. Ich nehme ihr die Gabel aus der Hand, spieße ein Stück Lachs darauf und mache es wie damals, als Ola und Eirin klein waren: reiße selbst den Mund sperrangelweit auf. Aber Mutter presst ihre Lippen fest zusammen und schüttelt den Kopf.

»Dann nicht«, sage ich und lege die Gabel auf ihren Teller.

»Dann nicht«, sagt Mutter im selben beleidigten Tonfall.

Ich lächele. »Du äffst mich nach«, sage ich und reiße noch einmal den Mund auf.

Nun reißt auch Mutter den Mund auf, und ich sage: »Mmmm.«

Mutter kaut und wiederholt mein Mmmmm.

Nach einer Weile hat sie fast alles aufgegessen.

41

1984 hörte Mutter auf zu notieren, was Elling, Anne Johanne und ich anderen schenkten. Die Liste des Vorjahres war auch schon ziemlich unvollständig gewesen. Sie hat sicher gedacht, es sei nun an der Zeit, dass wir uns selbst um unsere Geschenke kümmerten. Wenn wir bis dahin nicht gelernt hätten, uns dafür zu bedanken, würden wir es zweifellos nie lernen.

Wir hatten eine Art Muster gefunden: Am Heiligen Abend waren Anne Johanne und ich morgens bei Vater, der jetzt im Block weiter nach oben gezogen war, in eine größere, hellere Wohnung. Nachmittags fuhren wir mit der Bahn nach Høn, oder Vater fuhr uns. Es tat besonders weh, wenn er uns fuhr und mit schweren Füßen auf der Treppe vor der Tür stehen blieb, an der noch immer das Messingschild mit ihren ineinander verschlungenen Namen hing.

Ich hätte mir gewünscht, dass er uns unten beim Laden absetzt, aber wenn er darauf bestand, uns zum Haus zu fahren, wollte ich nicht, dass Mutter herauskäme. Wenn das doch passierte, war es unbehaglich und demütigend für Vater, und Mutter erteilte eine Abfuhr, die ihr selbst auch wehtat.

Nun blieb er stehen und sah die Tür an.

»Die ist aber schön geworden«, sagte er.

»Ja, finde ich auch«, sagte ich. »Mama hat sie im Sommer

angestrichen. Sie ist offenbar eine Kopie der Tür im Nolde-museum in Deutschland.«

Vater nickte, und ich sah, dass er die Hand zum Namensschild hob. Und es rasch mit dem Zeigefinger berührte.

Er wusste nicht, dass die Wände des Schlafzimmers ebenfalls neu angestrichen waren und dass Mutter den Boden abgeschliffen hatte.

»Ja, dann muss ich wohl machen, dass ich zurückkomme«, sagte er.

Aber er machte nicht kehrt, um die Treppe hinunterzugehen. Stattdessen griff er nach seiner alten Schneeschaufel, die mit einem roten Gummiring oben am Schaft, die neben der Tür an der Wand lehnte.

»Hab einen schönen Heiligen Abend, Papa«, sagte Anne Johanne und umarmte ihn. »Und grüß Oma ganz doll! Ich hoffe, sie freut sich über mein Geschenk. Ich hab Kerzen gegossen.«

»Darüber freut sie sich garantiert«, sagte Vater. »Sie freut sich über alles, was ihr herstellt.«

Ich umarmte ihn ebenfalls und sagte noch einmal, dass ich mich so sehr über den Schlafsack freute. Dass ich mir genau so einen gewünscht hatte. Nach Neujahr wollte ich für ein halbes Jahr durch die USA und Lateinamerika reisen, zusammen mit Lindi und einer weiteren Freundin. Seit dem Sommer hatte ich bei zwei Zeitungen Vertretung gemacht und genug verdient.

Vater lächelte.

Ich wurde nervös. Könnte er uns nicht bald fröhliche Weihnachten wünschen und die Treppe hinuntergehen und sich ins Auto setzen?

Ich legte die Hand auf die Türklinke, wie um zu zeigen, dass ich jetzt hineingehen würde. Ich hörte drinnen Mutters Schritte und wünschte von ganzem Herzen, dass er jetzt ginge. Aber er stand nur da und sah die Tür an.

Mutter machte auf.

»Hallo!«, sagte sie munter zu Anne Johanne und mir. Und ohne Ausrufezeichen zu Vater: »Hallo.«

»Tausend Dank für die Gedichte von Schiller«, sagte Vater. Er sah Mutter an. »Und die Kassette.«

»Schon gut«, sagte Mutter. »Ich weiß ja, dass dir beides gefällt.«

»Ja. *An die Freude«,* sagte er.

»Jaaa«, sagte Mutter und holte dabei Atem.

»Das war wohl seine letzte Symphonie«, sagte Vater.

»Ja, glaub schon.«

Mutter sah Vaters Hand an, sie ruhte auf der Schneeschaufel, mit der er Hunderte von Malen die Auffahrt geräumt hatte. Er sah seine Hand ebenfalls an und schien überrascht zu sein. Als ob er etwas Verbotenes getan hätte. Er lehnte die Schaufel wieder an die Wand.

»Ich hab auf der Treppe Salz gestreut«, sagte Mutter.

»Das ist gescheit«, sagte Vater. »Wirkt das?« Er drehte sich um.

»Natürlich wirkt das«, sagte Mutter. »Meinst du etwa, das Salz verhält sich plötzlich anders, bloß weil ich es gestreut habe?«

»Nein, um Himmels willen«, sagte Vater. Er ging die Treppe hinunter und drehte sich um, schaute zu uns in der Tür hinauf. Mutter und zwei große Töchter.

In diesem Moment quetschte sich Pontus durch die Tür des Windfangs hinter uns und rannte zu Vater hinaus. Er war jetzt ein alter Hund, vierzehn Jahre. Er sah nicht mehr so gut, war ganz grau um die Schnauze und wollte nicht mehr so oft weglaufen. Vaters Stimme, sein Geruch und sein Anblick machten den alten Hundekerl wild vor Wiedersehensfreude. Sein Schwanz peitschte hin und her, und Pontus rieb sich an Vaters Waden.

Vater ging in die Hocke, und ich sah, dass Mutter schluckte.

»Ich muss zurück in die Küche«, sagte Mutter. »Fröhliche Weihnachten, Finn.« Sie ging ins Haus.

»Ja, auch dir einen schönen Abend«, rief Vater und drückte sein Gesicht in Pontus‘ Rückenfell.

Ich musste Pontus am Halsband festhalten, als Vater sich ins Auto setzte.

Er kurbelte das Fenster des Beifahrersitzes hinunter, um uns zuzuwinken, ehe er im Rückwärtsgang aus der Auffahrt fuhr.

Im Wohnzimmer war der Weihnachtsbaum geschmückt wie in allen früheren Jahren, und ganz oben hing der weiß-rote Weihnachtskorb mit Mutters und Vaters Initialen.

Auf der Liste sehe ich, dass Mutter einen Diplomatenkoffer von Maja Lise und Arne bekam. Mutter ging zur Arbeit bei der Zeitung *Aftenposten* mit abgewetzten Jeans und einer flippigen viereckigen Ledertasche, die sie schon beim Studium benutzt hatte. Von ihrer älteren Schwester bekam sie deshalb einen verschließbaren Diplomatenkoffer aus hellem Leder. Darin konnte sie Unterlagen, Theaterprogramme, Stifte und Notizblöcke aufbewahren.

»Der ist fantastisch«, sagte Mutter. Sie lachte und fügte hinzu: »Moment mal.« Dann ging sie hinaus auf den Flur und holte ihre alte Schultertasche.

»Ich hab den Wink mit dem Zaunpfahl verstanden, auch wenn ich diese Tasche sehr geliebt habe.«

Der Deckel der alten Tasche war schlaff und bedeckt mit Aufklebern von der Sorte *Keine Ölbohrungen nördlich des 62. Breitengrades* und *Keine Atomwaffen!*. Sie streichelte die alte Tasche liebevoll und sagte, die hätte eine Ruhepause jetzt wirklich verdient.

»Jetzt muss ich mit den Wölfen heulen«, sagte sie.

Ich bekam von Mutter eine Bluse und die frisch erschienene Jens-Bjørneboe-Biographie *Der Mann, der Mythos und die Kunst* von Fredrik Wandrup. Im Sommer hatte ich die drei Bücher gelesen, die die *Geschichte der Bestialität* ausmachen, und mich innerlich grau gefühlt. Ich hätte diese Bücher gern weggelegt, aber ich dachte, dass der Autor genau das erwartet und mich deshalb verachtet hätte. Deshalb las ich über weggeschossene Gesichter und grauenhafte Foltermethoden, bis ich meine Magensäure im Hals spürte. Ich las detailliert über Menschen, die dermaßen verletzt waren, dass sie als hautlose Monster erschienen, geschaffen von Monstern. Menschen, die einmal von einer Mutter geliebt oder von einer Geliebten geküsst worden waren, die in Bjørneboes Büchern aber zu Männern mit ausgerissenen Herzen und abgeschnittenen Lippen geworden waren. Ich hatte mich gezwungen, die Sätze, die ich eigentlich nicht an mich heranlassen wollte, noch einmal zu lesen.

An einem Sommerabend saßen Mutter und ich in Rutland auf der Terrasse und lasen. Mutter las einen Krimi, ich las *Der Pulverturm*. Nachdem wir eine Weile geschwiegen hatten, stand Mutter auf, um in die Küche zu gehen. Sie kam mit einem Teller mit Käse- und Leberwurstbroten und zwei Gläsern Rotwein zurück.

»Das sieht aber lecker aus«, sagte ich.

Mutter lächelte dankbar und stellte Gläser und Teller auf den kleinen Terrassentisch.

»Was ist denn los?«, fragte sie nach einer Weile. »Schmeckt das Essen nicht?«

»Doch. Aber was hast du da eigentlich an?«, fragte ich.

»Eine Jacke?«, sagte Mutter. »Eine ganz normale blaue Jacke. Stimmt mit der irgendwas nicht?«

»Die ist bloß so ... ja, so blau und ordentlich irgendwie.«

»Na und? Hast du neuerdings etwas gegen blaue Jacken?«

»Ich bin so daran gewöhnt, dass du dich anders anziehst, und jetzt trägst du plötzlich so eine spießige Jacke?«

»Dir kann ich es auch nie recht machen«, sagte Mutter.

Ich wusste nicht, warum mir die Jacke so wichtig war. Sie hing schon seit Jahren in Rutland, und jetzt ging sie mir plötzlich auf die Nerven. Statt um Entschuldigung zu bitten, sagte ich so ungefähr, da könnte Mutter auch gleich eine Perlenkette und einen Seidenschal tragen.

»Du brauchst nicht so zu werden, bloß weil du diese Bücher liest«, sagte Mutter.

»Wie denn so?«

»Könnte der Roman dich nicht auch dazu bringen, großzügig zu sein und belanglose Bagatellen zu übersehen?«

»Das ist keine Dichtung, falls du das glauben solltest. Das stammt alles aus unserer wirklichen und entsetzlichen Geschichte.« Ich betonte jedes Wort, damit Mutter auch ja nichts von der Bedeutung entging.

Mutter nickte und sagte, das wisse sie, sie habe die Bücher gleich nach Erscheinen gelesen.

Warum war ich so genervt von Mutter, wenn wir auf etwas gleich reagierten? Sie hatte klare Ansichten über vieles, war aber auch ehrlich interessiert an meiner Meinung. Ich sehnte mich danach, vertraulich reden zu können, nach einer Meinung über Politik, Literatur, über das Leben. Aber wenn Mutter mir etwas erzählte, das sie freute oder verletzte, oder das sie empörte, griff ich zu guten wie schlechten Gegenargumenten, weil ich mich nicht mit ihren Gefühlen identifizieren wollte, ich wollte keine Ähnlichkeit mit ihr haben. Ich weiß noch, wie ich mich darauf freute, ihr von Ereignissen in meinem Leben zu erzählen, aber wenn sie zum Beispiel lachte und etwas witzig fand, konnte ich mit Vorwürfen oder Schweigen reagieren.

42

Das Licht der tief stehenden Sonne färbt die verschneiten Felder rötlich, und über dem schmalen Weg zur Kirche von Tanum werfen die Bäume lange Schatten. Es ist der 23. Dezember 2011. Mutter sitzt vorn im Auto, auf einer mit Plastik überzogenen Decke. Sie trägt den Mantel, den Vater ihr voriges Jahr geschenkt hat. Sie pfeift. Ola ist fünfzehn Jahre, Eirin elf, sie sitzen hinten. In den vergangenen Jahren haben wir die gruselige, aber auch spannende Grabkapelle in Tanum immer vor Weihnachten besucht, weil wir an den Urnen von Mutters Eltern eine Kerze anzünden wollten. Die Kapelle ist an die alte Steinkirche angebaut, mit einer eigenen blank getreteten Steintreppe hinauf zu der massiven Holztür.

Wir stapfen einen schmalen Pfad durch den Schnee auf dem Friedhof, und ich ziehe den zehn Zentimeter langen Eisenschlüssel aus meiner Tasche. Schalte den Alarm ab, drehe den Schlüssel um und öffne die niedrige, schwere und schwarz gestrichene Tür zum dunklen Innenraum. In der Regel ist es drinnen kälter als draußen. Vor vielen Hundert Jahren hat eine unserer Ahninnen der schönen Kirche aus dem Mittelalter Geld geschenkt, und zum Dank wurde für ihre Nachkommen eine eigene Grabkapelle errichtet.

Gleich hinter der Tür bleiben wir stehen, um uns an die Dunkelheit zu gewöhnen. Wir lassen die Türen offen stehen.

Ich zünde die zwei dicken Stearinkerzen in ihren hohen Haltern an. Dadurch sind die Särge von entfernten und mir unbekannten Verwandten zu sehen. Zwei große braune Särge, bedeckt mit vertrockneten Myrtenkränzen, und mit Hanfseilen für die Träger an den Seiten. Vor fast dreihundert Jahren hat jemand diese Särge durch die niedrige Tür getragen und die Toten hier untergebracht. Und zwei Kindersärge, so erschreckend klein. Andere Särge wurden in die Krypta gebracht, unter den Holzboden, auf dem wir stehen. Dort unten war ich noch nie, aber ich weiß, dass auch dort viele Tote liegen.

Die Urnen meiner Großeltern stehen auf einem Eisensims. Ola erzählt Eirin etwas über den kopflosen Nick und Voldemort, und Eirin antwortet wie Hermine, mit dem Zauberspruch »Wingardium Leviosa«. Ich schaue sie vorwurfsvoll an, und Ola geht zu Mutter und nimmt sie am Arm. Sie stützt sich mit beiden Händen auf den großen Sarg.

Sie begreift nicht mehr, dass die viereckigen und runden Urnen auf dem Sims vor ihr gefüllt sind mit der Asche ihrer Großeltern, von Tante Kaja, ihren beiden Onkeln und ihren Eltern. Mutter reckt sich zu Ola hoch und streichelt liebevoll und energisch seine Wange.

»Du bist mir ein feines, langes Taburett«, sagt sie.

Ola, der inzwischen eins vierundneunzig misst, lächelt und sagt, danke. Eirin sagt, es heiße nicht Taburett.

Ich zünde die Teelichter an und stelle sie vor die Urnen, so wie wir das immer gemacht haben.

»Was ist das da?«, fragt Mutter. Sie zeigt auf die Urne ihrer Mutter.

»Das ist die Urne deiner Mutter«, sage ich. »Das da ist ihr Grab, oder nicht ihr Grab, also jedenfalls ... ja. Wir kommen seit vielen Jahren am 23. Dezember her, weil es ... schön so ist?«

»Mir hat er das aber nicht gesagt«, sagt Mutter. »Und so dunkel noch dazu!«

Seit Jahren stehen wir mit ernster Miene vor den Urnen in der dunklen Kapelle und singen »Hier kommt Pippi Langstrumpf«, weil Eirin beim ersten Mal hier ein Lied aussuchen durfte. Mutter lächelte und war ganz sicher, dass Oma sich gerade über dieses Lied ganz besonders freuen würde.

»Vielleicht nicht?«, fragte ich. »Sollen wir ›Schön ist's auf Erden‹ singen?«

Da liegen sie, in ihren grün schimmernden Gefäßen.

Ehe Mutter krank wurde, sagte sie immer, auch sie wolle hierhin. Hier stehen, auf dem Sims, zusammen mit ihren Eltern. Wenn sie das sagte, stellte ich mir vor, es würde noch lange dauern, zwanzig, dreißig Jahre. Und Mutter würde klar im Kopf und uralt und lebenssatt sein. Ich würde mit ihr über ihr Leben gesprochen haben, ihr alle Fragen gestellt, gesagt, ich sei für so vieles dankbar, und unsere Streitereien seien nicht so ernst gewesen, wie sie gewirkt hätten. Ich wäre die kluge alternde Tochter gewesen, die ihre Schmerzen linderte, die ihr vorlas, bei der sie sich bis zum letzten Moment lebendig fühlte. Ich würde ihr witzige Geschichten erzählen, die sie noch nicht kannte, und sie würde behaglich im Bett liegen und so laut lachen, dass sie mich bitten müsste, aufzuhören. Oder, besser noch, eine Krankenschwester würde mich bitten, aufzuhören, und Mutter würde vor Lachen jammern und sagen, sich totzulachen wäre doch ein hervorragender Abgang. Ich hätte ihr von den Geheimnissen erzählt, die ich ihr noch nie erzählt hatte, und ihr klargemacht, dass wir doch nicht so verschieden seien. Zusammen hätten wir uns die Zukunft ihrer Nachkommen vorgestellt.

»Du musst auch singen«, sagt Eirin zu mir.

Mutter weint ein wenig, als wir singen, dann unterbricht sie unseren schwächlichen Gesang und sagt, sie wolle weg von hier.

»Hier ist unseres Bleibens nicht«, sagt sie und hakt sich bei Ola ein.

Ich sehe, dass Ola lächelt. »Wahr gesprochen, Oma«, sagt er.

Sie gehen durch den Rhombus aus Licht, und während ich die Kerzen ausblase und Mutters einen Handschuh aufhebe, sehe ich ihre Silhouetten in der Tür, als sie die schiefe Steintreppe hinunter und dann zwischen den Grabsteinen weitergehen.

Am nächsten Tag ist Heiligabend. Mutters zweites Weihnachtsfest in Bråset. Fremde werden ihr zweites Weihnachtsfest in Høn feiern. Anne Johanne und ich sind am Vormittag bei ihr. Mutter sitzt in einer feinen schwarzen Bluse und einem roten Rock in ihrem Zimmer. Heute ist sie still, weder wütend noch verzweifelt. Aber als ich ihre Wange streichele, wird meine Hand von ihren Tränen nass. In dem kleinen Aufenthaltsraum läuft der Fernseher, ein Knabenchor singt, und eine Pflegerin aus Sri Lanka lächelt uns zu, als wir gehen, und sagt, abends werde es Schweinerippe mit Kümmelkohl geben. Ich frage Anne Johanne, ob sie sich an den Band mit den Gedichten von Rolf Jacobsen erinnert, ob sie oder jemand anders ihn mitgenommen haben, als wir Høn ausgeräumt haben, oder ob er verschenkt worden ist. Anne Johanne sagt, sie glaube, der stehe in ihrem Bücherregal, sie werde eine SMS schicken, wenn sie nachgesehen habe.

Am zweiten Weihnachtstag bringt sie den dünnen Band zur Familienfeier mit. Er ist weiß, mit bläulichen Buchstaben, viel gelesen. »Von Finn, Weihnachten 1985« steht drinnen.

An den Tagen nach Weihnachten lese ich die Gedichte, die von Jacobsens Leben mit seiner Frau Petra handeln. Diese Gedanken waren Vaters Geschenk an Mutter, drei Jahre nach der Scheidung. Es sind schöne Liebesgedichte, geschrieben von einem fast achtzig Jahre alten Mann.

Ho.

Bei unserer Hochzeit war es kalt, Mindestens fünfund-
zwanzig minus. Wintersonnenwende, neunzehnvierzig,
Krieg und Viehseuche.
Der Weg zur Kirche war mit Stacheldraht versperrt.
Weiß noch, dass wir über den Zaun beim Pfarrhaus klettern
mussten.
»He, dein Kleid hängt fest.«
»Nein, nicht da, sondern da.«
Wir traten Pflugfurchen über einen vereisten Kartoffelacker,
zum Geistlichen in seinem Gewand, der mit der Schrift
bereit stand.
»Jagd nach Liebe«, sagte er. Ja, sagten wir.
Aber du meine Güte, was hatten wir für schmutzige Füße.
Als wir abends im Bett lagen, weinten wir beide ein bisschen.
Gott weiß warum.
Und dann begann das lange Leben.

Es ist zu spät zu fragen, was Mutter gedacht hat, als sie diese wehmütigen Liebesgedichte von Vater geschenkt bekam. Ob sie sich ärgerte oder sich freute, weil der Mann, mit dem sie so lange verheiratet gewesen war, ihr solche Gedanken senden konnte.

Ich war zweiundzwanzig und interessierte mich nicht für alternde Liebe.

Ach, Mama, ich kann dich gar nichts mehr fragen. Das Einzige, was ich tun kann, ist, deine Hand halten und deinen verängstigten Blick erwidern, wenn du nicht begreifst, was um dich herum passiert. Und wenn du weinst, weil ich singe, »Ich wär so gern ein Löwenzahn«, kann ich entweder aufhören zu singen, oder ich kann weitermachen, denn ich glaube, du weinst, weil du dich an den Text erinnerst.

43

Nur wenige Monate nach dem Tod ihrer Mutter wurde Mutter selbst Großmutter, von Ellings Tochter. Und meine Nichte Christine hat eine eigene Spalte in der Geschenkeliste für 1988. Hier hat Mutter ihr erstes Geschenk für ihr erstes Enkelkind aufgeführt: ein Holzstühlchen mit einem selbst genähten Kissen.

In diesem Jahr führte sie auch eine neue Adventstradition ein, die der Handlung von *Weihnachten in Bullerbü* ähneln sollte, mit Pfefferkuchenbacken und Weihnachtsgeschenkewerkstatt für die Enkelkinder. Mehl an der Nase, kleine Teigrollen, Glanzpapier und keine Regeln dafür, wie viel Teig man essen durfte. Diese Tradition behielt sie noch bei, als sie schon längst verwirrt war, denn kein Enkelkind wollte an diesem Tag zu groß für Omas Küche sein. In den letzten Jahren waren es Anne Johanne und ich und insgesamt sechs Enkelkinder, die die Werkstatt vorbereiteten, und Mutter, die mit einem strahlenden Lächeln um den Mund und Mehl in den Haaren am Tisch saß und sagte: »An diesem Tag haben wir so viele Pfefferkuchen gebacken, dass es im ganzen Dorf zu riechen war.«

Das literarische Weihnachtsfest wurde zum wirklichen Weihnachtsfest, und genau das hatte sie gewollt. Sie erklärte alle diese Merktage mit Zitaten aus Büchern. Ich glaube, sie wusste, dass sie sich verpflichtet hatte, einen Handlungsverlauf zu konstruieren, der einem literarischen Plot ähnelte, oder einer Handlung, in der sie sich selbst zu der alten Großmutter entwickelte, wie die Enkelkinder sie kannten. Deshalb konnte sie in den letzten Jahren, nachdem sie in Bullerbü so viele Jahre lang die Elterngeneration dargestellt hatte, auf einem Stuhl in der Küche sitzen, den Kopf schütteln und laut Ach ja-ja-ja seufzen, genau wie der Großvater im Buch. Damit behielt Mutter in gewisser Weise ihre eigene Entwicklung im Griff und wurde zu der, die sie jetzt war, von uns allen erst nach und nach bemerkt.

Zu diesem Weihnachtsfest, 1988, bekam Mutter von meiner Cousine Pernille ein kleines Aquarell. Das Bild war so groß wie eine Postkarte und stellte einen dunklen Wald dar. Mutter rahmte es und hängte es neben das Telefon, in die Diele. Dort blieb es hängen. Wenn ich zu Besuch war und telefonieren musste, sah ich oft die dunklen Tannen und den düsteren Himmel an. Einmal stand Mutter im Flur und sah mich an, während ich mit irgendjemandem sprach. Als ich aufgelegt hatte, sagte sie:

»Das Rätselhafte an diesem Wald ist das Schönste, finde ich.«

»Ja? Sind die Tannen rätselhaft?« Ich nickte zu dem kleinen Bild hinüber.

»Ich finde schon. Selbst wenn das Bild klein ist, ist der Wald doch groß und rätselhaft.« Mutter legte den Kopf ein klein wenig schräg. »Oder fast bedrohlich. Wie ein Bild des Bedrohlichen auf der Welt. Dass der Wald dunkel wird und uns Menschen in sich hineinlocken will. Während wir nur abholzen und vermarkten und alles zerstören, was uns in die

Quere kommt. Ich finde, Pernilles Bäume sehen entschieden und melancholisch zugleich aus.«

»Ich finde, du überinterpretierst dieses Bild«, sagte ich.

»Aber sieh es dir doch an!«

»Vielleicht denken sie daran, dass sie Weihnachtsbäume und Bilder werden«, sagte ich.

»Du kannst ihre Gedanken ja wohl nicht sehen? Du musst versuchen zu spüren, was der Wald verbirgt. Was ein dunkler Wald symbolisiert.«

Ich hob den grauen Telefonhörer hoch. »Hier«, sagte ich. Das Freizeichen klang ungeduldig. »Frag Pernille. Sie hat das Bild gemalt. Und dafür hat sie zehn Minuten gebraucht.«

»Jetzt bist du gemein und ungerecht, finde ich. Was wir in dem Bild sehen, ist doch wichtiger, als was Pernille gedacht hat, oder wie lange sie gebraucht hat, um es zu malen. Wichtig ist der Zusammenhang, in den ich es setze.«

Ich legte den Hörer wieder auf die Gabel.

»Aber dann kann doch jede Bedeutung durch eine andere ersetzt werden«, sagte ich. »Und ich sehe den Bäumen an, dass sie gespannt sind wie kleine Tannensträucher, sie freuen sich darauf, dass Geschenke unter ihnen liegen. Außerdem ist es im Wald nicht ganz dunkel, sie hat den Himmel ja nicht bis ganz an den Rand gemalt. Ich deute das als Licht außerhalb des Dunklen.«

Einige Jahre lang wollte ich niemals mit Mutter einer Meinung sein.

Sie konnte mich spätabends anrufen und aufgeregt fragen: »Glaubst du, Christine ist dieses Jahr groß genug für einen Schlitten, sie ist doch anderthalb?«

»Zu Weihnachten?«

»Ja, zu Weihnachten, wann sonst? Ich habe so einen niedlichen kleinen Schlitten gesehen, genau so einen wie Kristi in Bullerbü hat, mit einem Holzsitz.«

»Ja, vielleicht. Aber hat sie nicht voriges Jahr schon einen bekommen?«

»Nein, im vorigen Jahr, das war ein kleiner Stuhl.«

»Ach ja. Doch, so ein Schlitten wäre sicher schön. Aber ich war eigentlich schon im Bett. Können wir das morgen besprechen, was meinst du?«

»Das ist nicht nötig. Dann packe ich den Schlitten ein. Ich glaube, sie wird begeistert sein.«

»Aber hast du den denn schon gekauft?«

»Ja, hab ich das nicht gesagt? Ich habe ihn heute gekauft. Er steht hier auf dem Flur. Mit einem kleinen Sitz, und dann habe ich mit roten Buchstaben ihren Namen darauf gemalt.«

»Aber warum rufst du mich dann an? Wozu willst du meine Meinung? Du willst nur gelobt werden, weil du so früh die Geschenke kaufst. Oder, noch blöder, du willst mir nur ein schlechtes Gewissen machen, weil ich noch kein einziges Geschenk habe. Vielleicht verzichte ich dieses Jahr ganz auf Geschenke.«

Mutter wurde am anderen Ende der Leitung ganz still.

44

Wenn ich mir Mutters Listen aus den Neunzigerjahren und aus den ersten Jahren nach der Jahrtausendwende ansehe, fällt es mir schwer zu begreifen, dass die Zeit, die ihr noch bleibt, so begrenzt ist. Die Heiligen Abende, die sie vorbereitet hat, wirken so nah, ihre Geschenke so zukunftsgerichtet, ihre Schrift so unverändert, fast kindlich.

Die Blätter mit »zu erledigen«, die sie um die Mitte der Neunzigerjahre einführte, wuchsen nach und nach auf zwei Seiten an. Die Aufgaben wurden abgehakt, wenn sie das Geschriebene erfüllte. Das Essen, das sie einkaufte, wurde mit der Zeit immer detaillierter aufgeführt, bis hin zur kleinsten Mandelkartoffel. Irgendwann schrieb sie dann auch auf, um welche Uhrzeit sie am Bahnhof Høn sein musste, um zur Feier zu Elling & Co zu fahren, oder zu Anne Johanne & Co, und dass sie um 16.30 abgeholt werden würde, wenn es zu uns ging.

Nach über zwanzig Jahren Abwesenheit fing Mutter wieder an, am Grab von Vaters Eltern auf dem immer winterkalten Gamle-Aker-Friedhof zu singen, am letzten Sonntag vor Weihnachten. Und danach aß sie mit uns anderen bei Vater. Weihnachten 2009, als die Unruhe sie schon vollständig überwältigt hatte, machte sie sich mit einem roten Mantel schön und stand dort mit dem Rest der Familie, mit meiner

Tante und meinem Onkel, mit deren Kindern und Kindeskindern. Sie hielt unseren unsicheren Weihnachtsgesang für einen prachtvollen Chor, und die vielen brennenden Grablichter für eine riesige funkelnde Bühne. Und im gelben Licht eines Scheinwerfers trat sie auf einen Eisbuckel vor einem der alten Obelisken auf dem Friedhof und sang einen Schlager aus den Fünfzigerjahren: »Was mein Mund dir nicht sagen kann, sagen Tulpen aus Amsterdam!«

Torger, Ola und Eirin standen in der Nähe und sagten, sie habe schön gesungen. Torger trat neben sie. »Du weißt doch, Ruth, Choräle waren nie so ganz mein Ding, aber Amsterdam und Tulpen im Dezember, das ist etwas ganz anderes. Das bringt Glanz.«

Mutter streckte die Arme aus wie Julie Andrews, wie sie sie immer zwischen den Buschwindröschen in Høn ausgebreitet hatte, und sah Torger an, während sie das Lied ein zweites Mal sang. Sie weinte so sehr, dass die Tränen an ihren Augenwimpern zu glitzernden Eiskristallen wurden. Torger applaudierte und hielt ihr einen Ellbogen hin, auf den Mutter sich stützen konnte.

»Darf ich bitten?«, fragte er und sah sie neckend an.

»Du glaubst doch wohl nicht, ich hätte Gleichgewichtsschwierigkeiten?«, fragte sie.

»Durchaus nicht«, sagte Torger. »Ich hatte eher in Richtung Polonaise gedacht.«

»Ja, wenn du meinst«, sagte Mutter und packte Torger am Arm.

Dann gingen sie vor uns her, über den mit Sand bestreuten Weg zwischen den Grabsteinen, begleitet von Mutters Tulpenlied.

Alle wissen, dass es eines Tages passieren wird. Es ist natürlich, den Tod unserer Eltern zu erleben. Aber wenn es so weit ist, ist es doch ganz anders als das, worauf man sich vorbereitet hat. Es ist eine leere Trauer, man fühlt sich wie ein verlassenes Kind und ist doch erwachsen. Es ist die Wehmut über eine verlorene Zeit, die Reue darüber, was gesagt und nicht gesagt wurde, und die Dankbarkeit über alles, was schön war.

Ich habe mein Leben lang Mutters Tod gefürchtet, mich davor gegraust und geängstigt. Als kleines Kind konnte ich in Høn am Küchenfenster sitzen und ihrem geraden Rücken mit dem Blick über den roten Kiesweg folgen, durch das Tor. Ihren langen Beinen und schnellen Schritten, zu Arbeit und Treffen, Demonstrationen und Theater. Gassi mit Pontus, zu Festen, nach Volvat.

Ich konnte denken, dass diese Schritte, gerade diese Jacke, die Schultertasche und die Jeans das Letzte seien, was ich im Leben von ihr sehen würde. Und entsprechend war die Erleichterung, wenn ich im Bett lag und hörte, dass sie die Tür aufschloss, dass sie im Windfang »Hallo« rief.

Als sie alt wurde, hatte ich Angst, sie tot in dem roten Sessel in der Wohnzimmerecke zu finden, wenn ich zu Besuch kam. Sie wollte immer, dass ich klingelte und sie mir öffnete. In der Minute, die sie brauchte, um das wegzulegen, womit sie beschäftigt war, aufzustehen und durch die Zimmer zu gehen, ehe ich hörte, dass sie die Tür aufschloss, sah ich eine Unzahl von Szenen vor mir, bei denen immer Polizei und Krankenwagen eine Rolle spielten

Mein Herz hämmerte, während das Klingelsignal in meinen Ohren widerhallte, wenn sie nicht ans Telefon ging. Wenn ich meine Erleichterung, dass sie sich meldete, dann verriet, ärgerte sie sich.

»Jetzt hör aber auf«, konnte sie dann sagen. »Vergiss deine Angstfantasien mal für einen Moment, bitte.«

Ich habe mich immer darauf vorbereitet, dass sie nicht mehr da sein würde, doch jetzt, wo sie langsam verschwindet, taucht trotzdem ein Gefühl auf, das mich überrascht. Das Schubladen voller Erinnerungen öffnet, während ich ein altes Weinglas aus Høn an den Mund hebe. Das Gespräche, die ich längst vergessen hatte, mitten in einer Redaktionssitzung an die Oberfläche kommen lässt. Das Gefühle, die ganz still und ruhig auf dem Grund meiner Kindheit geschlummert haben, wie eine Sturzsee aufpeitscht, weil ich ein Foto in einem Album gesehen habe.

Neulich habe ich im Fernsehen das Ende von *Die Brücken am Fluss* gesehen und war plötzlich wieder im Jahr 1995.

Torger und ich wohnten in Finnmark, und ich war für eine Woche zu Hause. Mutter und ich gingen ins Gimle-Kino. Wir saßen in unseren roten Sesseln und sahen Meryl Streep und Clint Eastwood, die sich in ziemlich reifem Alter begegnen. Mutter hatte ihre Zweifel an dem Film gehabt, mit einem kurzen Lachen hatte sie ihn einen echten Schmachtfetzen genannt.

Er war auch ein Schmachtfetzen, aber nicht so, wie sie das erwartet hatte. Mutter, von der ich vor ihrer Krankheit kaum je eine Träne gesehen hatte, weinte während des ganzen Films. Lange starrte ich vor mich hin und ahnte nur, dass sie sich die Tränen abwischte. Aber als im Film die erwachsene Tochter nach dem Tod ihrer Mutter das Haus ausräumt und begreift, dass eine Begegnung mit dem unbekannten Fotografen ihre alternde Mutter als große, heimliche Liebe begleitet hat, von der sie ihrer Tochter nie erzählt hat, schluchzte Mutter laut auf. Ich saß verlegen neben ihr und wartete auf den Nachspann. Ich wollte, dass der Film zu Ende wäre, ich wollte hinaus in den Abend, weg vom Fluss und Madison County. Danach verloren wir kein Wort darüber, was wir gesehen hatten.

Alles, worüber man niemals spricht. Als Alzheimer sich einmischte, wurde ihre Verzweiflung nackt, sie redete krampfhaft, um die beängstigende und sich dauernd verschiebende Welt festzuhalten. Und sie schrieb und schrieb, Zettel, Briefe, Listen, Uhrzeiten. Die Sätze wurden kürzer, die Zusammenhänge lösten sich auf, sie übersprang wesentliche Ereignisse, alles wurde abgebrochen, und der Sinn verschwand.

Die Erzählungen hatten ihr Leben gefüllt. Wenn sie ein Buch las, mit dem sie nicht fertigwerden wollte, sagte sie: Ich will nur in diesem Buch sein. Wenn sie ein Theaterstück gesehen hatte, wollte sie danach darüber reden, länger noch, als es gedauert hatte, und das ohne Pause.

Und tausendmal zitierte sie ein Gedicht oder eine Strophe, die so lautete:

»Ich will, dass meine Mama da ist. Und dass ich da bin. Immer.«

45

»Sie ist so dünn«, flüstert Vater mir zu. »Sie war ja immer dünn, aber jetzt sieht sie fast...«

Er sagt es nicht, aber sie sieht fast tot aus. Wir besuchen Mutter zusammen. Es ist Februar 2012. Ola will nicht mehr mit nach Bråset kommen. Das kann ich verstehen. Eirin kommt nur sehr selten mit, und danach ist sie lange still.

Meistens liegt Mutter mit halb offenem Mund und leeren Augen im Bett, ohne uns zu erkennen. Unter der Decke zeichnet ihr Körper sich fast nicht ab. Ich denke, so wird sie aussehen, wenn sie tot ist. Nur friedlicher. Es ist ein trauriger Gedanke, den ich trotzdem immer häufiger denke.

Mir fällt ein Foto auf, das ich noch nie gesehen habe. Vater sagt, nicht er habe es ins Regal gestellt.

Es sieht aus wie eine Reklame für die Schokolade Kvikk Lunsj, irgendwann um 1960 zu Ostern in den Bergen aufgenommen. Vater sitzt an alte Holzskier mit großen Bindungen gelehnt. Er hat üppige schwarze Haare und ein strahlendes Lächeln, und er schaut stolz auf Mutter hinab, die halb auf seinem Schoß liegt und halb im Heidekraut. Sie trägt einen Wollpullover und Stretchhosen, und sie schaut aus zusammengekniffenen Augen in die Kamera. Sie schält eine Apfelsine.

Mutter isst wenig, und wenn sie nicht schläft, ist sie entweder wütend über Menschen, die in ihr Zimmer eindringen und unverschämte Reden führen, Menschen, die wir anderen nicht sehen. Oder sie weint. Der Arzt im Pflegeheim sagt, sie suchten nach Medikamenten, die sie weniger paranoid machen, aber Mutter reagiert auf Medikamente nicht so wie andere. Vielleicht hat sie auch körperliche Schmerzen, über die sie nicht sprechen kann. Wir wissen es nicht.

Bei einem meiner Besuche sagt Mutter plötzlich, dass vieles von dem, was sie getan hat, ohne Wert sei.

»Es hatte doch Wert?«, sage ich.

Warum frage ich? Ich müsste klarstellen: Mutter, es hatte Wert. Das sage ich: »Es hatte Wert.«

Sie schließt die Augen.

Ist es ab und zu in ihr einfach nur still und friedlich? Ist es das jetzt?

»Komm her, Cecilie«, sagte sie, als ich klein war und vor vielem Angst hatte. Und wenn ich die Träume nicht abschütteln konnte, auch wenn ich schon wach war: »Lass dich nicht von den dummen Gedanken holen. Komm her!«

»Komm her, nach Høn«, sagte sie, als ich älter wurde, wenn das Leben schwierig war und ich sie anrief.

Ich kam nach Høn. Fuhr mit dem Motorrad oder der Bahn oder dem Auto. Bog beim Tor ab, fuhr den roten Kiesweg hoch. Ich sprach nicht viel mit ihr über meine Schwierigkeiten, aber ging dahin, wo sie war.

»Ich mach uns einen Tee. Alles wird gut. Jetzt bist du in Høn.«

Jetzt klammert Mutter sich ans Bett an.

Ich habe kein Høn, mit dem ich sie locken könnte, wir

haben es an Fremde verkauft. Haben Høn an Fremde verkauft! Wenn ich sagte »Komm her«, würde sie nicht verstehen.

Sie öffnet die Augen und sieht mich ängstlich an. Ihre verwirrte Wirklichkeit folgt ihr, wohin sie ihre Gedanken auch bewegt. Der einzige Ort, an den ich sie locken kann, damit sie sich sicher fühlt, sind die alten Lieder. Also gehen wir dorthin.

»Schau her, kleiner Schatz, nicht traurig sein. Komm her, dann wandern wir, du und ich, durch die feinen Wälder hier.«

Ich lächele Vater an, weil er sagt, er sei ein wenig überrascht darüber, dass er dieses Lied kann, das sein Schwiegervater seiner Tochter als Kind vorgesungen hat.

Wir können dieses Schlaflied beide.

Nach dem Besuch bei Mutter werden wir ins Sprechzimmer des Arztes gebeten. Der, ein freundlicher Niederländer, empfiehlt uns, unser Einverständnis dazu zu geben, dass Mutter keine lebensverlängernde Behandlung erhält, sollte sie an einer Infektion erkranken, einen Schlaganfall erleiden oder Ähnliches.

Komm her, in die Wirklichkeit.

Wie kann ich den roten Kugelschreiber mit der Werbung für ein Medikament annehmen und unterschreiben, dass Mutter nicht behandelt werden soll?

Wir tun es, weil uns gesagt worden ist, es sei besser so. Wir sagen es einander später im Auto. »Das ist das einzig Richtige«, sagen wir. »Sie soll am Ende nicht auch noch gequält werden. So wie die Dinge stehen.«

Aber ich hätte so gern etwas anderes geschrieben, ganz viel anderes.

»Furchtbar trauriges Ende«, würde Mutter über eine Krankheitsentwicklung sagen, bei der es keine Hoffnung gibt. »Die Autorin muss uns klarmachen, dass es Hoffnung gibt«, würde sie stöhnen. »Sie kann das ihrer Hauptperson nicht antun. Was ist das denn für eine Moral?«

Nein, was ist das für eine Moral? Welche Freude hat man an einer Handlung, wo im letzten Moment keine Operation möglich ist? Wenn nicht am Ende des Buches ein Medikament entdeckt wird? Ein Ende, bei dem Mutter keine drei Minuten der Klarheit erlebt, um die guten Dinge zu sagen, das wichtige Gespräch mit ihrer älteren Tochter zu führen? Die Worte, an die die Tochter immer voller Freude zurückdenken wird?

Wozu ich Lust habe, ist, dass Vater mich an diesem düsteren Februarnachmittag von Bråset nach Hause fährt, und dass ich den Schluss schreibe, der Mutter gefallen hätte. Ich besitze die unbegrenzte Macht über meine Wörter, oder nicht? Kann ich nicht einen Schluss ersinnen, bei dem sie nach dem Lesen das Buch mit einem zufriedenen Lächeln zuklappen würde? Dann könnte sie dieses Buch kaufen und zum nächsten Weihnachtsfest ihren Freunden schenken? Das Buch, in dem ihre Gedanken und Überlegungen glasklar sind, die Wörter präzise und empört, liebevoll, interessiert, resigniert, überzeugend.

Und am Ende würde sie mich mit klarem Blick ansehen und sagen: »Komm zu mir. Hierher, in die Wirklichkeit.«

Literaturnachweis

S. 57ff, zitiert aus: Marcus Mauss: *Die Gabe,*
deutsch von Eva Moldenhauer, Suhrkamp Verlag, 1990.

S. 65/66 aus: Khalil Gibran (1883-1931), *Der Prophet,*
»Von den Kindern«. Deutsch von Hans Christian Meiser,
Goldmann Verlag, München, 2002.

S. 149 *Christuslegenden,* aus: Selma Lagerlöf,
Weihnachtliche Geschichten, übersetzt von Nele Herbst,
hrsg. Gabriele Haefs und Christel Hildebrandt,
Reclam Verlag, 2013.

Eine mitreißende Familiengeschichte
um ein viel zu lange gehegtes Geheimnis

Der Tod war Agnes' Geschäft. Über Jahrzehnte hinweg führte sie den Steinmetzbetrieb Weisgut & Söhne in Hamburg und lenkte gebieterisch die Geschicke der Familie. Mit 91 Jahren nun hat Agnes von allem und jedem genug, sie will reinen Tisch machen und endlich das Geheimnis lüften, das sie viel zu lange schon mit sich herumträgt. Es ist Zeit für die Wahrheit.

»Alexandra Fröhlich kann viel mehr als grandiose Komödien.« *Für Sie*